ELIZABETH ADLER

NO COMPASSO DO CORAÇÃO

Tradução de
MARIA DOS ANJOS SANTOS ROUCH

EDITORA RECORD
RIO DE JANEIRO • SÃO PAULO
2002

CIP-Brasil. Catalogação-na-fonte
Sindicato Nacional dos Editores de Livros, RJ.

A185n
Adler, Elizabeth (Elizabeth A.)
No compasso do coração / Elizabeth Adler; tradução de Maria dos Anjos Santos Rouch. – Rio de Janeiro: Record, 2002.
368p.

Tradução de: In a heartbeat
ISBN 85-01-06174-3

1. Romance norte-americano. I. Rouch, Maria dos Anjos Santos. II. Título.

02-0446

CDD – 813
CDU – 820(73)-3

Título original norte-americano
IN A HEARTBEAT

Copyright © 2000 by Elizabeth Adler

Este romance é um trabalho de ficção. Nomes, personagens, locais e acontecimentos mencionados são produtos da imaginação do autor ou foram utilizados de forma fictícia. Qualquer referência a pessoas, vivas ou mortas, eventos ou lugares é mera coincidência.

Todos os direitos reservados. Proibida a reprodução, no todo ou em parte, através de quaisquer meios.

Direitos exclusivos de publicação em língua portuguesa para o Brasil adquiridos pela
DISTRIBUIDORA RECORD DE SERVIÇOS DE IMPRENSA S.A.
Rua Argentina 171 – Rio de Janeiro, RJ – 20921-380 – Tel.: 2585-2000
que se reserva a propriedade literária desta tradução

Impresso no Brasil

ISBN 85-01-06174-3

PEDIDOS PELO REEMBOLSO POSTAL
Caixa Postal 23.052
Rio de Janeiro, RJ – 20922-970

EDITORA AFILIADA

1

Foi um belo vôo. A noite cinza-azulada caíra sobre Manhattan. Luzes piscavam tão brilhantes como as novas estrelas, delineando as ruas que, para ele, eram pavimentadas com ouro, e o trânsito que, para qualquer outro, vinha direto do inferno. O pequeno avião monomotor, um Cessna Skylane 182, respondia tão suavemente ao seu comando que ele quase sentia lhe brotarem asas. Esqueça os jatos, pensou enquanto começava sua descida por entre as torres reluzentes de Manhattan até o La Guardia. Eis aí o significado de voar. A liberdade do ato, escapar por algumas horas do mundo terreno, fingindo, como uma criança pequena, que se pode realmente voar.

Ele não esperava ir a Nova York esta noite, mas o telefonema fora urgente. Estava negociando a compra de uma importante propriedade em Manhattan e alguém se empenhava em sobrepujá-lo. Quem, exatamente, era o que ele estava prestes a descobrir. Esta noite.

Sorriu quando pousou o pequeno avião, um ou dois solavancos brandos, depois taxiou suavemente para o hangar. Sentia por seu avião prateado e feito por encomenda o mesmo que algumas pessoas sentiam por um cavalo de corrida. Depois de um vôo, ele quase queria afagá-lo, jogar um cobertor sobre ele, alimentá-lo com feno fresco e cenoura... Riu de si mesmo quando parou o avião, desafivelou o cinto e desceu. Afagou a fuselagem afetivamente, depois lembrou que havia deixado a maleta dentro do avião. Estava prestes a subir na aeronave quando ouviu seu nome ser chamado. Devia ser Jerry, o mecânico. Ele o estava aguardando, e seria ele quem iria almofaçar o Cessna, checar suas engrenagens, certificar de que estivesse em perfeita forma para o vôo de volta a Charleston amanhã. Quando tivesse terminado esse negócio.

— Sr. Vincent?

— Sim? — atendeu ele, sorrindo quando se virou.

Vincent olhou direto para o cano de uma Sigma automática.

E então tudo ficou vermelho.

NO COMPASSO DO CORAÇÃO

2

— *Ele não vai conseguir.*
Ed Vincent ouviu essas palavras claras como um sino, mas só depois de vários segundos compreendeu que falavam sobre ele.

A maca balançava de modo agoniante enquanto o tiravam do helicóptero. Ouviu o ruído das portas automáticas se abrindo enquanto corriam com ele para a sala de emergência; ouviu a enfermeira bradando as circunstâncias do atentado, seus ferimentos e seu estado; ouviu ordens sendo gritadas:

— *Ele tem pulso femoral? Ritmo cardíaco caiu para trinta e seis... ele está indo...*

Sentiu suas roupas sendo cortadas. Depois estava deitado nu, como um peixe recém-pescado, sob o brilho quente de luzes que pareciam os olhos do mundo sobre ele.

Algo insignificante mas meu, pensou ele, rindo mentalmente porque não conseguia mexer os músculos faciais necessários. Seu rosto sob a máscara de oxigênio parecia congelado, os braços e pernas dormentes, o corpo não existia. *Até que alguém começou a abrir um buraco no lado de seu corpo com uma espada.* Deixou escapar um rugido de dor então, mas deve ter sido apenas um gemido, porque sua garganta recusava-se a mover, também.

— Estamos apenas intubando você, pondo um tubo em seus pulmões, precisamos drenar o sangue rapidamente — disse uma voz feminina tranqüilizadora, perto de seu ouvido.

Bem, que diabo aconteceu com o anestésico?, ele queria gritar de volta para ela. Mas é claro que não podia dizer nada.

— *Como se chama?* — gritou outra pessoa para ele. — *Abra os olhos, olhe para mim...*

Seus olhos não estavam abertos? Ele podia ver rostos olhando para ele sob uma auréola de luz, sentir mãos sobre ele, ouvi-los falando. Só não podia responder.

— *A pressão do sangue se foi, nós o estamos perdendo...*

O gel que espalharam em seu peito era frio. Ele pensou que alguém poderia informá-los sobre isso, pedir que esquentassem um pouco para não causar um choque tão grande ao sistema. Quando deu por si, seu coração estava saltando do peito à medida que o choque cardíaco fazia seu corpo pular, formando um arco. De novo. E de novo.

— *Qual é a leitura?* — indagou alguém.

Por que se preocupar?, pensou ele, exausto. *Já estou esperando ver aquela luz no fim do túnel, a luz que recebe os mortos.*

Ele estava tão cansado. Sabia que estava morrendo. Estava a caminho. Sentiu o corpo saltar mais uma vez, mas as vozes estavam mais fracas agora. Deu de ombros mentalmente. Tivera uma boa vida, achava. Tão boa quanto possível. Pelo menos nos últimos anos. Não podia reclamar. Não tinha esposa, filhos, família. Não tinha muito por que viver na verdade. Exceto talvez outro jantar no pequeno restaurante italiano de que gostava. Ou um último fim de semana na velha casa de praia, no promontório, sozinho com os elementos, saindo no barco que restaurara com esmero durante anos.

Ele amava aquele lugar em qualquer tempo — o silêncio, o nevoeiro esvoaçante na primavera; o calor crepitante de agosto; as noites lânguidas no fim do verão; os açoites das tempestades cinzentas no inverno. Sempre achara que descobrira o paraíso. Até agora, quando estava prestes a descobrir a coisa real...

— *Tente outra vez!* — uma voz implacável comandava a tropa de choque, e novamente o choque cardíaco ricocheteava pelo seu corpo.

Desistam, rapazes, por que não fazem isso? ele queria dizer. *É muito difícil esforçar-se para viver agora... Isso é fácil, deslizar pelo túnel, esperando para ver a luz... talvez para ver o rosto de Deus, finalmente, como o pastor sempre nos dizia que veríamos, no passado quando éramos crianças naquela capela batista de tábuas de cedro no sopé das montanhas do Tennessee...*

— *Não há pulso!* — gritou alguém.

Claro que não há, estou morrendo. Ele deixou-se levar. Não havia nada por que viver. Ninguém.

Sentiu uma dor penetrante quando injetaram um estimulante direto em seu coração. Ele queria gritar.

— *Mais uma vez!* — veio o comando, e o seu corpo saltou novamente.

Zelda. O nome ecoou em seu cérebro junto com o choque cardíaco. *O que houve com Zelda? Onde ela estava? Eles o mataram. Agora iriam atrás dela.*

— Há pulso — disse a voz triunfante da enfermeira enquanto todos olhavam para o monitor com os pequenos picos e vales verdes que mostravam seu coração batendo de novo.

Com esforço monumental, Ed abriu os olhos.

— Preciso sair daqui — disse ele num sussurro gutural.

3

O detetive da delegacia de homicídios Marco Camelia estava em um canto da sala de emergência, observando a batalha entre a vida e a morte. Até onde podia observar, a morte estava ganhando. E isso tornaria muito mais difícil o seu trabalho para descobrir os culpados do crime. Agora, se pelo menos Ed Vincent saísse dessa, acordasse e dissesse a eles quem era o culpado, ele estaria feito.

Camelia tinha 46 anos, um siciliano magro de estatura mediana, com fartos cabelos castanhos e olhos, também castanhos, que quase pareciam negros quando ficava zangado, o que acontecia com freqüência. Ele era atraente de um modo um tanto quanto original, barba bem-feita mas com um queixo eternamente azulado, e sempre usava a mesma "farda" imaculada: terno escuro, camisa branca e gravata cinza-prateada.

Camelia entrara para a polícia aos vinte anos, depois de abandonar a faculdade e casar-se com a namorada do tempo de colégio, Claudia Romanos, uma beldade porto-riquenha que o via com os olhos distorcidos do amor como um tipo de Arnold Schwarzenegger. Ela o adorava. Assim como os seus quatro filhos, dois meninos e duas meninas, que falavam espanhol, italiano e americano fluente. Sua pequena Nações Unidas, ele os chamava.

Apesar de ser um homem de família, Marco Camelia tinha sua fama e sabia disso. Um tira durão; um lutador; um bom negociador. Já fora suspenso e investigado por duas vezes, ambas por matar no cumprimento do dever — e pouco antes que os criminosos pudessem matá-lo; mas em ambas as vezes ficou provado que ele agira corretamente. Era apenas um tira obstinado, só isso. Não deixava pedra sobre pedra — ou bala — e nenhum assassino jamais lhe escaparia. Até agora, nenhum escapara.

Camelia estava com pena de Ed Vincent. E o admirava. Ele era um cara normal, um homem rico que fazia coisas boas com seu dinheiro. Ajudava várias instituições de caridade, incluindo assistência a crianças com AIDS. Mantinha internatos para os menos favorecidos e centros de reabilitação para delinqüentes, o que era uma tarefa difícil, já que muitas das crianças eram viciadas em *crack* e membros de gangues que queriam tudo menos ser reabilitados. Mas aqueles que conseguiam seriam eternamente gratos a Ed Vincent pela dedicação. Ele também era um grande defensor da força policial, da lei e da ordem, e isso significava muito para os rapazes do DPNY.

Porém, Ed Vincent, de 44 anos, era um homem um tanto misterioso. Apesar do sucesso, sua vida privada era exatamente isso. O que se sabia sobre ele era que era um sulista de Charleston, herdeiro de uma fortuna, dizia a mídia. Ele aumentara sua fortuna com o desenvolvimento de bens imobiliários, erguendo os dois magníficos prédios, as Torres Vincent, em Manhattan. Ed Vincent possuía inteligência e conhecimentos práticos. Sabia como ganhar dinheiro e como fazer um negócio, mas ainda era visto como um cavalheiro. E havia poucas pessoas assim no ramo dos negócios nos dias de hoje.

Como fomentador de bens Vincent era incomparável em seu estilo público ostensivo e em sua reserva pessoal. Sua vida profissional era pública. Sua vida privada era exatamente isso. Nunca concedeu uma entrevista pessoal, nunca falava de seu passado, nunca convidou um membro da imprensa para visitar sua cobertura em uma das Torres Vincent na Quinta Avenida. E diziam que ninguém, nem mesmo os amigos, jamais foi convidado para o seu retiro particular, a casa na praia ao norte de Charleston, Carolina do Sul.

De onde Ed acabara de voltar, pilotando seu Cessna até o La Guardia, onde fora baleado.

— Quatro ferimentos de bala no peito — informou o médico residente, levantando o torso de Ed, buscando ferimentos de saída. — Parece que uma pegou a artéria pulmonar esquerda, por isso o sangramento interno e o colapso do pulmão. Não atingiram o fígado, mas há um outro ferimento logo acima do coração. Precisamos levá-lo imediatamente à sala de operação. Abri-lo e descobrir o que está acontecendo.

Camelia pensou desanimado que a coisa não estava boa. De fato, a única coisa boa a acontecer com Vincent fora o acesso imediato do helicóptero que trouxera a vítima, veloz, ao melhor hospital de Manhattan. Se Vincent pudesse ser salvo, então a circunstância e o bom tratamento médico estavam do seu lado. Camelia duvidava. O sujeito era um caso perdido.

Estavam colocando um tubo dentro dele. Não havia tempo para anestesia, eles simplesmente o cortaram e enfiaram o tubo. O coração de Camelia titubeava incerto enquanto ele olhava. Vincent parece morto, e Deus sabe que Camelia já vira o bastante disso para saber como era.

Então, diabos se o sujeito não tivesse levantado a cabeça e falado. "*Preciso sair daqui.*" Foi o que ele disse.

Camelia tentou se aproximar, ansioso para interrogá-lo, mas foi imediatamente empurrado para o lado pela enfermeira.

— Saia da frente! — gritou ela. — O que há com vocês, não podem esperar?

— Desculpe, desculpe — disse com as mãos espalmadas, afastando-se enquanto eles empurravam a maca com Vincent para a sala de operação. De algum modo, olhando para o ferido, ele teve a sensação de que esta fora sua última chance. Não tinha como Ed Vincent escapar dessa. Ele nunca poderia dizer-lhe quem atirara nele quando saíra do Cessna no aeroporto. Nem poderia dizer-lhe o motivo. Cabia a Camelia descobrir.

4

O dr. Art Jacobs, cardiologista famoso, entrou apressado na sala de emergência, vindo de uma festa de estréia na Broadway onde fora localizado pelo residente-chefe, que trabalhara com ele e sabia que era amigo do paciente.

Num *smoking* impecável, Art Jacobs estava tão deslocado na fervilhante sala de emergência, com seus corpos sangrentos mutilados, muitos gemidos e parentes apavorados, como uma orquídea num pasto de vacas. Cinqüenta e cinco anos, alto, calvo e distinto, ele usava o que havia sobrado dos cabelos prateados, longos, sobre o colarinho, para lembrá-lo de que ainda não estava totalmente calvo.

Olhava para seu amigo enquanto o residente no comando lhe inteirava da seriedade do estado de Vincent.

Ele ajustou os óculos, pensando em como era terrível ver um homem grande como Ed Vincent, vigoroso, maior do que a vida, reduzido a este espectro pálido sobre a maca numa sala de emergência.

— Ele já deu algum sinal de consciência desde que chegou aqui?

— Por dois segundos. Disse que precisava sair daqui — disse o residente com um sorriso torto.

— Não posso culpá-lo. Quem está operando?

— Tivemos sorte. Frank Orenbach estava no hospital.

Jacobs balançou a cabeça afirmativamente. Conhecia Orenbach, sabia que era um bom e competente cirurgião.

— Vou assisti-lo — disse ele, encaminhando-se para a sala de assepsia. — É tudo o que posso fazer por Ed — disse. — Além de rezar — acrescentou impassível.

Art Jacobs conhecia Ed há quinze anos e considerava-se um bom amigo. Ed mandava flores para sua esposa no dia do aniversário dela. Eles jantavam juntos uma vez por mês no pequeno e antiquado restaurante italiano em Greenwich Village preferido de Ed. Ele conhecera as namoradas de Ed bem como vários de seus conhecidos do mundo dos negócios. Mas nunca fora convidado para ir à casa dele no topo da Torre Vincent na Quinta Avenida.

Ed era estranho a seu modo, e Art aceitava isso. O homem guardava sua privacidade como se fosse o cálice sagrado e nos dias atuais, de exposições e denúncias pela mídia, ele não o culpava. E, até onde sabia, ninguém — nem mesmo uma mulher — tinha visitado o nirvana pessoal de Ed, a casa na praia. Enquanto outros homens ricos socializavam em mansões de verão em Hamptons, Ed Vincent ausentava-se por longos fins de semana na solidão, pescando em seu velho Europa de quarenta pés, ou pintando seu convés, ou apenas observando as gaivotas e focas. Ele gostava que fosse assim, e Art o admirava pela sua independência e liberdade.

Só desejava poder fazer um pouco mais para ajudá-lo agora.

5

O detetive Camelia não estava chegando a lugar algum. Não havia testemunhas do atentado. Só o mecânico que cuidaria do Cessna ouvira os tiros e saíra correndo do hangar. Ele disse que achou ter visto uma picape se afastando mas estava tão apavorado que não conseguia lembrar sequer da cor ou da marca, sem falar da placa.

— O que posso te dizer? — gritou ele. — Ed Vincent tava caído no chão, ensangüentando todo o lugar, e eu devia tá anotando a placa do carro? Eu tava no telefone com a emergência médica, porra.

Camelia levantou as sobrancelhas. O mecânico lembrou com quem estava falando e resmungou uma desculpa.

— Sabe como é — disse ele, encolhendo um pouco os ombros. — Eu tô chateado. Trabalho pro cara. Gosto dele. Foi uma grande merda isso ter acontecido com ele.

— Tem razão. E você fez a coisa certa — disse Camelia para acalmá-lo, esperando que se lembrasse de alguma coisa mais tarde. Com freqüência as testemunhas lembram mais do que imaginam inicialmente. Algum detalhe pode lhes vir à mente. Que o carro era um Chevy branco ou um Dodge Ram, por exemplo. E que o motorista era branco, preto, ou hispânico. Tudo era possível. Ele só podia ter esperança.

O hangar e a área do lado de fora, onde o cimento estava todo manchado com o sangue de Ed Vincent, foram isolados com a fita amarela da cena do crime. Camelia não sabia como um homem podia perder tanto sangue e ainda viver, mesmo um cara grande como Vincent. Ele achava que era um caso de mente sobre a matéria até então. Força de vontade sobre força física. Dê crédito ao homem, ele nunca pensaria que ainda estivesse na terra dos vivos, mesmo que fosse por um triz.

Os detetives ainda vasculhavam a área, e os peritos faziam seu trabalho, procurando fios de cabelo, fibras, queimaduras de pólvora, marcas de pneu e possíveis vazamentos de gasolina deixados pelo motor da picape. Pequenos pedaços de nada que poderiam revelar muito no quebra-cabeça científico final que tentariam montar.

Observando-os, Camelia por vezes desejava ter escolhido essa área. Ele se formara pela academia de polícia e poderia ter continuado os estudos, mas já tinha esposa e dois filhos então, e ademais, gostava da ação, da camaradagem do distrito policial. Gostava até da piada que faziam com seu nome: Oi, *Dama das Camélias!*, gritavam para ele, caindo na risada quando o vigoroso siciliano olhava-os ferozmente com seus olhos pretos. Era a sua vida. Ele gostava disso. E sentia-se parte do DPNY de uma forma que os cientistas com suas buscas solitárias não eram.

Ele conseguira ir galgando postos depois de anos dirigindo uma radiopatrulha pelo Bronx. Aqueles foram tempos realmente difíceis, pensou ele. Nada poderia ser comparado àqueles dias, dizia ele, fazendo o sinal-da-cruz, agradecido. Como Ed Vincent, tinha sorte de estar vivo, e sabia disso.

Depois da radiopatrulha, servira um tempo nas delegacias antibomba, de costumes, narcóticos e, finalmente, homicídios. Camelia já vira tudo. Estivera lá, feito tudo. Mas nunca sonhava com isso à noite. Não senhor, ele mantinha sua vida profissional em um compartimento e a vida familiar em outro. Quando chegava tarde da noite em casa, Claudia já estava dormindo. Ela enroscava-se nele, e ele nunca pensava em outra coisa, exceto na sensação que ela causava, no cheiro doce de Arpège que exalava, seu perfume favorito. Ele era um homem de sorte. Mais sortudo ainda, sabia agora, do que o ricaço na mesa de operação.

O detetive Jonas Machado fez um círculo de giz sobre o cimento em volta de um cartucho, e o fotógrafo da cena do crime tirou fotografias dele, mostrando sua medida e localização. Machado pegou o metal com uma pinça e colocou num saco plástico.

— Com esta são três — disse ele a Camelia. — Falta uma.

— Parece que uma entrou pela fuselagem — disse Camelia, espiando dentro do Cessna feito por encomenda, aproveitando para admirar os assentos de couro cinza-escuro. E achou o interior do pequeno avião parecido com o interior de um carro esporte caro. — Eles provavelmente não conseguiram atingi-lo com esse tiro — disse ele. — Então deve haver uma bala dentro do avião, além de no mínimo mais uma. Fique de olho, Machado. Precisamos delas.

Ele suspirou, observando a busca acontecendo. Tudo o que tinham até o momento eram três cartuchos de 40mm e a informação de que uma picape fora vista deixando a cena do crime. Não era uma de suas melhores noites de serviço.

Essa seria uma noite difícil. E com um homem importante como Vincent, as portas do inferno se abririam quando a imprensa descobrisse. Enquanto isso, o silêncio seria mantido até que se pudesse encontrar o parente mais próximo e informá-lo. Mais cedo ou mais tarde teriam de informar a imprensa. Quer dizer, é claro, se os intrometidos não descobrissem primeiro.

6

A Torre Vincent Quinta era um prédio imponente revestido de travertino bruto, elevando-se com seus cinqüenta andares acima da Quinta Avenida e gozando de uma fabulosa vista do parque. O porteiro, elegantemente vestido, ficou surpreso quando viu as viaturas se aproximarem. Definitivamente, a polícia não fazia parte da vida cotidiana da Torre Vincent.

O zelador veio apressado, ansioso para remover qualquer problema que houvesse no imaculado saguão de seu prédio. Mas a expressão de seu rosto mudou quando Camelia mostrou-lhe o mandado de busca, disse-lhe que houvera um acidente e que o sr. Vincent estava no hospital.

As paredes do elevador eram forradas de madeira clara, e um espelho inclinado refletia as imagens silenciosas dos homens enquanto subiam suavemente. Depois a porta deslizou silenciosa e eles estavam no vestíbulo da cobertura.

O zelador permaneceu ao lado de Camelia, observando cada movimento, enquanto ele andava pelos quartos, observando a decoração esparsa, o quarto simples, o banheiro sem adornos. Ele pensou que realmente o lugar parecia um coxim de solteiro, embora "coxim" não fosse exatamente a palavra certa. Esse lugar poderia ser habitado por um monge.

O zelador estava novamente em seu calcanhar e Camelia suspirou quando disse:

— Muito bem, pode sair agora. Não vou roubar a prataria.

Se houvesse alguma prataria para roubar, pensou Camelia, ainda surpreso em ver como Vincent vivia tão austeramente. Logo ele, um homem tão rico. Talvez o dinheiro não significasse tudo, afinal.

O elevador *zuniu* novamente, e os parceiros de Camelia chegaram, homens de azul parecendo durões e metódicos. Os peritos estavam lá também. E, é claro, o fotógrafo.

— Nada foi tocado — disse ele aos homens. — Tire suas fotografias antes de virarmos o lugar do avesso. E quero toda e qualquer impressão que tiver no local. Certo?

Ele esperou que o fotógrafo fizesse seu trabalho, depois começou a trabalhar, começando pelo quarto.

A cama estava feita com lençóis limpos — Camelia conferiu para ter certeza. Não havia um sinal de poeira no quarto, ou muito conforto, também, pensou ele, lembrando do próprio quarto aconchegante. Um tipo de ninho de amor, Claudia o fizera, com tecido estampado, vermelho vivo, meia-claridade e tapetes macios. Nada disso aqui. Ed Vincent obviamente não gostava de supérfluos.

O banheiro sem adornos era revestido de azulejos brancos e as paredes do boxe de lâminas grossas de vidro transparente, nem um pingo de ouro à vista. Luxo reduzido ao minimalismo. Não era o estilo de Camelia, mas quem sabe da vida das pessoas ricas? Quem quer que tenha dito que elas são diferentes de nós, acertou.

Não havia marcas de água nas paredes do boxe, nem tubo de pasta de dentes sem tampa, nem sujeira na pia. Uma pilha de toalhas brancas esperava o mestre, bem como uma única escova de dentes e um sabonete novo, sem perfume, na saboneteira da mesma cor. Procurar pistas de uma tentativa de assassinato aqui era como procurar uma bola de neve numa geleira.

Camelia ligou para o zelador do interfone:
— Quem limpa o apartamento do sr. Vincent? — perguntou ele.
— O serviço de limpeza do prédio, senhor. Eles vêm todos os dias.
— Então estiveram aqui esta manhã?
— Não, senhor, ainda não. Mas estiveram aqui ontem, contudo.
— Obrigado. Um de meus homens descerá para vê-lo. Dê a ele o nome do serviço de limpeza... ele vai querer falar com a pessoa responsável pelo apartamento do sr. Vincent.
— Sim, senhor — respondeu o zelador. Ele era todo profissional agora. Camelia imaginou que estivesse nervoso por causa dos homens de azul "sujando" seu elegante saguão. Bem, o que fazer? Isso era bem mais sério do que o descontentamento de algumas pessoas ricas. Ed Vincent era quase um homem morto.

Ele abriu as gavetas, vasculhou as poucas coisas pessoais que estavam lá dentro, o tipo de coisas que qualquer homem tem no banheiro — barbeador elétrico, escovas de dentes sobressalentes, camisinhas... Camelia imaginou se as escovas de dentes eram para suas visitas femininas noturnas — e ficou contente por Ed fazer sexo seguro.

Ele verificou as gavetas do enorme closet que facilmente acomodaria um dos quartos de seus filhos. Camelia detestava mexer nas coisas das pessoas, detestava espionar suas vidas, mas este era seu trabalho. E ele não foi nada além de meticuloso. Mas, desta vez, a meticulosidade não o levou a lugar algum.

O homem das impressões digitais disse-lhe que não havia muitas impressões porque o lugar fora completamente limpo, e os uniformizados não encontraram nada de relevante, embora tenham procurado nos bolsos de cada peça de roupa, bem como em todos os armários e gavetas. Intrigava Camelia como o homem podia viver sem um traço de desordem. Não havia nada na geladeira também, sequer a prova da garrafa de champanha do solteiro rico. Ele não compreendia. Se não fosse pelas roupas no closet, ele teria jurado que ninguém morava ali.

Suspirando, pôs fim à busca.

— Obrigado, rapazes — disse enquanto os homens desciam no elevador silencioso. Depois ele voltou para o *closet* e estudou o pequeno cofre preso na parede. Isso precisaria de um chaveiro e de uma autorização, e Camelia pegou o telefone celular para tentar organizar ambos.

Ele pensava em sua casa pequena e imaculada em Queens. Tipo habitada, um pouco gasta depois de quatro crianças. Mas era uma casa de verdade. Esta era apenas um abrigo de tempestade. Uma caverna.

Depois disso ele ligou para Claudia, apenas para dizer oi e perguntar o que estava fazendo. Não que estivesse controlando ou coisa assim, ele apenas gostava de saber onde sua família estava. Claudia achava que era uma característica do trabalho dele. O Eterno Detetive, dizia ela, com aquele sorriso agradável.

Ela detestaria este lugar, pensou ele enquanto esperava pelo elevador. Teria arrepios. O lugar parecia menos uma casa do que qualquer quarto de hotel, e voltou a pensar em Ed Vincent, o homem. Quem ele era. E o que ele era.

7

Havia um lugar entre a vida e a morte chamado "limbo", Ed Vincent sabia agora, e era o lugar mais frustrante para estar, a meio caminho entre a terra e o céu. Parecia mais com o inferno, com todas as preocupações e problemas da vida e nada do descanso e bem-estar da morte. *Como ousam fazer isso comigo?* Debateu-se na cama estreita de hospital, e a dedicada enfermeira de plantão correu para o seu lado. Seu paciente estava fora da sala de operação há apenas três horas. O estado dele era crítico. Ela checou o respirador, os drenos no peito e os tubos que injetavam fluidos em suas veias.

A enfermeira observou o monitor por um minuto, depois olhou novamente para o paciente, que estava quieto agora, embora a respiração parecesse laboriosa e rouca como um trator ligado.

Ele era um homem grande, de 1,90m, ombros largos, robusto, mas neste exato momento parecia muito diferente do homem forte e bonito como um urso que vira na TV, na inauguração de uma de suas novas torres em Manhattan.

Ela olhou o relógio de pulso. Era meia-noite, e o médico de

plantão estaria fazendo sua ronda logo. E, sem dúvida, o médico do sr. Vincent, Art Jacobs, também apareceria.

Checou sua outra paciente em tratamento intensivo, uma mulher recém-saída da sala de cirurgia que colocara um marca-passo quádruplo após um ataque cardíaco no início daquela noite. Cada enfermeira de plantão cuidava de dois pacientes. Neste segundo um deles conseguiria resistir. Ela viveria. Seu primeiro paciente, o sr. Vincent, podia não ter tanta sorte. Não havia mais nada que ela pudesse fazer por qualquer um dos dois no momento. Então voltou para a enfermaria, onde uma parede de monitores mostrava o estado atual de cada paciente, tirou uma Coca diet da geladeira e afundou agradecida numa cadeira. Esta seria uma noite longa.

———※———

Exatamente o que Ed Vincent estava pensando. Na verdade, estava pensando que esta noite seria a mais longa de sua vida. Talvez, como um afogado, sua vida devesse estar passando diante de seus olhos. Não é isso o que deve acontecer quando se está morrendo? Deus, era irônico como todos os velhos mitos e máximas lhe passavam pela cabeça, quando na verdade ninguém sabia realmente o que acontecia, porque ninguém que morrera havia voltado para contar a história.

Zelda, pensou ele, agonizante. *Ah, Zelda, sua louca, garota dourada com rosto de fada.*

Ele nunca conhecera ninguém igual a ela. Extrovertida, falante, sincera. Com Zelda todo momento era uma Ocasião. Toda refeição, um Banquete. Todo encontro, uma Reunião. Ela possuía a feliz habilidade de transformar em Evento a situação mais corriqueira. Ele imaginava que para ela até escovar os dentes devia ser uma cena de cinema. "Onde está a verdadeira você?", perguntara-lhe certa vez, aturdido e sorrindo. "Quisera saber", respondera ela, serenamente. "Estou por aí em algum lugar."

E certamente estava. Ela surgira em sua vida "do nada", por assim dizer. Ele pensou que ela fosse louca, na ocasião. Ainda pensava de certa forma, mas era sua loucura que ele amava. E também amava sua filha de sete anos, Riley. Gostava inclusive daquele pequeno e barulhento *terrier* dela, que mordia seus calcanhares toda vez que o via.

Zelda era única. Embora, é claro, "Zelda" não fosse seu verdadeiro nome. Só ele a chamava assim, por causa do sotaque jovial da Geórgia e do charme sulista. "Você devia chamar-se Zelda. Você é puro Fitzgerald."

Ela rira com ele, e desde então este passou a ser o nome dela. Só ela conhecia o nome. Só ele sabia o que significava. E ela o chamava de "meu bem". Ele ficara surpreso quando, no primeiro encontro, ela referira-se a ele como "sr. Vincent, meu bem". Até ela se desculpar e lhe pedir para não ligar, pois era do Sul e chamava todo mundo de meu bem, esse era o jeito dela.

Ah, o que ele não daria para ouvi-la chamá-lo de meu bem mais uma vez. Só "meu" já era o bastante.

Ela morava no 139 da Ascot Street, em Santa Monica, na Califórnia, um chalé vitoriano de estilo artesanal numa rua secundária, uma casa tão pequena que quando ele a viu pela primeira vez, lembrou-se da casa onde nascera, uma cabana de dois cômodos no sopé das montanhas Great Smokies.

"Oi, Zel", diria ele ao telefone de Nova York. "Como vai a minha garota hoje?"

"Ocupada", responderia ela, num estalo. "É hora do jantar aqui, e estou acabando de servir canjica para Riley."

Ele riu, imaginando-a com o telefone preso ao ombro enquanto fazia malabarismo com as panelas no fogão. Certamente, ela não estava fazendo canjica. E cozinheira Zelda não era. Porém, insistia em dar a Riley uma refeição caseira, incluindo legumes frescos, toda noite.

E Zelda reservava os domingos só para Riley. Mesmo ele ficara de fora. O dia de Riley era de Riley, para fazer o que ela quisesse. O que normalmente significava panquecas caseiras no café da manhã enquanto ainda estavam de pijamas, depois andar de patins no calçadão de Venice, e mais tarde almoçar qualquer coisa e quem sabe pegar um cinema. Depois jantar em algum lugar, para o qual ele tivera o privilégio de ser convidado várias vezes pela própria Riley.

Que criança era Riley. Se ele tivesse tido a sorte de ter uma, gostaria que fosse igual a ela, com a cabeça cheia de cachos ruivos, olhos grandes e castanhos como os da mãe, e aquele sorriso banguela, cativante. Ele até comentara com ela que seria uma pena ganhar novos dentes, era tão bonitinho como estava. "Muito obrigada", respondera ela, assoviando pelo vão entre os dentes enquanto falava, "mas eu não acho que poderia beijar muito bem sem meus dentes da frente".

"Beijar!? Como assim?" Zelda ficara tão escandalizada com a idéia que Ed e Riley caíram na risada.

Bons tempos, pensou ele. Aqueles foram tempos muito bons. Que pena não tê-los anotado. Então pensou: *Olhe aqui, rapaz, aproveite o máximo deste dia. Isso pode ser tudo o que lhe resta.*

Ele agitou-se na cama estreita, ouviu os passos da enfermeira, amortecidos pelas solas de borracha, sentiu seus dedos frios enquanto tomava seu pulso e ouviu-a dizer:

— Boa noite, dr. Jacobs.

Depois seu amigo e médico respondeu:

— Como está nosso paciente, enfermeira?

— Na mesma, doutor. Embora tenha estado um pouco inquieto.

— Como você está, Ed?

Art Jacobs inclinou-se sobre ele. Ed podia sentir o cheiro de sua colônia, adivinhar que ele tivesse saído para jantar e que usava o elegante terno italiano habitual. Art era uma bela estampa no mundo médico, tinha todas as enfermeiras correndo atrás dele, foi assim que conheceu a esposa. Um bom sujeito. Um dos melhores, e um médico dedicado. Ed queria tanto vê-lo, dizer olá, uma última vez...

Não, não podia ser a última vez. Ele precisava sair dali. Zelda estava correndo perigo, eles a matariam também — e Riley. Precisava encontrar Zelda. Protegê-las...

O dr. Jacobs endireitou-se e deu tapinhas no braço do velho amigo.

— Resistindo, amigão. É tudo o que se pode esperar com ferimentos como os seus — disse ele dando um passo para trás, surpreso, quando os olhos de Ed se abriram. Eles olhavam maniacamente para os seus.

O médico inclinou-se novamente sobre ele.

— O que foi, Ed? Sinto que você precisa dizer alguma coisa. Olhe, se eu pressionar o tubo em sua garganta, você pode falar. Tente me dizer, amigão. Diga-nos quem fez isso com você.

— *Zelda* — disse ele. Sua era um murmúrio gutural.

— Zelda fez isso? Que Zelda? — perguntou Art, mantendo o dedo sobre o tubo na traquéia, mas não funcionou.

Ed gemeu de frustração e desespero ao sentir que estava se ausentando novamente. *Oh, Deus, o túnel não. Não agora.* Era quase engraçado — quando ele queria deixar este mundo, não podia. Quando não queria, parecia que vinham atrás dele. Maldição, ele não entraria naquele túnel agora, embora pudesse ver aquela luz brilhando...

— Rápido, ele precisa de uma injeção de dobutamina — disse o dr. Jacobs, muito competente enquanto injetava o estimulante direto no coração de Ed. — Jesus, Ed — murmurou ele. — Eu não vou perdê-lo agora, não depois de tudo isso.

Mas ele sabia que Ed estava por um fio.

8

— Como ele está, doutor? — perguntou Brotski. O jovem policial de plantão do lado de fora do CTI circulava, pés grandes e sentindo-se deslocado com a farda e as armas, pelo corredor silencioso e com cheiro de anti-séptico. Ele estava lá na esperança de que Ed Vincent saísse do coma antes de morrer e dissesse quem atirara nele. — Alguma esperança dele acordar?

Jacobs abotoou o paletó Armani e ajeitou a gravata, imaginando o que responder a ele. Afinal, Ed estava num mundo diferente; o nome que mencionara podia não significar nada. Mas ele precisava cumprir seu dever.

— O sr. Vincent abriu os olhos por um instante, parecia que queria dizer alguma coisa — fez uma pausa, lembrando do olhar insistente e desvairado de Ed. — Perguntei a ele quem atirou.

— Nossa! E o que ele respondeu?

— *Zelda*. Foi tudo o que ele disse. *Zelda*.

Art esperava estar fazendo a coisa certa, mas foi isso o que Ed quis dizer a ele. De qualquer modo, agora estava feito. Se essa mulher, Zelda, atirara nele, a polícia a encontraria, e Ed seria ao menos vingado.

Enquanto se retirava, pensando que esta noite seria a última vez que veria o amigo vivo, o policial já estava ao telefone com o detetive Marco Camelia, da Homicídios. Os braços da justiça já estavam se estirando.

Camelia estava no hospital em minutos. E também a imprensa, que de modo realmente astucioso ficara sabendo da identidade de Ed. Repórteres de tablóides acampavam do lado de fora e tentavam entrar sorrateiramente. Equipes de TV filmavam a fachada lisa do hospital, como se isso importasse. O atentado contra Ed era agora destaque no noticiário.

O policial Brotski estava esperando por ele, vaidoso com as próprias informações.

— O Sr. Vincent não acordou desde que disse aquele nome, senhor... *Zelda*.

Camelia resmungou qualquer coisa, desapontado.

— O dr. Jacobs perguntou a ele especificamente quem atirara. A resposta dele foi...

— Eu *sei*, eu *sei*. *Zelda* — disse Camelia, pensando aborrecido que a juventude e o entusiasmo podiam acabar com a paciência de um homem.

Zelda. Zelda atirara. Ela atirara nele. Isso foi o que Vincent dissera ao amigo dr. Jacobs. Mas quando Camelia falara com o dr. Jacobs ao telefone, este lhe dissera que não conhecia nenhuma Zelda. Ademais, acrescentara ele, Vincent poderia estar alucinando, eles não deveriam levar isso tão a sério. Ele estava em coma, o cérebro fora de sincronia, vagando por algum mundo de sonhos, quem sabe onde.

Contudo, Zelda foi o único nome que saiu de sua boca. A única pista que Camelia tinha.

Na manhã seguinte, ele entrou no carro e seguiu para o escritório de Ed no centro da cidade, onde tinha um encontro com Rick Estevez, assistente de Ed, ele supunha, seu braço direito.

A Torre Vincent Madison erguia-se rumo ao céu, uma lâmina de vidro e uma fachada rústica de calcário que lembravam o Getty Museum de Los Angeles, só que sem o cenário arborizado. Arcadas de bambu e plantas de interior suavizavam o aerodinâmico e ecoante átrio de altura tripla, disposto em camadas densas e geométricas que Camelia achou extremamente agradável, embora não fosse nenhum "modernista". Surpreendentemente, pessoas desocupadas descansavam em torno de pequenas mesas de aço, bebericando café latté sob guarda-sóis verdes, como se estivessem num parque, e clientes entravam e saíam das butiques elegantes.

Se algo mais, Vincent tinha bom gosto, pensou Camelia enquanto era levado silenciosamente para o qüinquagésimo andar e despejado, não chegando a ser com um empurrão, na área de recepção dos escritórios palacianos de Ed Vincent.

A recepcionista era loura e elegante, uma beldade de olhos azuis-escuros que pareciam ter vertido lágrimas há não muito tempo. Poderia ela ter chorado por causa de Ed?, ponderou ele, surpreso com tal lealdade. Não, mais provável que tenha sido por algo que seu namorado tivesse feito.

Ela conteve uma lágrima ao cumprimentá-lo, disse que ele estava sendo esperado, e ofereceu-lhe uma xícara de café, que ele recusou.

— Você está triste — disse Camelia, expressando o óbvio.

— Estou, senhor. Todos nós estamos — disse ela, enxugando as lágrimas rapidamente. — O sr. Vincent não é só um bom patrão, ele é um bom homem. Aposto que não há uma só pessoa neste escritório cuja história de vida ele não conheça, e cuja maioria ele não tenha ajudado de algum modo. Não se encontra isso com freqüência... não em Nova York — acrescentou ela enquanto andava com ele pelo corredor e abria uma grande porta dupla no final.

Rick Estevez era hispânico, provavelmente cubano, imaginou Camelia. Altura mediana, troncudo, elegantemente vestido com um terno cinza; um emaranhado de fartos cabelos grisalhos, um bronzeado permanente e intensos olhos castanhos que, Camelia sabia, o vira por inteiro com uma única mirada. Não é de admirar que ele seja o braço direito de Vincent — o sr. Estevez era uma águia. Não só isso, ele estava sentado no que Camelia sabia ser a cadeira giratória de couro verde de Vincent, atrás da laje de aço que era a mesa de Ed Vincent.

Interessante, pensou Camelia enquanto apertava a mão dele e sentava no assento oposto, observando enquanto Estevez recostava-se no couro verde. Ele parecia bem confortável lá. Para um homem na cadeira do patrão. E, o patrão sequer estava morto ainda. Hum, pensou Camelia novamente, será...

— Traga café, Lauren, por favor — disse Estevez e a recepcionista inclinou a cabeça, sim senhor.

— Uma jovem eficiente — disse Estevez, fixando toda a sua atenção em Camelia. — Mas também, se não fosse, não estaria trabalhando para Ed Vincent.

— Ele é um obstinado por eficiência, é? — perguntou Camelia, procurando seu maço de Winstons no bolso, depois se lembrou de onde estava e cruzou os braços a sua frente, observando Estevez observá-lo.

— Você poderia dizer que ele é louco por eficiência — riu Estevez, mostrando, notou Camelia, dentes brancos e perfeitos. — E acho que você poderia dizer que foi assim que ele chegou onde está hoje — suspirou ele. — E onde esperamos que ele ainda estará amanhã, e para todo o sempre, amém. Isso foi um terrível choque para todos nós, detetive — acrescentou, inclinando-se solenemente à frente, mãos fechadas sobre a mesa de aço, olhos negros fixos nos de Camelia.

— Posso imaginar.

Lauren voltou com uma bandeja contendo um bule de café de aço e duas sensíveis canecas brancas. Eles esperaram enquanto ela serviu, e Camelia pegou três saquinhos de açúcar e leite não, obrigado. Estevez quis o seu preto.

Lauren saiu e Camelia começou com um forte gancho de esquerda.

— O senhor deve saber quem fez isso, sr. Estevez. Afinal, é a pessoa mais próxima do sr. Vincent.

Se o soco atingiu uma área sensível, Estevez não demonstrou, e Camelia pensou que ele ou era um ótimo jogador ou um homem inocente. Enquanto isso, era tão suspeito como a desconhecida Zelda. Negócios eram negócios, e cobiça e inveja eram motivações fortes para um assassinato. Especialmente quando o que estava em jogo era de tamanha proporção.

— Admito que conheço Ed tão bem como, talvez até melhor, qualquer pessoa aqui — disse Estevez. Depois tomou um gole do café preto e quente, fazendo uma cara de menosprezo enquanto bebia. — Argh, quando vão aprender a fazer um café decente? — suspirou ele. Depois encarou Camelia novamente. — Mas você está errado se acha que eu era o confidente dele. Nunca socializamos. Nunca jantei com o homem, a não ser jantar de negócios, e nunca visitei a casa dele.

— Casas — corrigiu Camelia. — Parece que há também uma casa de praia perto de Charleston.

Camelia também tomou um gole do café e achou que estava

muito bom, mas também qualquer coisa com aquela quantidade de açúcar ficaria boa.

— Casas — concordou Estevez. — E não, não estive em nenhuma delas.

— Mas quanto aos negócios? Você sabe tudo o que há para saber.

Estevez concordou.

— Dentro do razoável. Isto é, sei tanto quanto qualquer patrão quer dizer a seu assistente.

Camelia concordou também; ele entendia isso. Um homem como Ed Vincent nunca confiaria a ninguém toda a história de sua vida, todo o trabalho de sua vida, suas operações comerciais. Ele sempre manteria algo para si, guardaria os segredos até ter concluído seus negócios.

— Felicidade para Ed era um negócio bem-sucedido — disse Estevez. — Uma nova Torre Vincent era... literalmente... o ponto culminante de seus sonhos. E a próxima era para ser uma supertorre. Ele tinha todos os arquitetos orquestrados, sabia exatamente o que queria... seu sonho estava prestes a se tornar realidade. Até que alguém jogou um balde de água fria em seus projetos.

Camelia endireitou-se na cadeira.

— Que projetos?

— Isso é confidencial, você entende. — Estevez olhou em volta do escritório ensolarado como se nele tivesse espiões escondidos. Ed estava envolvido num grande negócio imobiliário que estava se complicando. Tinha feito uma oferta para o espaço aéreo sobre uma loja na Quinta Avenida. Haviam lhe assegurado que a oferta seria aceita e que haveria negócio. Então, há dois dias, um licitador reclamou diretos anteriores, dizendo que fizera uma oferta maior e anterior. O negócio ficou pendente, e como se pode imaginar,

Ed ficou furioso. Especialmente porque não conhecia a identidade do outro participante.

— Ele não sabia quem estava concorrendo com ele?

— Ele acreditava que devia ser um empresário estrangeiro, Hong Kong, ou Arábia Saudita, talvez. De qualquer modo — disse Estevez, encolhendo os ombros com seu elegante paletó cinza — os advogados do outro participante sustentavam não conhecer a identidade do comprador. Mas o fato é que, havia uma oferta definida na mesa antes da nossa. Ou pelo menos é isso o que eles estão dizendo.

— Você acha que os negociadores estão mentindo?

Estevez pensou sobre isso.

— Não, não acho que eles estão mentindo sobre o comprador anônimo. Eles não sabem quem ele é. Mas acho que alguém está mentindo sobre a oferta estar na mesa antes da nossa.

Camelia serviu-se de mais café.

— Então você acredita que o atirador pode ser um rival nos negócios?

— Pode ser — disse Estevez, que voltara à posição usual, mãos cruzadas sobre a mesa de aço, olhos fixos e determinados sobre Camelia. Por um segundo, Camelia, desconfortável, perguntou a si mesmo quem estava fazendo a entrevista aqui, a seguir recompôs-se e disse:

— Então quem é Zelda?

As sobrancelhas pretas e espessas de Estevez ergueram-se em surpresa.

— Zelda? Não faço a menor idéia.

— Não sabe se ela era amiga do sr. Vincent?

— Nunca ouvi esse nome antes. Mas espere um pouco — ele levantou as mãos, — Vamos ver na agenda de endereços de Ed.

Ele retirou uma grossa agenda encapada com couro verde da gaveta central na mesa, e procurou na letra Z.

— Zelda, Zelda, Zelda... humm, não, nada aqui. Pode ser que tenha sido anotado pelo sobrenome. Mas isso significa ler a agenda toda.

Camelia estendeu a mão.

— Eu ficarei com a agenda, senhor.

— Bem... — Estevez estava hesitante.

— Estamos tentando descobrir quem tentou matar o sr. Vincent — disse Camelia laconicamente e olhou para o relógio. — Na verdade, quem pode já tê-lo matado. Ele não estava nada bem da última vez em que o vi.

— Jesus! — disse Estevez, empurrando a agenda num gesto rápido sobre a mesa. — Jesus, homem, não diga isso.

Por um instante, sua fachada lisa pareceu rachar e Camelia percebeu um lampejo do que parecia ser uma dor genuína em seus olhos negros.

— Ed Vincent é uma boa pessoa — disse Estevez, e desta vez havia um tremor definido em sua voz. — Ele me tirou, um refugiado cubano, um imigrante, das ruas de Miami. Eu não tinha um centavo no bolso, mas aconteceu de estarmos sentados perto um do outro num banco, olhando para o oceano. Ele comprou um café para mim e contei-lhe minha história, que meu pai era um fabricante de charutos, que tive boa educação, que fiz a escola de comércio. E como fiquei todos aqueles longos, estranhos e empobrecidos anos em Cuba porque minha família se recusava a sair. Mesmo depois que tomaram sua fábrica, meu pai continuou, ele insistia que um dia a devolveriam. Ele acreditava em Deus e na honra e se recusava a reconhecer que não havia honra entre ladrões. Então, veio o dia em que eu soube que tinha de partir. Eu tinha esposa e dois filhos na época. Precisava ganhar a vida, oferecer a eles algo melhor. — Seu olhar negro encontrou o de Camelia. — Você sabe o que é deixar seus velhos pais para trás, sabendo que nunca mais os verá?

Uma ruga surgiu entre as sobrancelhas de Estevez, e ele balançou a cabeça.

— A dor é indescritível, a culpa é esmagadora. Mas olhei nos olhos de meus filhos, e meu pai viu que a vida pertencia aos jovens. Ricardo, ele me disse, vá em paz. E partimos naqueles barcos terríveis, sem saber se iríamos ou não conseguir atravessar aquela faixa traiçoeira de oceano. Mas conseguimos, e a América, Deus a abençoe, nos recebeu. Mas o trabalho não era abundante para um imigrante cubano e eu estava desesperado quando conheci Ed naquele banco de praça. Ficamos naquele café um longo tempo enquanto eu lhe contava minha história. Mas quer saber de uma coisa, detetive? Ed nunca me contou a história dele. Nem uma palavra sobre seu passado. Só falou sobre o que estava fazendo, suas ambições. Ele me ofereceu emprego, encontrou um apartamento para mim em Nova York, pagou pelas roupas e pelas passagens de avião. E recentemente, ele colocou meus filhos na faculdade. Como vê, detetive Camelia, embora eu saiba que andou pensando que talvez eu seja o atirador, você está redondamente enganado. Adoro Ed Vincent. Queria que fosse eu a levar o tiro, e não ele. — Estevez abriu os braços, esticou os ombros largos. — Tudo o que sou, tudo o que eu e minha família temos, é por causa desse homem.

Camelia se remexeu desconfortável na cadeira. Ele não esperava uma experiência tão comovente, mas estava feliz por Estevez estar limpo. Não havia dúvida de que cada palavra dita por ele era verdade, e ele o respeitava pela franqueza.

— Nesse caso, será que você pode me dizer se houve qualquer coisa fora do comum recentemente, além do negócio ter empacado e do comprador anônimo?

Camelia fez a pergunta, sem saber o que esperar, e aguardou paciente enquanto Estevez pensava sobre ela.

— Tem uma coisa que notei quando estava revendo os relatórios recentemente. Mais ou menos há um mês, Ed transferiu uma grande quantidade de ações de sua companhia para uma tal Melba Eloise Merrydew. Foi uma surpresa para mim, especialmente porque nunca tinha ouvido falar da mulher — disse ele, encolhendo os ombros. — Mas também, eu sei muito pouco sobre a vida privada de Ed.

— Quantas ações?

— Como você sabe, a Desenvolvimentos Imobiliários Vincent é uma companhia privada. A divisão de capital é a seguinte: setenta por cento das ações pertencem a Ed. Vinte por cento são meus. E os dez por cento restantes são divididos entre os empregados. Ed achava que não estava só comprando lealdade desse modo, mas que assim todos estavam recebendo um porção justa. — Estevez sorriu, mostrando os dentes brancos e perfeitos. — Ed era assim mesmo, detetive.

— Ainda é, espero — disse Camelia. — E qual foi a quantia exata que ele transferiu para Melba Merrydew?

— Trinta por cento.

Camelia olhou para ele, atordoado. Depois levantou-se, agradeceu a Estevez, dizendo que talvez precisasse falar com ele novamente, e despediu-se.

Camelia saiu com a grossa agenda, sabendo que ela o manteria acordado a noite inteira, e com um monte de informações que provavelmente não levariam a lugar algum. E não teriam nenhuma utilidade para Ed Vincent.

9

Às sete horas da noite seguinte, Ed Vincent continuava vivo. Ele estava num quarto particular, preso a um banco de monitores com tubos que entravam em seu corpo. Só que agora havia um adicional. Um dreno fora inserido na cabeça, drenando o excesso de líquido do cérebro. As batidas do coração eram lentas no monitor, bombeadas pela máquina, e o pulso tremulava, fraco como o de um pardal. Ele não estava nada bem.

O detetive Camelia andava de um lado para outro do corredor longo, vazio e muito limpo do lado de fora do quarto de Ed. Vinte passos para um lado, vinte passos para o outro, mãos para trás, cabeça baixa, como a realeza num funeral.

Não se esperava que Ed passasse desta noite, mas Camelia queria estar lá caso ele recuperasse os sentidos. Queria ter a oportunidade de checar aquele nome Zelda com ele. Parecia um crime passional para o cenário da "mulher desprezada".

Na noite passada ele vira cada nome naquela maldita agenda de couro verde e não havia menção dela. E também não havia menção de Melba Eloise Merrydew. Estranho que o nome de Zelda não constasse na agenda de Ed. Nem o de Melba. Este é o lugar onde um homem normalmente mantém os nomes de suas amigas.

Camelia coçou o queixo áspero, olhando para a noite que chegava. Será que o comprador estrangeiro quis eliminar o rival? Esse era um grande negócio internacional. Milhões de dólares estavam em jogo. Nunca se sabe. Mas até agora todos os esforços para descobrir a identidade do comprador misterioso deram em nada.

Havia uma densa cortina entre os Estados Unidos e certos países estrangeiros no Oriente Médio e no Extremo Oriente, bem como na América Latina, que era impenetrável. Ele suspirou novamente. A vida não era fácil. Não para um detetive. E certamente não para o pobre coitado na cama do hospital.

Ed podia ouvir o próprio coração batendo. Parecia tão lento, que ele ficava esperando pela batida seguinte, sem saber se ela aconteceria. Drogado com morfina para aliviar a dor, ele sentia uma certa paz, quase sem percepção de seu ser físico exceto pelas batidas lentas do coração.

Ele oscilava entre o estado de pensamento consciente e períodos onde só havia escuridão: uma sensação morna e sombria, como o sangue sendo bombeado pela máquina. E depois havia outra camada sob aquela escuridão, uma parte oculta que nunca emergia em sua vida cotidiana. Não emergia por anos... Não desde que era um menino e enterrara aquelas lembranças...

Ele estava pensando no passado agora, embora contra a vontade, imaginando se era isso o que significava ter a vida passando diante dos olhos nos segundos finais.

Oh, Deus, pensou, não quero me lembrar disso, já enterrei tudo isso no passado... Quero estar de volta no Cessna, meu pequeno e robusto cavalo alado, voando ao encontro de Zelda novamente... Oh, Deus, Zelda, por quê, por quê... por quê?

―――――・●・・―――――

Camelia tomou outro gole do café amargo no copo de papel. Sentindo aquela ferroada ácida familiar no estômago, jogou o copo na lata de lixo. E ficou imaginando quanto daquela bebida consumira em 26 anos de polícia. Se alguma vez tiver o infortúnio de acabar na mesa fúnebre, quando o médico-legista abrir sua barriga ela terá a aparência de um velho tubo enferrujado, marrom e corroído pelo ácido. Nossa, ele devia abandonar essa coisa imediatamente. E ele deixaria, se não gostasse tanto.

O policial fardado sentado do lado de fora do CTI estava fazendo esforço para ficar acordado. Ele estava na casa dos vinte anos, e neste momento sua cabeça teimava em cair sobre o peito. Camelia sorriu. Não o culpava. Estar de serviço em hospital era um detalhe maçante.

Ele pegou um palito e sondou as gengivas. Maldição, teria de arranjar tempo para ir ao dentista logo. Suas gengivas estavam sensíveis como nunca. A porta se abriu, e a enfermeira do CTI emergiu. O fardado ficou de pé, alerta num instante.

Camelia acabara de encontrar um ponto sensível com o palito.

— Como ele está, enfermeira? — perguntou ele.

Ela lançou-lhe um olhar reprovador e ele livrou-se do palito apressadamente.

— O sr. Vincent ainda está em coma, detetive. Não há comunicação com ele. No momento, está sendo mantido vivo por máquinas. Só podemos esperar por uma melhora.

Camelia concordou.

— Obrigado, enfermeira.

Ele bem que poderia ir para casa.

— Ei, Brotski — disse ele ao fardado. — Dê uma esticada nas canelas. Vá pegar um copo de café e uma rosquinha, afugentar o sono. Ficarei aqui até você voltar.

O rosto do jovem policial iluminou-se.

— Obrigado, senhor. Muito grato. É meio lento aqui, sabe, dá sono na gente.

Camelia olhou-o se afastar. O fardado parecia muito grande para sua figura franzina, e o cabelo alaranjado tinha um topete indisciplinado. Sua aparência era muito jovem. Suspirou. Não se faz mais policiais como antigamente, quando ele era recruta. Na época, todos tinha mais de 1,80m, eram altos e troncudos. Exceto ele, é claro.

Camelia ocupou a cadeira de Brotski do lado de fora do CTI. Braços cruzados, cabeça inclinada para trás, ele olhou para o teto, pensando em Ed Vincent; imaginando por que ele era uma pessoa tão reclusa em sua vida pessoal. E por que ele nunca falava do passado? Será que tinha algo para esconder?

No corredor, o elevador *zumbiu* e as portas se abriram. Camelia virou-se para olhar. Uma mulher descia apressada pelo corredor longo e brilhante, meio andando, meio correndo. Era alta, esguia, desajeitada como uma adolescente de salto alto. Cabelos louros e curtos, enormes e ansiosos olhos castanhos, longas e bronzeadas pernas, e uma saia muito curta. Definitivamente não uma nova-iorquina. Ele ficou de pé quando ela se aproximou.

— Este é o CTI? Onde Ed Vincent está? — perguntou ela, ajeitando a alça da bolsa no ombro e puxando a saia curta. Estava ofegante, amarrotada, e parecia cansada.

— Por que quer saber isso, senhorita?

— Você é o médico? — perguntou ela, agarrando seu braço e olhando suplicante para ele. — Ah, graças a Deus, preciso falar com você. Diga-me se Ed vai ficar bom. Diga-me que ele vai viver, doutor. Por favor.

Camelia olhou para a mão esquerda dela. Não viu aliança. De fato, não usava nenhuma jóia, e suas roupas eram simples e não pareciam caras.

— Não sou o médico.

Sua pernas tremeram, e ela quase caiu. Ele a levou para a cadeira, onde ela se deixou cair, cabeça baixa.

Pensando que ela fosse desmaiar, ele correu para pegar água no bebedouro. Ela deve ser uma parente, pensou ele, oferecendo-lhe o copo de água. Ou uma funcionária dedicada. Ela estava realmente preocupada.

— E quem é você exatamente, senhorita...?

Ela ergueu os longos cílios dourados e olhou para ele com aqueles olhos grandes e suaves.

— Sou Zelda — disse ela.

10

Camelia escondeu seu sorriso de surpresa com uma pequena tosse. E apresentou-se:
— Detetive Marco Camelia, da delegacia de Homicídios.
Ela olhou fixo para ele.
— Homicídios? Ed não está morto, está? Ah, por favor.
Ela levantou-se abruptamente, passou apressada por ele e abriu a porta do CTI.
A cabeça da enfermeira girou quando Zelda passou por ela, então ela também se levantou.
— Ei, espere aí... — começou ela, zangada. Mas Zelda já estava ao lado da cama.
O rosto de Ed parecia o de um estranho, palidamente frio e sem a barba usual. Os olhos estavam fechados e, para um homem grande, ele parecia horrivelmente frágil.
Mortal, pensou Zelda, ficando de joelhos e tomando as mãos dele cuidadosamente nas suas. Seu coração era uma bola de chumbo no peito. As batidas diminuíram tanto que ela mal podia respirar. *Aqueles poderiam ser seus bips na tela — batendo cada vez mais fracos. Ela estava morrendo com ele...*

— Moça, precisa sair daqui — ordenou a enfermeira num sussurro furioso, segurando o braço dela. Ela não pareceu ouvir, os olhos fixos no paciente.

— Eu avisei, seu grande idiota — disse Zelda, limpando as lágrimas. — Que diabos, Ed Vincent, talvez da próxima vez me escute.

Marco Camelia fez sinal para a enfermeira deixá-la em paz.

— Estou no comando aqui, detetive — sussurrou a enfermeira, irritada. — Você está perturbando meu paciente. A condição dele é extremamente crítica, ele precisa de repouso — acrescentou ela, olhando para os monitores quando os picos e vales mínimos mudaram de repente para ziguezagues irregulares. — Veja o que ela está fazendo com ele — disse ela, correndo para chamar o médico.

Camelia estava olhando. A agitação estava lá para todos verem. Ed Vincent estava reagindo à presença de seu assassino. *Suposto* assassino, lembrou-se ele. Eles não tinham um cadáver. Ainda.

Zelda. A mão de Camelia era firme sobre seu ombro e ela virou-se para olhá-lo. Estava pálida, sofrendo, e os olhos tinham as pupilas dilatadas de uma pessoa em estado de choque. Ele disse:

— Precisamos deixá-lo descansar agora.

Seus olhos seguiram os de Camelia até os padrões saltitantes no monitor. Ela levantou desajeitada, parando por um momento para olhar o homem imóvel sobre a cama. Depois inclinou-se para beijar gentilmente o rosto dele.

Suave como uma pluma, notou Camelia, bem na hora em que o médico de plantão entrou no quarto, chamado às pressas pela enfermeira.

— Que diabos está acontecendo aqui? — perguntou ele em voz baixa, mas com visível irritação. — Quem é você? Não, não me diga, apenas saia.

Camelia apressou-se em tirar Zelda do quarto, mesmo quando ela virou-se para dar uma última olhada em Vincent.

Passou-lhe pela cabeça que se Zelda fosse realmente "uma mulher desprezada", ela certamente parecia estar preocupada com Vincent. Preocupada o bastante para matá-lo em vez de perdê-lo, ponderou. O mundo era assim mesmo. Deviam fazer uma campanha publicitária igual a que fizeram para as drogas — *Violência doméstica mata*. Isso ajudaria muito, pensou ele, abatido.

Zelda caiu na cadeira do lado de fora da porta como se as pernas não pudessem mais apoiá-la.

— Por quê? — indagou ela, olhando a esmo para o corredor vazio. — Por que eles iriam querer matá-lo?

Camelia anotou a frase mentalmente "eles querem matá-lo".

— É exatamente isso o que queremos saber. E é por isso que a estou levando para um interrogatório.

Ela olhou para ele, sem compreender.

O elevador parou no andar deles e o policial uniformizado veio em direção a eles com passos largos.

— Brotski, eu gostaria que você lesse para a srta. Zelda os seus direitos.

— Senhor?

O rosto de Brotski era uma caricatura. Ele estivera fora por quinze minutos, e o "Dama das Camélias" já estava lendo os direitos para uma mulher estranha na porta do CTI. Ele perdera tudo.

— Leia os direitos dela — ordenou Camelia, franzindo o cenho.

— Sim, senhor.

A mulher olhou fixamente para Brotski, espantada, enquanto ele lhe dizia que estava presa e a notificava de que tinha o direito de guardar silêncio e chamar um advogado.

— O que está acontecendo? O que ele quer dizer? — perguntou ela, olhando para Camelia, intrigada.

— Vamos levá-la para um interrogatório sobre a tentativa de homicídio do sr. Edward Vincent — respondeu Camelia todo profissional. Ele tinha seu perpetrador agora, estava certo disso. Vincent a nomeara, e agora ele a tinha.

— Você está louco?

Faíscas voaram de seus grandes olhos castanhos enquanto Zelda se levantava. Ela ultrapassou o 1,70m dele, e Camelia avaliou, desconfortável, que ela devia passar de 1,80m com aquele salto alto.

— Acabo de chegar aqui, vim de Los Angeles — gritou ela.

— Eu nem sabia que atiraram em Ed até ver a reportagem na TV... Jesus! — A voz dela tremeu quando percebeu a situação. — Vocês não podem pensar que fiz isso.

— Só queremos interrogá-la, senhorita — disse Camelia, calmo e informal. — Talvez a primeira coisa que deva nos dizer é seu nome completo.

Os olhos dela oscilavam entre a porta do CTI e o longo corredor. Imaginando que ela podia tentar fugir, Brotski ficou entre ela e o elevador.

— Melba Eloise Merrydew — disse ela finalmente numa voz suspirada, e Brotski quase pôde ver o coração de "Dama das Camélias" atingir as botas ao registrar o fato de que ele podia ter pegado a mulher errada afinal.

Mas Camelia estava lembrando aquela enorme transferência de ações.

— Pensei que tivesse dito que seu nome era Zelda — disse ele num estalo.

Os olhos dela voltaram a se encher de lágrimas, e ela deixou-as rolar, sem limpá-las, pelo rosto.

— Foi o nome que Ed me deu. É assim que ele me chama.

— Um tipo de apelido carinhoso — disse Brotski prestativo, depois travou a boca ante o olhar de Camelia.

Camelia sabia que tinha a mulher certa, estava certo disso. O motivo estava lá em algum lugar — se ao menos pudesse decifrar. Aquela enorme transferência de ações... O dinheiro devia estar no centro de tudo. Dinheiro e sexo — eram normalmente a razão, e tinha certeza de que este caso não era diferente.

— Srta. Merrydew, por que não vem comigo para falarmos a respeito disso? Você compreende que não a estou acusando de nada. Só queremos que você nos inteire de alguns detalhes da vida privada do sr. Vincent.

— Vou precisar de um advogado?

Ela não era tão boba quanto Brotski esperara de sua aparência peculiar.

— Se você quiser a presença de um, certamente.

— Mas *quero* ajudar vocês. Farei tudo o que puder. Eu não tenho nada a esconder... — disse ela, lançando um olhar suplicante para a porta do CTI. — Deixe-me vê-lo só mais uma vez, me despedir...

A voz dela falhou e por um segundo a superfície implacável de Camelia rachou. Ela parecia tão perturbada, tão vulnerável, que ele ficou imaginando como pôde suspeitar que ela pudesse cometer um crime tão hediondo. Mas sabia por experiência que a culpa podia ser tão charmosa e persuasiva como a inocência, e muito mais dissimulada.

— Acho que o médico não vai permitir, srta. Merrydew. Quem sabe mais tarde...

Ele a segurou pelo cotovelo, conduziu-a até o elevador, mas ela voltou-se de repente.

— Tchau, Ed — gritou ela, alto o bastante para despertar os mortos. — Tchau, meu bem. Eu voltarei. Espere por mim.

Dentro do CTI, tanto o médico quanto a enfermeira testemunharam uma pequena elevação nos cantos da boca de Ed Vincent quando as palavras finais dela reverberaram pelo quarto. Os ziguezagues do monitor ficaram grandes como pirâmides, saltando rapidamente pela tela.

— Daria quase para pensar que isso foi um sorriso — disse o médico, admirado.

Ele verificou os sinais vitais do paciente, levantou as pálpebras, iluminando as pupilas com uma pequena lanterna. Tudo estava como antes. Ed Vincent ainda estava em coma. O espasmo facial fora uma mera coincidência.

―――――――

Você me encontrou, Zelda. Você chegou aqui a tempo. Não vá embora, querida, ele queria gritar para ela. Posso não resistir até você voltar novamente... Fique, Zelda. Por favor, fique. Conte-me o que anda fazendo, fale-me de Riley e do cachorro, sobre a Em Movimento... conte-me novamente como nos conhecemos...

11

O dr. Art Jacobs estava num jantar beneficente no Waldorf contribuindo para a Consciência Cardíaca. Ele conhecia Alberto Ricci para cumprimentá-lo, eles se conheciam de vista nesses eventos de caridade. Suas esposas fizeram parte do mesmo comitê — ou coisa que o valha. Mas esta noite ficou surpreso quando Ricci veio até ele e disse:

— Como vai, Art?

— Bem, Alberto. Tudo bem com você?

Normalmente quando as pessoas o procuravam em festas era porque queriam fazer uma consulta médica de graça.

— Forte como um touro, obrigado, Art. Eu soube que você está com um paciente importante agora. Ed Vincent?

— É... Pobre Ed. Ele é um velho amigo meu.

— Ele está bem?

Jacobs encolheu os ombros.

— Está agüentando firme. Por enquanto.

— Alguma chance de recuperação?

— Sempre há uma chance. Mas duvido, ele está muito mal. Contudo — disse Art, encolhendo os ombros novamente —,

Ed vem resistindo por dois dias agora, ele é duro na queda. Nunca se sabe.

— Bem, vamos esperar — disse Ricci, inclinando a cabeça ao se despedir.

O que significava tudo isso?, questionava Art. Por que Alberto Ricci queria saber como estava Ed? Até onde sabia, os dois nunca se encontraram. Art encolheu os ombros mais uma vez. Provavelmente apenas curiosidade. O atentado virara notícia. Agora Ricci poderia dizer aos amigos que ouvira de fonte segura. Ed Vincent tinha uma chance. Mas não muita.

12

— Vou lhe contar como tudo aconteceu.

Melba estava num cubículo sem janelas na delegacia no centro de Manhattan. Sentada ereta numa cadeira desconfortável de madeira, pernas cruzadas, mostrando boa parte das pernas e alerta agora, embora ainda perturbada. Camelia a achava estranhamente bela. Havia um quê em seus oblíquos olhos cor de cobre, no comprimento gracioso do pescoço, na doçura da boca carnuda.

Pelo menos ela não estava chorando, pensou ele, entregando-lhe um copo de café. Camelia tirou o maço de Winstons do paletó, empurrou um para fora e ofereceu a ela.

Ela balançou a cabeça.

— Não, obrigada.

Ele observou em silêncio enquanto ela tomava o café. Não confiava nem um pouco nela. Trinta por cento eram um bocado de ações.

Ficou imaginando exatamente o que Ed Vincent deixara para ela em seu testamento.

Esperando, Melba pensou. *Ele está esperando que lhe diga que fui eu. Ele pensa que me pegou.* Por um instante, desejou ser fumante, isso lhe daria algo para fazer com as mãos. Depois disse a si mesma para deixar de nervosismo sobre esse homem, que de certo modo parecia Al Pacino no papel de policial.

Ela olhou para ele, olhou de verdade, pela primeira vez. Ele era bonito, de um modo rústico: cabelos pretos e lisos, testa larga, olhos pretos sob grossas sobrancelhas, um queixo firme, azulado pela barba. Fisicamente também estava bem, corpo musculoso e rijo. Um tira durão.

Por um momento ela sentiu a irrealidade da situação, como se fizesse parte de um filme. E então a realidade a atingiu como um soco no estômago. Melba encarou o detetive, lembrando que ele estava lá para ajudar Ed. Ele *precisava* dela.

— Eu disse a Ed que alguém queria matá-lo. — Insegura ela pôs o copo de isopor sobre a mesa de madeira gasta pelo uso. — Eu disse a ele.

— Hã? E quando foi que você disse isso a ele, Zelda?

Ela olhou desafiante para ele e Camelia soube que cometera um erro. "Zelda" era o apelido secreto que Ed Vincent lhe dera.

— Eu disse a ele há três meses — respondeu ela friamente. — Quando o vi pela primeira vez.

Camelia afrouxou o nó da gravata prateada, absorvendo a informação. Só três meses — e ele lhe dera trinta por cento das ações... Ela realmente devia ter algo especial. Ele deu uma tragada no cigarro, mas sua mulher o proibira de fumar, então o amassou no cinzeiro de vidro quando Zelda/Melba afastou a fumaça.

— Desculpe, não pensei que a fumaça a incomodaria.

— Você devia saber, detetive Camelia — disse ela em reprovação. — Cigarro mata.

E balas de uma semi-automática calibre 40 também, pensou ele, mas não disse nada.

Tomaram seus cafés em silêncio.

— Talvez fosse melhor começar do início — sugeriu ele, esperançoso.

Mel concordou.

— Certo, mas o início foi *antes* de eu conhecê-lo. — Ela apoiou os cotovelos sobre a mesa e inclinou-se na direção dele. Os olhos inchados fixos nos dele. — Eu me sinto tão culpada — murmurou ela, angustiada. — Sinto que poderia ter evitado isso, se ao menos tivesse insistido um pouco mais, sido mais persuasiva... Mas Ed não queria ouvir.

Camelia recostou-se na cadeira. Ele a deixaria prosseguir, desabafar o que tinha para dizer.

— Tudo começou no final de outubro — disse Zelda. — Um ano atrás eu e minha amiga Harriet Simons abrimos uma companhia de mudanças. Em Movimento, é o nome dela. — Zelda sorriu modestamente. — Na verdade é apenas um caminhão de catorze metros e um pequeno escritório num velho armazém em Venice, na Califórnia. O caminhão era novinho — acrescentou ela, parecendo lamentar. — Eu tinha recebido uma pequena herança de minha tia Hester que usei como entrada. Estava empenhada nisso até os ossos. Era o nosso primeiro trabalho, fazer a mudança um executivo e sua família de Beverly Hills para a Carolina do Norte. Atravessamos o país, completamos o trabalho dentro do prazo, depois fomos jantar juntas para comemorar. Harriet teve uma intoxicação alimentar. As ostras, eu acho. Ela foi parar no hospital. Eles disseram que ela teria de ficar em observação por dois dias, então decidi voltar sozinha com o caminhão. Precisávamos dele em LA, sabe, para outro serviço naquela semana. Tinha chovido forte o dia todo. Uma "tempestade tropical", como dizem na TV. Eu não ia deixar um pingo de chuva me deter, precisava voltar. Então parti... Ah, Deus, eu me lembro tão bem como se fosse hoje...

13

Mel dirigia o caminhão de 14 metros e 16 rodas com cuidado pela estrada estreita. A noite estava escura como breu, e o vento uivante balançava assustadoramente o veículo de laterais altas. Galhos e árvores tombadas sujavam a estrada deserta e a chuva chicoteava das laterais, enviando ondas de água de um lado para o outro do pára-brisa.

Neste momento dirigir era uma questão de instinto e adivinhação. Mel disse a si mesma que era uma louca só por tentar fazer essa viagem, quando a previsão do tempo indicara claramente que uma tempestade tropical era certa e um furacão uma possibilidade. Mas negócios eram negócios e ela precisava voltar para LA.

Tremendo em sua camiseta úmida e desejando ter ao menos uma suéter, ela passou a mão, num gesto ansioso, pelos cabelos louros em desalinho. Mel estava dirigindo por um tempo que parecia uma eternidade. E podia jurar ter entrado no cruzamento com a auto-estrada há uma hora, mas a navegação não era seu forte. Sabia-se que ela costumava se perder a duas quadras da própria casa.

Não passara por nenhuma casa ou construção na última meia hora, e a possibilidade de se perder no meio do nada nessa tempestade a apavorava. Mel teria voltado há muito tempo, mas a estrada era muito estreita para o caminhão grande. Então decidiu que logo que chegasse à próxima cidade, ela encontraria um hotel onde passaria a noite. LA podia esperar. Uma xícara de café, um sanduíche e uma cama quente eram um sonho no momento.

A estrada terminou de repente. Bem na hora, ela pisou no freio e o enorme caminhão parou aos trancos. À sua frente havia uma ponte estreita. Mel podia ouvir o barulho das ondas, uma nota baixa sob o chiado do vento, e ficou surpresa ao perceber que estava perto do oceano. *Muito* perto. Ela não podia ver o fim da ponte, mas podia ver a crista branca das ondas enormes rodopiando embaixo dela. *Quase encostando* na ponte.

Não havia espaço para manobrar o caminhão e voltar. Havia duas alternativas, ou ela ficava onde estava e seria tragada pelas ondas crescentes ou arriscava a travessia.

Decidiu atravessar e entrou cuidadosamente na ponte, agarrando com força o volante, quando o vento bateu em cheio no caminhão. *Meu Deus, o que ela estava fazendo aqui? Ela estava louca. Só uma idiota se perderia e tentaria atravessar uma ponte num furacão.* O grande caminhão amerissou nos últimos metros, derrapando quando entrou na estrada alagada.

Mel afrouxou as mãos suadas no volante. Pelo menos estava em terra firme, mesmo que coberta por 30 centímetros de água. Abrindo a janela, pôs a cabeça para fora e olhou para trás. Ondas atravessavam a ponte que já estava encoberta pela metade. Agora não havia como voltar.

A pista subia suavemente ladeira acima, e em poucos minutos ela estava em terras mais secas. Ela dirigia pela estrada que cortava a floresta com o vento bramindo por entre o topo das árvores. E então surgiu uma casa.

— Obrigada, Senhor — murmurou ela. *Civilização. Finalmente.*

A casa isolada era toda cumeeiras e varandas, escura e parecendo mal-assombrada. Nenhuma luz de boas-vindas nas janelas, nenhuma fumaça subindo da chaminé, nenhum latido de cão. Um arrepio passou pela espinha de Mel. Tinha visto o filme *Psicose*, e este com certeza devia ser o Bates Motel. O instinto lhe disse que devia voltar imediatamente para o caminhão e fazer o caminho de volta. Foi então que viu o carro parado sob as árvores. Um simpático e comum Ford Taurus. Dizendo a si mesma que os caras de *Psicose* não dirigiam Fords simpáticos e comuns, Mel enfrentou a chuva e o vento e subiu os degraus.

Novamente, hesitou. Estava sozinha; a casa ficava a quilômetros de distância de qualquer lugar; ela não sabia quem morava lá. Poderia ser um Norman Bates. Tremendo, Mel limpou a chuva do rosto com a mão. Se voltasse agora, se afogaria atravessando a ponte. Ou uma árvore poderia cair sobre o caminhão. Ou um fio de alta tensão. E o vento provavelmente tombaria o caminhão... Isso era o que significava estar entre a cruz e a espada...

Ela pressionou o dedo frio na campainha.

14

Mel tocou novamente a campainha. Tremendo, bateu com força na porta. Continuou sem resposta. Tentou a maçaneta. Para sua surpresa, a porta abriu.

— A casa estava totalmente às escuras, nem um pingo de luz.
— Olá? — sua voz ecoou, estranha. — Tem alguém em casa?

Ela esperou, depois chamou de novo. Sua voz soava fina e trêmula no denso silêncio. Mel tateou a parede em busca do interruptor, encontrou, acendeu, piscando com a luz repentina.

Na frente dela, uma escadaria levava a uma área avarandada acima do *hall*. Era só uma sala grande, parcamente mobiliada com coisas gastas pelo uso. Parecia que ninguém morava ali e ela pensou que provavelmente a casa fosse usada nos fins de semana. Sobre uma mesa rústica de madeira havia uma bela escultura em bronze, um gato de aparência sinistra, agachado e com um pássaro preso na boca. E uma tigela de pedra cheia de delicados.

Faminta de repente, ela encheu a mão e os devorou, ainda pingando água no chão de tábua corrida e pensando no que fazer. Se o dono a encontrasse lá, ela poderia ser presa por arrombamento e invasão de domicílio. Mas ela não tinha arrombado a casa, a porta estava aberta. Encolheu os ombros, resignada. Que diabos, ela era uma vítima da tempestade, eles certamente a perdoariam.

Vendo sua imagem no espelho, Mel pensou melhor sobre o assunto. Ela estava um lixo. A tinta vermelha e barata do logotipo Em Movimento estava borrada, e ela pensou que agora ficaria com o logotipo impresso para sempre no peito. Seu nariz estava vermelho, a camiseta colada no corpo como uma segunda pele, e as botas encharcadas chiaram quando andou até as janelas que davam para o oceano.

Uma sólida cortina de chuva ofuscou sua visão, mas podia ouvir o rugido das ondas batendo nas pedras. Ela tremeu. De algum modo, a violência do exterior deixava o silêncio do interior da casa ainda mais assustador.

Um barulho repentino fez seu coração saltar. Mel ficou paralisada, quase sem respirar. Será que foi uma porta batendo? A casa estremeceu sob o impacto de uma rajada de vento, e ela ouvia as madeiras rangerem. Então disse a si mesma que era apenas o vento. Porém desejou que Harriet estivesse com ela para que pudessem rir disso mais tarde.

Mel voltou cautelosa para o *hall*, novamente chamando por alguém, embora provavelmente tivesse um ataque cardíaco se alguém aparecesse. Deus, como estava ensopada. Precisava de um banheiro onde se limpar. Então viu a porta do outro lado do *hall*, abriu-a, acendeu a luz.

Os olhos escuros e vidrados de um homem morto olhavam para ela. A cabeça era uma massa de sangue, havia uma grande poça vermelha embaixo dele, sangue e pedaços de carne espalhados por toda parte...

Mel sabia que estava gritando, mas o som que vinha de sua garganta era um uivo. Queria correr, mas estava presa no lugar pelo terror.

Então a luz apagou.

O pânico jorrava como lava incandescente em suas veias, fazendo-a correr. *Direto para os braços de um homem.*

Uma arma pressionou com força suas costelas. Sem parar para pensar, Mel deu-lhe um soco na barriga, ouviu o ar sair da boca dele quando cambaleou para trás. Então saiu em disparada, patinando no chão. E correu, correu desesperadamente... para o meio da noite.

O vento a jogou contra a parede, a chuva caía como um lençol, Mel não podia ver sequer o caminhão. *Oh, Deus, logo ele estaria atrás dela...*

Agarrando-se ao parapeito da varanda, dobrada ao meio, ela desceu os degraus derrapando. Mas o vento a derrubou, tirando sua respiração, jogando a chuva sobre ela, dura como granizo. Ofegante, ela se jogou no chão e rastejou pelo asfalto alagado.

Ela precisava escapar, tinha de conseguir... pense em Riley... Oh, Deus, ela precisava escapar.

Então Mel estava embaixo do caminhão, tão molhada como uma foca e ainda tentando recuperar o fôlego. Soluçando de medo, passou para o outro lado do caminhão, fez um esforço para subir, agarrada freneticamente à porta da boléia. *Deve estar trancada... mas ela não se lembrava de tê-la trancado.*

A porta abriu de repente, quase derrubando-a.

— Ah, obrigada, meu Deus, obrigada — murmurou ela, puxando seu corpo para dentro da cabine. — Obrigada...

E então a mão agarrou sua boca.

Ele pressionou a arma em suas costelas novamente.

— Fique de boca fechada. Um único som e você morre. Entendeu?

A mão dele fedia a cigarro. O medo e a náusea percorreram seu corpo, e ela enjoou.

 Instintivamente, ele a soltou, e naquela fração de segundo ela se atirou em cima dele, fincou as unhas em seu rosto, enfiou os polegares nos olhos dele...

 — Merda! Houve um estalo nauseante de punho atingindo osso, e Mel cambaleou lentamente para o chão.

 Ele olhou com raiva para ela. Seus olhos lacrimejavam dolorosamente. O homem passou a mão pelo rosto, sentindo o sangue onde ela cravara as unhas. Ele queria matá-la imediatamente, mas ainda precisava dela.

 Ele tirou o caro Ericcson do bolso e discou o número de Mario de Soto. Milagrosamente, o telefone funcionou. Ele explicou que Ed Vincent não havia aparecido; que ele estava lá no meio de um furacão; que de Soto não precisava se preocupar, ele o pegaria da próxima vez. Ed Vincent podia se considerar um homem morto. Mas não mencionou a mulher ou o cubano morto.

 — Levanta! — gritou ele para Mel, empurrando-a para o banco do motorista. — Você vai nos tirar daqui — disse ele, apontando a Sigma para a cabeça dela.

 Mel olhava direto à frente. Sua cabeça rodava e o osso da face parecia ter pulverizado. Ela não tinha esperança de escapar e faria o que ele mandasse. Tremendo, colocou a chave na ignição. Para sua surpresa, o motor pegou imediatamente.

 A arma era fria como o gelo em sua fronte.

 — Ótimo — disse ele. — Vamos embora.

 Ela dirigiu o grande caminhão da entrada da casa até a pista que levava à ponte.

 A ponte! Ah, meu Deus, com certeza ela está debaixo d'água ago-

ra. *Ela não conseguiria atravessá-la, ele a mataria então, sabia disso... Ah, Riley... minha filhinha.*

Mel ouviu o barulho dos limpadores no pára-brisa subitamente seco. Tão de repente como se alguém tivesse fechado a torneira, a chuva parara. O vento cessara. E não havia mais ondas. Apenas uma extensão de água negra e taciturna com o corrimão da ponte saindo dela, marcando sua posição.

Agora o céu estava claro, a claridade era crescente. Ela podia ouvir pássaros *cantando... Ela devia estar delirando.*

De algum lugar no passado, lembrou ter ouvido sobre estar no olho do furacão. Que embora a tempestade ainda rodopiasse em volta deles, aqui no "olho" tudo estava calmo, e os pássaros que ficaram presos nele e foram carregados por centenas, às vezes milhares de quilômetros de seu hábitat de repente se encontram depositados em um terreno estranho. Isto é, até que a tempestade circulante volte a pegá-los novamente e a levá-los para mais longe ainda. Ou os matem. *E a ela.*

Mel olhou para o oceano negro e taciturno. Não havia como saber qual era a profundidade da água ou mesmo se a ponte ainda estava lá. Isso era suicídio.

O homem segurando a arma pressionou-a com força em sua fronte.

— Dirija! — disse ele.

15

— Imagino que você conseguiu atravessar — disse Camelia causticamente, rolando um cigarro apagado entre os dedos, batendo o pé com impaciência. Será que Zelda/Melba era alguma maluca? Ou estava apenas testando-o? Seja o que for, era certamente uma boa contadora de história.

Mel percebeu seu olhar de dúvida e lançou-lhe um olhar feroz.

— Felizmente, sim, consegui — respondeu ela, empertigada. Depois, num arroubo súbito, disse: — Diabos, estou abrindo meu coração para você, detetive. Você quer ouvir ou não?

Ele esboçou um sorriso ao ver seu rosto corar de raiva.

— Sim, como não?

— Ahh! — exasperada, ela se recostou na cadeira, ou pelo menos recostou o máximo que pôde na cadeira dura de espaldar reto. E olhou sinistramente para ele. — Aquele homem tinha uma arma apontada para a minha cabeça — disse, falando lenta e claramente, separando cada palavra como se estivesse falando com uma criança. — Eu não queria morrer. Queria estar em casa, com minha filha. Queria continuar trabalhando com Harriet, fazendo a mudança das famílias. *Eu queria a minha vida.*

Ela estava olhando direto nos olhos dele e ele retribuindo o olhar friamente.

— Então pedi desculpas mentalmente a minha tia Hester, que havia pago pelo meu adorável caminhão... e o joguei direto contra uma árvore.

Camelia deixou escapar um assobio de admiração.

— Bem pensado — disse ele. — Nunca imaginei que uma mulher pensasse assim, embora — acrescentou, meio que para si mesmo — muito preocupada com um arranhão no veículo novo.

Mel fincou os cotovelos na mesa e descansou a cabeça dolorida entre as mãos, muito cansada, para lá de exausta para discutir a observação.

— Quando dei por mim, haviam se passado dois dias. Eu estava no hospital. E Harriet estava sentada perto de minha cama, olhando para mim com aquele olhar de "será que ela vai conseguir..."

O rosto de Harriet nadava em sua frente à medida que os olhos de Mel focalizavam. Era como estar embaixo d'água, tudo embaçado e opaco — até que piscou duas vezes, e lá estava Harriet.

Sua melhor amiga e sócia, Harriet Simons, tinha trinta e poucos anos. Ela se dizia uma "ex-atriz", mas não era realmente "ex" nada ainda. *Mignon*, magra como um galgo, e com uma voz distintamente grave, eternamente no telefone com seu agente, ainda esperando aquela oportunidade.

Foi idéia de Harriet chamar a companhia de Em Movimento. Ela disse que o nome não só se ajustava à vida de seus clientes que estavam mudando de casa, mas delas mesmas, deixando os trabalhos insatisfatórios que tinham antes e levando a vida adiante. Só que, na verdade, Harriet ainda não havia feito o seu real movimento. Ela ainda fazia todos os testes teatrais e se apresentava em todas as chamadas para distribuição de papéis, ainda lia *Variet* e o *Hollywood Reporter* como se fossem sua bíblia.

Mel pensou que a única coisa diferente sobre ela agora era a expressão aflita em seu rosto. E isso era preocupante porque era preciso muita coisa para assustar Harriet.

— Estou bem? — perguntou Mel, numa voz gutural que quase não reconheceu como sua.

— Claro que está.

O rosto de Harriet iluminou-se de alívio quando acrescentou com azedume:

— Para uma idiota que enfiou o nosso único caminhão, novinho-em-folha, numa árvore.

— É, mas havia um furacão — explicou Mel mansamente.

— Faz dois dias que está aqui — replicou Harriet. — Você tem uma fratura no topo da testa, bem como uma concussão, além do osso da maçã do rosto quebrado...

Mel pôs a mão no rosto, sentiu o curativo, e de repente tudo lhe veio à mente.

— Harriet — disse ela, agarrando o braço da amiga. — Ele tentou me matar... aquele homem realmente tentou me matar... Ele já tinha matado alguém, o homem na biblioteca... *Oh, meu Deus*, preciso sair daqui, precisamos contar à polícia...

Ela já estava quase saindo da cama quando Harriet a pegou e a fez voltar.

— Fique onde está, benzinho — disse com firmeza. — Como dizem nos filmes, você não vai a lugar algum. Não por enquanto.

Mel olhou fixo para ela, sem compreender.

— Você não ouviu o que eu disse? O homem tinha uma *arma*, ele apontou a arma para a minha cabeça... Foi por isso que entrei com o caminhão na árvore...

O rosto de Harriet registrou descrença, depois preocupação, depois o fato de que talvez, apenas talvez, isso não fosse o delírio de uma mulher com uma fratura recente na cabeça e que o que Mel lhe dizia poderia de fato ser verdade.

— Comece pelo princípio — disse ela, prática como sempre.

E Mel falou.

Contou tudo do começo ao fim e depois recontou à medida que ia lembrando de outros detalhes, como a poça de sangue escarlate debaixo do homem morto; os pedaços amarelos de carne; a luz se apagando; o modo como o homem deu um soco nela; ser forçada a dirigir pela ponte submersa sem saber se conseguiriam atravessar...

— Eu *quase* que poderia acreditar em você — disse Harriet quando ela terminou. — Só que ninguém mais foi encontrado no caminhão destruído. Não havia homem nenhum. E nem arma. Você estava sozinha. O esquadrão de resgate teve de usar a serra para tirar você do caminhão. Veja da seguinte forma, Mel — acrescentou ela, sendo sensata. — Você tem sorte de estar viva, então esqueça todo esse pesadelo. Você está apenas confusa por causa do choque violento.

— Maldição, eu *não* sonhei com nada disso.

Mel já se encontrava fora da cama e mexendo no armário, onde estava sua mochila, também retirada do caminhão. Tirando a camisola do hospital, ela vestiu calcinha e moletons e enfiou os pés nos tênis, depois virou-se para Harriet, que a estava olhando, de boca aberta.

— Muito bem, vamos — disse ela.

— Mas para *onde vamos*? Você está doente, ferida, medicada. Você acabou de acordar de um trauma. O médico vai me matar se eu deixar você sair deste quarto. Na verdade, vou chamá-lo agora mesmo, nesse minuto...

— Pois faça isso. — Mel já estava passando pela porta e correndo, de um modo meio desajeitado, pelo corredor lustroso. — Estou caindo fora daqui.

Agarrando a mochila, Harriet saiu atrás dela.

— Mas para *onde* estamos indo?

Mel virou metade do corpo, ergueu as sobrancelhas para ela e disse:

— Para a polícia, é claro — como se não houvesse outra atitude que pudesse tomar.

Os médicos lutaram para mantê-la no hospital, mas Mel conseguiu sua alta e, com Harriet ao volante de um carro alugado, foi para a delegacia de polícia.

— Não preciso dizer a você o que aconteceu lá — disse ela agora para Marco Camelia.

— Eles lhe disseram que você era louca?

Ela inclinou-se para mais perto da mesa, olhando nos olhos dele.

— Você acha que sou louca?

Ele encolheu os ombros.

— Acho que você é uma boa contadora de história, srta. Zelda.

Seu olhar intenso faiscou.

— Melba, para você.

— Oh, desculpe-me. Srta. Melba. Então? O que os policiais lhe disseram, se não disseram que você era louca?

Seus ombros caíram e ela olhou para a mesa com uma expressão intrigante.

— Eles me disseram que ninguém tinha morrido na tempestade. Nenhum corpo havia sido encontrado. Que a área tinha resistido bem, exceto por uns poucos acidentes de estrada, como o meu. Eu disse a eles onde achava que ficava a casa de praia, e que certamente havia um corpo lá. Eles disseram que conheciam o lugar, que pertencia a Ed Vincent, o magnata do ramo imobiliário. Depois eles me fizeram um grande favor e ligaram para ele. A empregada atendeu. E disse a eles que tudo estava em ordem, sem corpos, sem sangue, tudo normal. E que embora o sr. Vincent normalmente voasse até lá nos fins de semana, desta vez por causa da tempestade ele não tinha ido. Ele não tinha estado lá, nem ela. Ninguém tinha estado lá.

16

Saindo da delegacia de Charleston com Harriet, Mel ficou pensando se realmente não sonhara com tudo, se não era mesmo uma fantasia de sua imaginação febril, delírios depois de um grande choque. Afinal, ela batera de frente numa árvore...

De volta no carro alugado, ela deixou-se cair no assento, olhos fechados — então subitamente o cheiro rançoso de tabaco estava de novo em suas narinas: o cheiro da mão do assassino. E sentiu o frio duro do metal da arma em sua cabeça, ouviu o homem dizer "Dirija..." com aquele sotaque levemente gutural.

Seus olhos abriram num estalo, e ela sentou ereta.

— Sonhos não deixam lembranças de como as coisas *cheiram*, de como elas *sentem*. Eu não sonhei com isso. Não poderia ter sonhado.

Desajeitada, ela conseguiu tirar sua grande estatura de dentro do carro pequeno e deu a volta para o lado do motorista.

— Eu dirijo — disse, e havia algo no modo como falou, um tipo de urgência amedrontada, que fez Harriet sair e sentar no assento do passageiro antes mesmo de poder questionar a segurança de uma mulher com uma concussão recente, medicada, e ferida, na direção de um carro.

— Diga que isso é uma peça, que estou atuando, que você está sonhando e que vamos direto para casa — implorou ela enquanto Mel zunia pelos carros num círculo, saindo de Charleston na direção norte. — Seja como for, para onde estamos indo agora?

— Para onde você acha?

Mel pôs o pé no acelerador quando deixou o tráfego para trás e chegou à estrada da praia. Ela estava com pressa, tinha de ver por si mesma. Tinha de provar que o pesadelo tinha realmente acontecido.

Mel pisou forte no freio quando viu a ponte. Estava fora da água novamente, o pavimento estava rachado e esfarelando nos lados, e faltava a maioria dos postes. E havia uma grande placa que dizia CUIDADO, PONTE INTRANSPONÍVEL ATÉ MAIORES ESCLARECIMENTOS.

— Bem, não há o que fazer — disse Harriet, agradecida.

A coisa toda escapava de controle e, de qualquer modo, ela não estava certa de querer sair por aí procurando vítimas de assassinato.

— Não, há sim. — Mel pôs o pé no acelerador novamente e entrou na frágil ponte. — Já passei por aqui em piores condições, e pelo menos desta vez não estou no volante de um enorme caminhão no meio de um furacão e posso ver o que estou fazendo.

Harriet prendeu a respiração, uma das mãos na maçaneta, pronta para saltar, a outra cobrindo os olhos, enquanto Mel manobrava o pequeno carro com cuidado sobre as elevações e buracos.

— Só não me diga que vamos ter de fazer isso de novo na volta. — A voz normalmente firme de Harriet estava fraca. — Acho que não agüentaria.

— Então você terá de nadar. Esse é o único jeito de entrar e sair. Olhe, veja, lá está ela. Está vendo, Harr, eu estava certa.

O grito triunfante de Mel enfraqueceu. A casa de *Psicose* parecia imaculada, serena. O temido oceano lambia tranqüilamente as pedras, e o sol brilhava. Ela não parecia em nada a casa de Norman Bates.

— Você quer dizer que é esta? A casa dos horrores? — perguntou Harriet, rindo aliviada. — Meu Deus, eu estava esperando Drácula ou coisa parecida.

Mas Mel já estava fora do carro e parada na varanda, dedo na campainha. Harriet saiu, encostou no carro e ficou olhando para ela. Esperando.

Não houve resposta, a casa estava vazia. E desta vez a porta estava trancada.

— Maldição — resmungou Mel, tentando novamente. — Maldição, droga, cão e capeta!

Harriet escondia o riso.

— Minha nossa, Miss Beldade Sulista, acho que sua mãe não aprovaria tantas palavras feias juntas.

Mas Mel já estava contornando a varanda, pressionando o nariz contra a vidraça, cobrindo os olhos contra o reflexo.

— Foi aqui — gritou ela, gesticulando para Harriet. — O lugar é este, a biblioteca. Foi aqui onde vi o corpo, me lembro muito bem...

Harriet espiou pela janela. O lugar parecia bem normal para ela, nada fora do lugar, nenhuma poça de sangue.

— E onde está o corpo, Mel? — perguntou ela finalmente. — Onde está esse tal assassino? *Quem* é ele?

— Não sei — respondeu ela, balançando a cabeça, totalmente confusa. — Simplesmente não sei. Tudo o que sei é que não sou louca, mas isso certamente vai me deixar louca se eu não descobrir.

Sentou-se nos degraus da varanda, cotovelos nos joelhos, cabeça entre as mãos, olhar fixo no asfalto da entrada para carros sobre o qual ela se arrastou e de onde fora seqüestrada. Mel lembrava do assassino puxando-a para dentro da cabine, da luta que teve com ele, do arranhão no rosto, dos dedos enfiados em seus olhos... e do soco brutal que ele deu no seu rosto e que a fez deslizar para o chão da cabine, dopada de dor.

Mas não tão dopada que não ouvira o que ele falou.

— Ele fez uma ligação — lembrou ela. — Depois de me bater, ele ligou para alguém. E falou que Ed Vincent não estava lá, mas que o pegaria da próxima vez. — Com os olhos deprimidos, arredondados pelo susto, agarrou Harriet pelos ombros. — Escute aqui, Harriet. Acredite em mim. Ed Vincent está na lista daquele assassino. E se eu não avisá-lo, ele será o próximo a ser encontrado morto na biblioteca.

— Devo acreditar no que diz? — perguntou Harriet com um sorriso, porque de algum modo agora *quase* acreditava nela.

— Com certeza, meu bem.

Mel já estava de volta no carro.

— É melhor você acreditar em mim... e Ed Vincent também.

— Aonde vamos agora? — perguntou Harriet, fechando os olhos quando se aproximaram da ponte. Desta vez Mel quase não reduziu a marcha e elas praticamente passaram voando sobre ela.

— Vamos ligar para Ed Vincent em Nova Iorque — disse Mel triunfante. — Com certeza, ele vai acreditar em mim.

17

— E então? Ele acreditou? — perguntou Camelia.
— Em mim, você quer dizer?
Mel tamborilava os dedos impacientemente sobre a mesa. Ela olhou em volta de sua "prisão", uma sala pequena e nua, com uma única janela sem vista, uma mesa, duas cadeiras, e uma camada de poeira. Mel ficara tão envolvida com sua história que quase esquecera de onde estava. — Será que uma prisioneira condenada pode conseguir uma Coca *diet* por aqui? Por favor — acrescentou ela, refletindo melhor.
— Claro.
Camelia levantou. Ajeitou a gravata de seda cinza-prateada e alisou os cabelos para trás, estilo Al Pacino, pensou Mel, enquanto atravessava a sala e pedia ao fardado que montava guarda do lado de fora da porta que pegasse uma Coca *diet* para ela.
— Pegue duas — acrescentou Camelia, fechando a porta novamente.
Mel olhou bem para ele, vendo-o como homem e não só como policial — e um policial que pensava que ela tentara matar o aman-

te. Esse homem era bem alinhado. Se não fosse um policial, ela poderia considerá-lo como um membro da máfia.

— Você deve ser casado — disse ela, dedos ainda tamborilando sobre a mesa.

— Por que diz isso?

Ele recostou em sua cadeira mais confortável, uma perna dobrada preguiçosamente sobre a outra.

— Nenhum policial solteiro teria uma aparência como a sua: camisa bem-passada, com pouca goma, vinco nas calças, sapatos engraxados.

Ele sorriu.

— Engraxo meus próprios sapatos.

— Nossa, graças a Deus por isso.

Ele riu então. Aproximando-se da mesa, ele percebeu a mão dela.

— Pare com esses dedos — disse ele. — Alguém poderia pensar que você está nervosa.

— Quem, eu? — disse ela, apontando o queixo de modo desafiante no ar. — Não estou nervosa, só estou tentando descobrir a verdade.

— Como eu.

— Como você.

Seus olhares se fixaram, e então, como não pôde evitar, ela chorou. Lágrimas rolaram em seu rosto. Grandes gotas desceram por suas faces, pingaram de seu queixo. Com os diabos, ela estava chorando como uma criança e tudo porque o seu coração estava partido. *Ed Vincent estava na cama daquele hospital, Ed estava gravemente ferido, Ed estava morrendo...*

— Não vou agüentar isso — lamentou-se, ainda sentada ereta na cadeira. — Simplesmente não vou agüentar perdê-lo.

Camelia se levantou, tirou um lenço do bolso e ofereceu a ela. Ela olhou para o lenço e depois para ele. Um tipo de riso, ou talvez fosse um soluço, interrompeu seu choro.

— É isso o que quero dizer sobre a esposa — disse ela. — Um lenço limpo. Qualquer outra pessoa teria oferecido uma caixa de lenços de papel.

O guarda Brotski bateu na porta, depois entrou, trazendo duas latas de Coca-Cola *diet*.

— Com cafeína — disse ele a Camelia, que lhe lançou um olhar intimidador.

Brotski notou a loura soluçando, o lenço branco, limpo, a tensão no ar, e com um murmurado "Sinto muito, desculpe-me, senhor", desapareceu rapidamente.

— Você realmente o amava tanto assim? — questionou Camelia, abrindo a lata e a entregando a ela. — Você não o conhecia há tanto tempo.

— Tempo o bastante — soluçou ela. — Mas também — acrescentou ela num murmúrio — não o tempo suficiente.

Camelia inclinou a cadeira. Sentou-se, uma perna cruzada sobre a outra, braços cruzados, silenciosamente observando-a. Havia algo tão vulnerável nela naquele momento, tão elegante, que ele quase ficou tentado a acreditar nela. Então lembrou a si mesmo de que ela estava lá porque Ed Vincent dissera que ela tentara matá-lo. Ele apreciou os vastos cabelos louros em desalinho, a gravidade dos olhos acastanhados, a boca farta, trêmula. E também as pernas longas e a saia extremamente curta que de repente, por alguma razão, o fez lembrar de Sharon Stone em *Instinto selvagem*. E ninguém, lembrou ele com desconforto, fora mais perversa que sua personagem.

Com uma tosse constrangedora, ele endireitou a cadeira e voltou ao controle da situação.

— E então você deu? — perguntou ele subitamente. — O telefonema para ele, quero dizer.

— Tentei, Deus sabe que tentei inúmeras vezes. Mas o escritório de Ed era como uma fortaleza com barricadas de secretárias e assistentes entrincheirados firmemente entre mim e o chefe. Eles disseram que o sr. Vincent não recebia chamadas, e que se eu poderia, por obséquio, dizer a eles o motivo da chamada. — Mel levantou os ombros, balançando a cabeça. — Como poderia dizer a eles? Eles pensariam que eu era uma maluca. O todo-poderoso, pensei. Tão cheio de si. Muito importante para falar com gentinha. Quase desisti de tudo — acrescentou gravemente. — Mas lembrei a mim mesma. Ed Vincent era um todo-poderoso em perigo.

Camelia a observava atentamente, esperando ela contar o que aconteceu a seguir. A cabeça dela estava inclinada para trás, os olhos fechados, como se tivesse voltado para algum lugar em seu interior e estivesse revivendo sua história.

— Então eu peguei um avião para Nova York — disse finalmente.

18

A área de recepção no qüinquagésimo andar da Torre Vincent Madison era espaçosa, discretamente mobiliada em tons de cinza, e a recepcionista era uma loura cortês de *tailleur* cinza e batom cinza-escuro, combinando. Mel agora desejou ter se vestido para a ocasião em vez de ter entrado em qualquer coisa velha, tal era sua pressa de chegar a Nova York para avisá-lo.

— Sinto muito, mas o sr. Vincent não recebe ninguém sem hora marcada.

A recepcionista foi educada, dispensando-a enquanto se virava para atender o telefone.

Isso é o que vamos ver. Pondo a bolsa a tiracolo, Mel atravessou a sala em três passadas com suas pernas longas, transpondo a porta que dava para a repartição interior. Olhos sobressaltados a observavam das janelas dos escritórios enquanto andava a passos largos pelo corredor. Um par de portas duplas dominava o fim do corredor. Ela podia ouvir a recepcionista correndo pelo corredor atrás dela, gritando para que saísse. Ela empurrou as portas e entrou de supetão.

Ed Vincent estava sozinho perto da janela, olhando o tráfego intenso abaixo que se arrastava silenciosamente pela Madison

Avenue. Voltando-se, ele olhou admirado para a jovem de cabelos louros e curtos e longas pernas, usando uma saia muito curta, botas até o tornozelo de salto muito alto, e uma jaqueta surrada de couro, parada em seu escritório.

A voz de Mel soou alta e estridente quando desatou a falar, antes que ele pudesse impedi-la.

— Sr. Vincent, vim de LA até aqui para lhe dizer isto. Meu bem, alguém está tentando matar você.

Ele olhava para ela, atordoado.

— Só achei que o senhor devia saber — acrescentou ela, percebendo o quanto devia estar parecendo uma maluca.

A recepcionista chegou apressada, acompanhada por seguranças.

— Sinto muito, sr. Vincent, mas ela foi entrando direto, ela é algum tipo de maluca...

Ele levantou a mão.

— Tudo bem. Por favor, deixem-nos a sós.

Mel respirou fundo, de repente intimidada. Ed Vincent era mais jovem e mais atraente do que ela esperara. E maior. Alto e vigoroso, com profundos e vivos olhos azuis sob sobrancelhas pretas, fartos cabelos castanhos, feições marcadas, e barba curta. Estava bem-vestido com um terno escuro e camisa azul. Parecia bem o que era: um homem rico, bem-sucedido e confiante. Um mandachuva, senhor dos grandes escritórios no incrível edifício de Manhattan que era seu.

Ed esperou até a porta se fechar atrás deles. Havia um brilho de divertimento em seus olhos quando disse:

— Você pode estar certa. Posso pensar em muita gente que preferia que eu não estivesse por perto.

Melba, nervosa, esfregou um pé no outro, equilibrando-se desajeitadamente sobre o salto como uma garça, de súbito incerta sobre o que estava fazendo ali. Ele a estava avaliando, examinando-a da ponta dos cabelos louros em desalinho às pontas de suas botas pretas de camurça. Ela podia ver que ele não acreditava nela.

— *É verdade* — persistiu ela. — Estive em sua casa de praia na Carolina do Sul. *Encontrei o assassino.* Eu o ouvi falando a seu respeito. Ele ia me matar, também...

Ed Vincent levantou a mão.

— Estou feliz em conhecê-la, srta...?

— Merrydew. E juro que não sou maluca. Eu realmente o vi, vi o corpo em sua biblioteca...

— Tudo bem, tudo bem — concordou ele. — Bom, já que veio de LA até aqui para me contar isso, o mínimo que posso fazer é levá-la para almoçar. Podemos discutir sobre o assunto lá.

Ela não podia acreditar, o idiota estava tentando cantá-la, convidando-a para almoçar...

— *Não ouviu o que eu disse?* — enfatizou ela, batendo com o punho na mesa. — *Eu estava lá.* Naquele seu palácio de *Psicose* que chama de casa de praia...

Ed riu com a descrição.

— Está bem. Então acredito que esteve lá.

— Puxa, graças a Deus por isso.

Mel deixou-se cair pesadamente na grande cadeira de couro verde atrás de sua mesa de aço, as pernas longas, nuas e bronzeadas estendidas à frente dela.

— Meu bem — disse ela, aliviada. — Pensei que nunca conseguiria falar com você. — Ela percebeu o olhar intrigado dele e acrescentou rapidamente: — Não se preocupe por eu chamá-lo de meu bem. Os sulistas chamam todo mundo de meu bem. É assim que somos.

O estômago dela roncou alto. Não comia desde o avião na noite passada.

— Pensando bem, hoje não tive tempo para tomar o café da manhã...

Ed estendeu a mão e puxou-a gentilmente até colocá-la de pé. Ela era tão alta quanto ele e, por um segundo, fitaram-se nos olhos. Mel respirou fundo. Opa, preveniu-se ela, esse cara é mesmo demais. É melhor ficar atenta, meu bem...

Os assistentes e secretárias estavam alinhados do lado de fora da porta, mas ela não lançou-lhes uma segunda olhadela.

— Tchau, meu bem — exclamou ela airosamente para a recepcionista enquanto saía velejando nos braços de Ed Vincent. Às vezes até uma vingança insignificante é doce.

— Você se incomoda se andarmos até o restaurante? O dia está tão bonito — disse Ed, pegando seu braço e a guiando pela massa de pedestres enquanto desciam a Madison.

Graças a Deus por ele não ter sugerido uma limusine, pensou ela. Isso a teria feito livrar-se do manda-chuva. O dia estava bonito, porém, claro, ensolarado e agradável.

— Você está vendo Nova York em sua melhor época — disse Ed Vincent, pensando, divertido, que ela parecia uma enorme Valquíria solta na Madison, com suas elegantes mulheres vestidas para o outono com casacos e echarpes. Ela andava com passadas largas, uma californiana dourada, de pernas nuas, cabeça levantada, despreocupada com a aparência. Ela era mesmo diferente, e era por isso que estava interessado, mesmo sendo ela um tanto maluca. Além do mais, certamente estivera na casa de praia — só uma mulher a descreveria daquele modo, "o palácio de *Psicose*..." Ele sorriu novamente.

A jaqueta surrada de couro e as pernas de fora conseguiram alguns olhares atravessados para ela no Four Seasons, contudo. Ela olhou desconfortável para as mulheres com costumes Bill Blass que almoçavam lá.

— Eu me sinto deslocada neste lugar.

— Não precisa se sentir assim — disse ele gentilmente. — Depois, provavelmente, você tem a metade da idade delas.

— Bem que gostaria — disse ela com um sorriso jocoso.

— Você está olhando para uma mulher de trinta e dois anos, mãe solteira de uma filha de sete anos, que é o amor de minha vida.

— Isso é uma coisa admirável para ser. Eu me lembro de ter sido a luz da vida de minha própria mãe, e como era bom.

— Sua mãe ainda está entre nós?

Ele sorriu do modo eufemístico como ela fez a pergunta; bem típico de LA.

— Infelizmente, meu bem, ela não está.

— Sinto muito — disse ela, baixando os olhos e torcendo um pedaço de pão entre os dedos. — E sinto muito por ter perguntado. Eu não quis me intrometer — acrescentou e depois sorriu para ele. — Essa coisa de meu bem pega, não pega?

Ed Vincent era diferente do que ela esperava. Havia algo em seus olhos, uma cautela, uma lembrança de privação impressa em suas feições marcadas. Apesar da riqueza e do sucesso, ele certamente não era um financiador de campanhas. Ela ficou curiosa sobre o seu passado.

Durante o almoço e uma garrafa de vinho, ela contou-lhe sua história, e da conversa que ouvira quando o assassino o nomeou como a vítima intencional.

— E ele disse que não erraria da próxima vez — terminou ela, sem fôlego. —Você precisa acreditar em mim — disse ela, apertando a mão dele num gesto premente por sobre a mesa. — Eu estava lá. Isso aconteceu.

— Por que não foi à polícia?

— Eu fui. Também não acreditaram. Até minha amiga Harriet não acreditou em mim, então como eu poderia esperar que a polícia acreditasse? Nem o médico acreditou. Ele disse que foi a concussão, que eu estava confusa e que havia sonhado.

Ela encolheu os ombros.

— Então voltei à casa de praia com Harriet. Precisava ver por mim mesma... A porta estava trancada e não pudemos entrar, mas olhamos pelas janelas. Não havia nenhum corpo na biblioteca. "Está vendo", Harriet me disse. "Eu disse que você estava sonhando." Mas, sr. Vincent, juro que é verdade — disse ela, enfática. *Eu vi o que vi*. O assassino tentou me obrigar a atravessar aquela ponte alagada com a *arma apontada para mim*. Eu *sei* como ele parece, conheço sua voz, seu *sotaque*. Eu não poderia ter sonhado tudo isso. — Ela respirou fundo, depois olhou para o relógio. — Pronto — concluiu ela, diligente. — Já lhe contei. E agora vou pegar o vôo das seis de volta para LA.

Mel apanhou a bolsa, derrubando seu conteúdo no processo. Ed ajoelhou-se ao lado dela, empurrando para dentro da bolsa uma confusão de batons, cadernetas de anotações, fotografias, canetas e chaves de carro, velhas listas de compras, recibos de lojas e óculos escuros.

— Você realmente veio lá de Los Angeles só para me prevenir? — perguntou ele.

— Vim. Mas você é um homem feito. Agora posso deixá-lo para cuidar de si mesmo. Já foi avisado.

Ele riu tão abertamente que as pessoas se viraram para olhar. Impulsivamente, Mel inclinou-se e segurou a mão dele de novo.

— Sei que pareço estar anunciando uma premonição, mas sr. Vincent, meu bem, você precisa se proteger.

Os dedos dela eram suaves e quentes sobre os dele. Ela era como a risca longa e fina de um raio, e tinha um encanto fora de série que o cativava.

— Se eu prometer fazer exatamente isso, você me ajuda a encontrar o assassino?

Ela resmungou alguma coisa.

— Eu sabia que havia alguma intenção por trás desse belo almoço. Já fiz a minha parte, estou saindo daqui e voltando para minha casa...

— Só você sabe como é o assassino — lembrou-lhe ele.

Ela pensou sobre isso.

— Está bem, então ajudarei. Mas lembre-se: sou uma mulher que trabalha e sou mãe, moro em LA. Não posso sair por aí bancando a detetive.

— Vamos contratar um detetive particular.

Ele estava segurando o braço dela quando saíram do restaurante. A mão forte sob seu cotovelo a fez sentir-se pequena e acarinhada, em vez da fêmea alta e desajeitada que realmente era. Uma limusine encostou no meio-fio.

— Para onde vamos? — perguntou ela, de repente desconfiada.

— Bill vai levá-la ao aeroporto. Eu... tenho de voltar para o escritório. Contratar aquele detetive particular.

Ele estava rindo dela agora, e ela falou com gravidade:

— Não esqueça, isso é sério.

— Não vou esquecer. E vou precisar de seu endereço e telefone. Para relatar o progresso.

Ela tirou da confusão de sua bolsa um bloquinho barato de papel preso com espiral e escreveu nele.

— Aqui está — disse ela, arrancando a folha e entregando a ele. — Esta sou eu.

— Melba Eloise Merrydew — leu ele. Depois olhou para ela e sorriu. — Meu bem — disse. — Você parece saída das páginas de Scott Fitzgerald. Deviam tê-la chamado Zelda.

— Hum, Zelda, é mesmo? — disse ela, torcendo o nariz.

— Farei contato, Zelda — disse ele, fechando a porta do carro.

Ela virou-se para olhar quando a limusine saiu. Ele ainda estava rindo. *Zelda*. Ela riu com desdém, aconchegando-se no banco macio de couro enquanto deslizavam para o aeroporto Kennedy. Mas havia um sorriso de contentamento em seu rosto. Pelo menos ele não a chamara de Scarlett.

19

Mel disse ao detetive Camelia:

— Ed contratou o detetive particular. E o detetive investigou com a polícia de Charleston e o hospital. O relatório da polícia sobre o acidente dizia que bati numa árvore que desabou sobre o caminhão, destruindo-o completamente. O relatório do hospital confirmou que tive uma fratura na cabeça perto da linha dos cabelos e uma concussão severa que causou problemas de memória e confusão. Além do osso da face quebrado. Até aqui, eu estava investigada. Mas então o detetive foi até a casa de praia com um *laser* especial que fazia os traços "invisíveis" ou "escondidos" de sangue... ele disse que era isso que sobrava quando se limpava marcas de sangue... aparecerem como marcas brancas fluorescentes. E o *laser* mostrou marcas de sangue no tapete da biblioteca. E outras que levavam à garagem. Ed soube então que eu estava dizendo a verdade sobre o homem morto. E também descobriu que faltava dinheiro no cofre de parede. O detetive deduziu que foi um simples roubo que deu errado... um ladrão atirou no outro e ficou com todo o dinheiro... e que não havia conspiração de assassinato contra Ed. Ele não diria isso à polícia porque não queria me envolver. Ele me disse que estava preocupado com o fato de eu poder identificar o assassino. Achava que era *eu* quem podia estar correndo perigo, não ele.

A despeito do que pensava, Camelia achou que ela estava falando a verdade.

— Agora você vai me deixar ver Ed? — suplicou ela.

20

Mel estava sentada na ponta da cadeira perto da cama de Ed. Camelia lhe dera dez minutos com ele, isso é tudo. *Dez minutos para o resto da vida dele.* Ela estava lembrando o que aconteceu depois que o detetive completara a investigação. Coisas particulares que ela não contara ao detetive Camelia. Sobre Ed — e ela. Sobre a próxima vez em que o viu. Parecia ter acontecido há anos-luz agora, com Ed morrendo na cama de um hospital bem na frente de seus olhos, e o fim tão perto. Mas na época parecera apenas o começo...

Ela e Harriet estavam sentadas na varanda da frente de seu pequeno chalé em Santa Monica, tomando Miller Lite em garrafas geladas, relaxando depois de alguns dias de trabalho duro. Tinham acabado de voltar para casa e ainda estavam com os "uniformes" de trabalho — *shorts* pretos, camisetas brancas suadas, meias pretas enrugadas e botas de trabalho. Um caminhão prateado de quatorze metros, novinho em folha e com o logotipo EM MOVI-

MENTO em vermelho-batom escrito dos lados, substituíra o caminhão destroçado e estava estacionado do outro lado da rua.

Mel adorava aquele caminhão como se fosse o próprio filho — bom, nem tanto, mas ela sabia o que queria dizer. O caminhão era o produto de seu cérebro, corpo e dedicação. E da companhia de seguros que entregara relutantemente o dinheiro depois que ela acabara com o outro.

— Não é o caminhão mais lindo do mundo, Harriet, meu bem? — disse Mel, olhando para ele com um sorriso de contentamento.

Hoje, usando o caminhão, elas fizeram a mudança de uma mulher velha e excêntrica de um condomínio dispendioso para outro no mesmo quarteirão. A mulher reclamara o tempo todo do custo e de por que ela precisava de um caminhão tão grande e de tantos empregados. Ela estava certa de que poderia ter conseguido tudo mais barato em outro lugar. Com os nervos em frangalhos, elas fizeram o trabalho e a deixaram, ainda resmungando, com a cama arrumada, sabonete e toalhas limpas no banheiro, provisão na geladeira, café coando na cafeteira e flores na mesa do *hall*. A assinatura delas.

— A puta velha nem agradeceu — suspirou Harriet, exausta. — Ih! Desculpe, Riley, esqueci de que estava aí.

A filha de sete anos de Mel, Riley, gargalhava, um som tão descontraído e estridente que contagiava todos por perto. Ela estava deitada numa rede presa entre duas vigas. Lola, a *terrier* marrom e branco, deitada em seu peito, os olhos ditosamente fechados enquanto Riley balançava suavemente.

— Tudo bem, já ouvi coisa pior — respondeu ela calmamente.

— *Você não ouviu não, senhora.* — Mel estava indignada. — Não se fala palavrões nesta casa.

— Só quando você pensa que não estou ouvindo — disse Riley, rindo para elas, mostrando o espaço vazio onde costumavam ficar os dentes da frente. — Visita! — acrescentou ela, sem tirar os olhos do BMW preto que acabara de parar na frente da casa.

— Não estou esperando ninguém.

Mel apoiou os pés na grade da varanda, se abanando com a mão. Ela tomou outro gole de cerveja gelada. Os ventos Santa Ana estavam soprando do deserto e o calor era infernal, mesmo às sete e meia da noite.

— Provavelmente é a puta velha, vindo para reclamar mais um pouco — disse Riley com uma risadinha.

Lola saltou de seu peito direto para os degraus da frente. A *terrier* olhava, tensa como um gatilho, para o homem que saía do BMW.

— Que cão de guarda — disse Ed Vincent parado na calçada, mãos enfiadas nos bolsos. — Como vai, Zelda?

— *Zelda?* — perguntou Harriet olhando para Melba. — De quem ele está falando?

— Ah, meu Deus!

Mel escondeu apressada a garrafa de Miller Lite atrás da cadeira e ficou de pé num salto. Puxou as pernas dos *shorts* pretos para baixo e tentou em vão alisar a camiseta.

Ed teve de rir com a expressão de espanto dela. Sabia que tudo o que ela estivesse sentindo apareceria em seus olhos, e tudo o que quisesse dizer o faria abertamente. Não havia artifício em Zelda Merrydew. Mesmo escondendo garrafas de cerveja atrás da cadeira.

— Adorei o caminhão novo — disse ele, sorrindo enquanto imaginava Mel no volante. Que figura.

— O que está fazendo aqui? — indagou ela.

— Eu estava aqui por perto. Pensei em passar por aqui, levar minha parceira no crime para jantar, se ela me deixar.

— Uau! — disse Riley, descendo da rede e inspecionando-o atentamente. — Um *encontro*, mamã.

Mel olhou reprovadora para ela e Riley deu uma risadinha.

— O que ele quer dizer com "parceira no crime"? — perguntou Harriet, sussurrando alto.

— Melba é minha parceira de investigação.

Ed abaixou-se para fazer festinha no cachorro, que prontamente mordeu a mão dele. Ele puxou a mão com rapidez.

— Não ligue para Lola, esse é o jeito dela dizer olá — disse Riley, dando a ele o seu sorriso banguela. — Lola nunca tira sangue. A não ser que ela não goste mesmo da pessoa.

— Essa cachorra idiota é simplesmente desastrada — disse Harriet. — E, Mel, sua mãe ficaria envergonhada com você. Onde estão suas boas maneiras? Não vai convidar o seu visitante para entrar?

— Ah... é, claro — disse Mel, nervosa. — Riley, segure Lola. Entre, por favor, sr. Vincent. Esta é Harriet Simmons, minha amiga e sócia. E esta é minha filha, Riley.

— Você vai jantar com ele, mamã? — disse Riley. — Ele lhe fez uma pergunta. Você sempre me diz que devo responder quando me perguntam, e você também.

— Ora, ora... — disse Mel, rindo com embaraço para Ed. — Está certo. Sim. Eu acho que vou. Obrigada. Quer dizer... bom, acho que preciso me trocar...

— Essa é uma boa idéia, mamã — disse Riley ironicamente. — Agora — acrescentou ela, no comando. — O senhor gostaria de tomar uma bebida gelada, sr. Vincent? Uma Coca *diet*, ou limonada?

Mel correu para tomar um banho rápido, deixando Ed com Riley e Harriet. Ele olhou em volta, satisfeito. A casa de Mel era uma miscelânea de coisas bonitas e antigas, provavelmente vindas daquela fazenda Merrydew de antes da guerra, e peças desmazeladas. Um antigo piano de cauda estava espremido num canto, e a brisa do mar soprava as cortinas creme das janelas abertas.

Um monte de flores mistas, em alegres tons de amarelo e laranja, murchavam nos vasos; havia um sanduíche inacabado num prato sobre o assento da janela, e os livros escolares de Riley estavam espalhados sobre a velha mesa de pinho da cozinha — cheia de vida e pintada de azul e branco. O piso de madeira tinha muitos arranhões, e partículas de poeira flutuavam num raio de luz do sol. O lugar era confortável, habitável, exatamente certo, pensou ele, satisfeito. Exatamente Zelda.

A poeira entrou em seu nariz, e ele espirrou, aceitando a limonada de Riley, que continuou a questioná-lo atentamente sobre onde ele morava e o que estava fazendo em LA.

— Uma mãe zelosa não poderia tê-lo interrogado melhor — disse Harriet a ele depois, com um sorriso.

Ed ergueu-se do sofá grande quando Mel apareceu, usando um vestido que lhe pareceu feito de ataduras elásticas, pretas e costuradas; mais justo do que qualquer luva. Decotado, curto, apertado. Estonteante.

— É a última moda — explicou Mel, notando a expressão dele. Ela puxou o decote para cima e a saia para baixo. — Apertado como um espartilho, mas ele aperta e folga uma garota nos lugares certos. E acho necessário sofrer pela beleza, ou por tudo quanto posso obter dela, fugaz como é.

— Você quer dizer que quando o tira, tudo o que sobra é uma salsicha deformada?

Ele estava rindo dela e ela riu de volta para ele.

— Alguns dias essa descrição se adapta. Contudo, este vestido é vantajoso para você. Por causa dele sou o que se chama de encontro barato. Pois não posso comer mais do que algumas colheres de sopa e um pouquinho de salada...

— Se não, o vestido explode e tudo o que sobra é aquela salsicha — terminou Riley para ela, com aquela fantástica gargalhada que para Ed devia vir das entranhas. — Você não acha que mamã parece uma perua? — acrescentou ela em voz baixa para Harriet, mas alto o bastante para ser ouvida por todos.

— Obrigada, menina, pelo seu voto de confiança.

Mel beijou os cachos acobreados da filha ao despedir-se.

21

— Então, aonde vamos? — perguntou ela, acomodando-se no banco espaçoso do BMW.

Ed encolheu os ombros.

— LA é a sua cidade, não minha. Aonde gostaria de ir?

Mel olhou para os lados e depois para ele, considerando que tipo de lugar poderia agradá-lo. Ele parecia tão almofadinha, pensou ela, todo informal para LA num suéter cinza de *cashmere*, calças cáqui e mocassim. Num impulso, decidiu levá-lo ao Serenata, um restaurante simples de estilo mexicano onde era freqüentadora assídua, junto com outros aspirantes, escritores e atores, bem como apenas pessoas da área. O lugar era discreto e eles serviam uma terrível mistura que chamavam de *margarita* de vinho, da qual ela gostava secretamente.

Ela pediu duas e sorriu para ele do outro lado da mesa.

— Você vai gostar — ela lhe assegurou quando ele levantou as sobrancelhas. — E depois, eles não servem bebidas fortes.

Ele riu.

— Então é melhor eu gostar dessa bebida. E já que não estou

familiarizado com o cardápio mexicano, talvez fosse melhor você pedir a comida também.

O sorriso dela, amplo e um pouco torto, instantaneamente lembrou-lhe o de Riley. Tal mãe, tal filha, pensou ele.

— É bom estar aqui com você — disse ele.

— No meu território, desta vez — disse ela. Depois, lembrando-se do Four Seasons e das damas que almoçavam lá e da limusine com chofer, ela acrescentou: — Detesto informá-lo, mas isto é realidade, meu bem.

Ele balançou a cabeça, concordando.

— Eu sei, já estive lá.

— É mesmo?

Ela estava admirada.

— Pensei que você fosse o herdeiro de uma fortuna, menino rico que se dá bem e tudo o mais, herdando os milhões da família e os transformando em bilhões com a própria genialidade.

Ele riu modestamente.

— Não foi bem assim.

— Não? Então me conte como foi.

— Você primeiro — disse ele.

Então ela lhe contou como era Melba Eloise Merrydew, de Merrydew Oaks, uma velha fazenda na Georgia, com uma mãe que pensava ser uma Scarlett dos tempos modernos e um pai que bebia muito e que definitivamente não era Rhett.

— Foi assim durante cinco anos — disse ela a Ed. — No final papai havia perdido todo o dinheiro da família, e aí mamãe assumiu o controle. Ela penhorou a fazenda, colocou papai numa casa de reabilitação e nos mudamos para um condomínio em Atlanta. Ela me pôs numa escola particular que não podia pagar e, ainda agindo como uma dama sulista, arranjou emprego como vendedora na Brown Jordans. Na verdade, ela se saiu muito bem por lá. Ao contrário de mim, mamãe sempre teve classe. E acabou gerenciando o departamento de moda. Uma proeza da qual se orgulhar, dizia ela. De qualquer modo, terminei a escola, trabalhei como garçonete para pagar a faculdade. Papai nunca voltou para casa... quer dizer, ele se reabilitou e desapareceu. Nunca mais tivemos notícias dele até sermos notificadas pela polícia de que ele havia morrido num acidente de carro, em algum lugar de Montana. Mamãe não podia imaginar o que o velho cavalheiro sulista estava fazendo nos confins de Montana, mas não ficou surpresa ao saber que havia duas causas para o acidente. Uma foi o seu nível de álcool... a outra o alce que ele atropelou. — Ela bebericou a *margarita* de vinho e fez uma pequena careta. — Não sei por que gosto disso.

— Nem eu — concordou ele, tomando um gole. — E o que aconteceu com sua mãe?

— Ah, ela está vivendo com conforto, se não exatamente em esplendor, em um retiro para idosos em Chapel Hill, na Carolina do Norte. Jogando bridge... ela é uma fera no bridge... e tendo uma vida social intensa. E embora nunca tenha cozinhado na vida, ela está sempre me enviando velhas receitas do Sul pelo *e-mail*. E eu vivo de barras energéticas e Coca-Cola *diet*! Ela continua fazendo o papel da beldade sulista, embora eu ache que é um pouco mais difícil ser uma beldade sulista no retiro em Chapel Hill, na Carolina do Norte, do que era em Merrydew Oaks.

Mel riu, pensando na mãe, e Ed disse:

— Ela é uma figura.

— Ela é, e eu a amo. E agora é a sua vez, sr. Vincent.

— Humm — disse ele, voltando sua atenção para os nachos e salsa. — Talvez mais tarde. Primeiro, quero que você veja isto.

Mel pegou a carta que ele entregou a ela, examinando-a com rapidez. Era o relatório do detetive particular dizendo que o *laser* detectara traços de manchas de sangue que foram limpos.

— Então agora você acredita em mim — disse Mel triunfante, feliz por não ter andado sonhando, afinal. Embora, pensando melhor, seria melhor para Ed se ela tivesse.

— Acreditei em você antes. Isto é uma prova, embora ainda não saibamos o que aconteceu com o corpo.

— E o que sabemos?

Ela estava olhando com expectativa para ele, como se por certo ele tivesse todas as respostas. Ele detestava decepcioná-la.

— Você é a pessoa que pode identificar o assassino. E acho que pode estar correndo perigo.

Mel engoliu a *margarita*.

— Eu? E você? Ele falhou com você uma vez, com certeza vai voltar para tentar de novo. De qualquer modo, quem é ele? — perguntou ela, lançando um olhar de suspeita para Ed por sob os cílios. Ele ainda não lhe falara sobre o seu passado e ela cismava.

— Diga-me por que alguém quer você morto.

— Eles não querem. O detetive acredita que foi um roubo que deu errado. Um ladrão matou o outro e fugiu com o dinheiro. Há cem mil dólares faltando no cofre.

— Cem mil dólares! — Os olhos dela se arregalaram e ele riu.

— Quando se foi pobre como fui, a gente meio que gosta de ter alguns trocados por perto, por precaução.

— Trocados, hum. O resto de nós se sentiria para lá de sortudo.

— Nem tudo foi sorte — lembrou-lhe ele.

— Eu sei, eu sei, muito trabalho e tudo o mais. Acredito em você, milhares não acreditariam. Não quando se começa como herdeiro de milhões.

— Sobre esses milhões...

— Sim?

— Falaremos sobre isso mais tarde — disse ele, atacando um

prato de feijão com arroz, abacate, *tacos* de galinha e um molho verde que quase fez sua cabeça explodir. Ele arfou, agonizante. — Não há necessidade de arma, isso mata.

Ela ignorou a comida.

— Mas alguém quer matar você. Ouvi o cara dizer isso, no telefone.

— Você está sonhando, meu bem — disse ele, rindo. — O que realmente sabemos é que o ladrão era um perito. Ou pelo menos foi um perito em se livrar do corpo e limpar a casa. Até o cofre foi trancado de novo, bem como a porta da frente. A enchente apagou todas as marcas de pneus e pegadas. Então, como dizem, Zelda, meu bem, é isso aí. Agora, por que você não come um pouco dessa comida assassina?

— Não há nada — disse ela, beliscando o *tamale* — tão insensato como um homem. Especialmente um homem rico. E você ainda não me contou aquela história.

— Vou contar — prometeu ele. — Mais tarde.

— Eu vou dirigir — disse ela quando saíram do restaurante. — Nunca dirigi um BMW, e depois quero levá-lo a um lugar especial.

Ele foi para o banco do passageiro e ela saiu com o carro, seguindo a oeste da Pico para Santa Monica, depois rumo norte na auto-estrada Pacific Coast, dirigindo paralelamente ao oceano, passando por Malibu até finalmente fazer uma curva em U e estacionar na encosta do oceano fora da auto-estrada. Ela apertou um botão e as janelas deslizaram para baixo. Uma simples risca de lua não conseguia lançar nenhuma luz nas águas escuras, mas o refluxo suave das ondas na praia soprava gentilmente para dentro do carro, junto com o ar fresco da noite.

— Paz — suspirou ela, encostando a cabeça contra o couro preto e macio. Ela virou um pouco a cabeça e seus olhos encontraram os de Ed.

— Agora, fale-me de sua infância — disse ela calmamente.

22

Não era fácil para Ed falar de sua família. E na verdade ele só o fizera uma única vez antes. E foi para outra mulher.

Ed era o mais jovem de uma ninhada de seis, nascido nos morros arborizados das Great Smoky Mountains, no Tennessee, em uma choça com o teto de zinco enrugado, e paredes de tábuas com remendos de papel alcatroado do lado fora e forradas com jornal do lado de dentro.

Nos primeiros quatorze anos de sua vida, Ed nunca foi além de 25 km de sua casa. A velha picape Dodge de seu pai mal fazia a viagem até Hainsville aos sábados, carregada com os tubérculos dos legumes que plantava para vender. O povo da região dizia que seu pai podia cultivar qualquer coisa em seus pequenos mas férteis dois hectares, mas mesmo assim ele só conseguia o suficiente para manter um teto sobre suas cabeças e alimentar a prole faminta, que ansiava por mais carne em vez de batatas.

Truta, perca e cascudos dos rios não eram o bastante para afugentar a fome eterna de seis crianças em crescimento, que agüentavam abóbora e vagem apenas porque não tinham escolha, e que eram enviados para catar na floresta a profusão de cogumelos selvagens, frutos silvestres da estação e castanhas para acrescentar à despensa da família.

Como seus três irmãos e duas irmãs, Ed era uma criança franzina, sempre com fome, sempre alerta, e hábil com o rifle, espreitando codornas e esquilos ou frangos-d'água, qualquer coisa que trouxesse variedade ao caldeirão que sua mãe mantinha constantemente no fogão.

No passado uma mulher bonita, Ellin era tão magra que seu esqueleto aparecia através da carne translúcida, cada osso aparente, os músculos atados como cordas em seu corpo gasto pelo trabalho. Os seios escassos alimentaram seis crianças numa seqüência rápida; as mãos calejadas acalmaram suas cabeças febris quando elas adoeceram. Ela cantara para elas dormirem, em soprano cansado, e sorria quando dava-lhes um beijo de boa-noite, prometendo que um dia, logo, talvez, as coisas iam melhorar. "E aí então vou comprar um vestido novo para você, mãe", prometera o jovem Ed.

— E sem dúvida eu também teria prometido a ela um anel de diamante — disse Ed para Mel. — Se eu soubesse o que era diamante naquela época. O que, sendo apenas um jovem caipira ignorante, eu não sabia.

Todos os seis filhos pareciam com a mãe: rostos finos e angulosos, profundos olhos azuis encovados sob grossas sobrancelhas, orelhas rente às cabeças, dentes fortes e brancos, saudáveis sem a ajuda de dentistas. Graças — mérito do pai — à dieta de legumes, ao pouco leite de vaca e às esqueléticas galinhas que forneciam ovos diminutos. A carne era uma desconhecida, ave ensopada uma ocasião para ser saboreada e lembrada e a matança de um porco uma festa anual, maravilha de lamber os beiços.

Todos os filhos tinham os cabelos negros e luxuriantes da mãe, lisos como um fio de prumo e bastos como feno no verão na pradaria, e todos falavam com o sotaque das montanhas do Tennessee, tão forte que parecia uma língua estrangeira.

Eles corriam descalços da primavera até o outono, onde seus pés ficavam grossos como os dos índios, a pele marrom de sol, os cabelos com mechas de vários tons mais claros. Em setembro, eles marchavam relutantes para a escola novamente, usando sapatos toscos que machucavam os calcanhares. Relutantes, exceto por Ed e o mais velho dos irmãos, Mitchell, que, por razões completamente diferentes, não viam a hora de estar lá.

"Meus dois intelectuais", a mãe os chamava, sorrindo enquanto eles se derramavam sobre os livros de geografia, matemática e história. Ed não sabia o que era um intelectual, e Mitchell tampouco, mas cada um tinha seu próprio anseio para aprender. Ambos queriam algo mais do que as duras privações dessa existência.

— Não que soubesse na época que eu passava por privações — disse Ed a Zelda. — Quando se é criança, a gente não sabe. É isso. Se você não conhece outro modo de vida, como pode sentir falta? Porém, de algum modo, em algum lugar, eu acreditava que havia uma vida melhor. E não era uma casa arrumadinha de três quartos com encanamento e cerca de madeira em Hainsville o que eu desejava. Era um sonho bem maior, um mundo mais vasto. Eu já adorava a idéia de aventura e viajar. Eu não sei como, mas sabia que um dia eu me lançaria como um pássaro da gaiola daqueles sopés arborizados e voaria pelo mundo num avião a jato. Eu jantaria em Paris e passearia pelas praças de Londres, quem sabe até apertaria a mão da realeza. — Ed sorriu. — Nada parece impossível quando você tem apenas doze anos.

O irmão de Ed, Mitch, era diferente. Os olhos mais apertados, meio escondidos por trás dos ossos proeminentes da face, davam ao seu rosto um ar quase de índio cherokee. Por certo, esses olhos eram azuis como os da família da mãe, mas o resto dele puxava ao pai. Mais robusto, com ombros musculosos, costas afuniladas, pescoço rijo, e queixo proeminente. Ele era o estranho entre os rebentos em crescimento de sua família, uma árvore adulta antes mesmo dos quinze anos. Claro que tinha a mesma marca das privações, o aspecto atormentado dos quase famintos, a cautela no olhar, a rapidez com o rifle. Mas com Mitch era diferente.

No íntimo, a mãe achava que tinha um desafio nas mãos. Embora dissesse a si mesma que o amava tanto quanto os outros, ela não entendia Mitch. Havia um quê de crueldade nele. Ele gostava de matar animais mesmo que não fossem para a panela. Gostava de atormentar os irmãos, usando o peso e a força superiores para jogá-los no chão, em prantos. E provocava as irmãs até as lágrimas. Ele batia nas outras crianças na escola e na igreja, brigando no mato depois do sermão e envergonhando a família. Chegou a ser pego pelo delegado fazendo bebida alcoólica na floresta, cambaleando, bêbado como um porco.

— Mitch não se preocupava com o que alguém pudesse pensar — disse Ed a Zelda. — Ele era um valentão que andava se vangloriando. Tudo o que era ruim, ele parecia descobrir. Para nossa pobre mãe, parecia até que ele procurava. E não importava quão duro nosso pai o castigasse, isso não o desencorajava. Aos dezessete anos, Mitch ultrapassou nosso pai. Ele poderia matá-lo facilmente, com um único golpe daquele braço poderoso, um único tiro daquele rifle. E ele era um perito em tiro ao alvo. Viver com Mitch era como viver à beira de um vulcão. Sem nunca saber quando ia entrar em erupção. Mas meu pai orgulhava-se de ser o proprietário de seus dois hectares e de não dever a ninguém. Ele levou vinte longos anos para acumular os quatrocentos dólares necessários para comprar aquele pedaço de terra.

"Mitch quer muita coisa", dissera seu pai a Ed certa vez quando estavam indo para Hainsville na velha e enferrujada picape branca, levando a produção para o mercado de sábado. "Mitch não gosta de ser um fazendeiro calejado, embora a gente seja dono do nosso pedaço de terra e não mais colonos. Trabalho duro é a única resposta, filho", dissera ele a Ed enquanto desciam no meio da densa neblina da manhã, chapinhando em riachos reluzentes e pedras polidas. Atravessando vegetações que batiam na cintura com flores silvestres onde borboletas laranja e preto desenrolavam as asas quando o sol as aquecia. Descendo a estrada sulcada até a estreita estrada asfaltada que levava à cidade local, a 25 km de distância.

"Mas escreva o que eu digo: Mitch não foi feito para trabalho duro. Ele quer tudo da vida e quer agora. Não importa o que seja preciso para conseguir."

— E foi assim que cresci. — O tom de Ed era deliberadamente sereno, mas Mel ouviu a meia-voz do desespero.
— Sinto muito — disse ela, a voz embargada.
Ele encolheu os ombros.
— Não precisa. Não fui a única criança a crescer pobre.
— Mas você lutou e conseguiu sair daquela pobreza.
— Não por muito tempo depois disso. — Ele fez uma pausa.

— Muito tempo mesmo — continuou ele calmamente, e havia uma nota tal de tristeza em sua voz que Mel receou perguntar o que ele quis dizer, então, em vez de perguntar, ela inclinou-se e o beijou. Um beijo doce e despretensioso, leve e etéreo.

Enquanto ele ainda estava aturdido, ela ligou o carro e dirigiu lentamente para a auto-estrada, de volta para casa em Santa Monica.

— Estou voltando para Nova York amanhã de manhã — disse Ed relutante, os olhos presos nos dela.

Ela balançou a cabeça.

— E eu tenho de fazer a mudança do sr. e da sra. Barton Forks de Encino para Sherman Oaks. Minha nossa, como a vida é agitada. — Ela deu outro beijo nele, no rosto desta vez. — Meu bem — disse com um sorriso travesso. — Realmente gostei de bancar a detetive com você.

E depois saiu do carro, batendo a porta, acenando tchau.

Ed ficou olhando ela subir os degraus com um passo de gigante. Ele ainda estava rindo quando foi embora.

Eles se encontraram muitas vezes depois disso — Ed não conseguia ficar longe de Santa Monica. Ele fretou um pequeno jato e toda sexta à noite estava lá. Eles saíam para jantar; levavam Riley para os jogos dos Lakers e dos Kings, congelando no estádio de hóquei, comendo cachorro-quente e rindo. Eles pareciam estar sempre rindo. E Riley segurava a mão de Ed como se não quisesse deixá-lo ir embora nunca. Nenhuma das duas queria deixá-lo ir... até Lola estava se acostumando e não o mordia mais. "E eu tenho as marcas para provar", dissera Ed, rindo. Mel o levara a todos os seus lugares prediletos; ele conhecera os amigos dela, embora ela não tenha conhecido nenhum dos dele.

— Você não tem amigos? — ela perguntara.

— Não muitos — ele admitira. — Sou um homem cauteloso.

— Fico imaginando por quê — ela dissera, intrigada, e ele olhara para ela com aquela expressão estranha nos olhos azuis, meio distante, uma dor relembrada... ela não sabia muito bem em que ele estava pensando.

— Talvez algum dia eu lhe conte — foi tudo o que ele dissera.

E depois mudara de assunto e levara ela, Harriet e Riley para um suntuoso almoço de domingo, no bonito pátio do Bel-Air Hotel. Mas nunca mais falou sobre seu passado, depois daquela noite.

23

Mel estava no hospital, sentada perto dele, velando por ele.

Ed podia sentir que ela estava lá, podia sentir seu cheiro doce e fresco — graças a Deus um de seus sentidos ainda estava funcionando... Mas precisava tocar nela, abraçá-la... Com um esforço enorme, ele estendeu a mão para ela.

Mel ficou olhando enquanto sua mão agoniantemente lenta se movia com dificuldade na direção dela. Pegando a mão dele nas suas, ela inclinou a cabeça e a beijou. *Ele sabia que ela estava lá... Ed sabia.*

Parado no vão da porta, Art Jacobs sabia que estava olhando para um milagre.

— Ela pode ficar — disse ele à enfermeira. — Na verdade, ela pode ficar pelo tempo que quiser.

Você está aqui, pensou Ed, finalmente você me encontrou. Por favor, nunca mais tire sua mão da minha. Enquanto estiver me segurando, saberei que ainda estou na terra dos vivos. Posso sentir seu sangue pulsando, talvez ele inspire o meu a trabalhar de novo, impulsionar este velho coração... que sempre pulsa duas vezes mais rápido quando você está por perto. Desde aquele momento em que a vi pela primeira vez... Isso é sentimental, eu sei. Mas se um homem não pode ficar sentimental em seu leito de morte, então quando poderá? Como eu gostaria que você me beijasse de novo, só quero sentir esses lábios doces nos meus, quero abraçá-la, Zelda, fazer amor com você...

Eu me lembro da primeira vez. Eu a convidei para passar um fim de semana em Nova York. Fui ao aeroporto encontrá-la. Estava esperando no portão de desembarque e você surgiu naquele corredor, olhando em volta, procurando por mim. Pude notar pela expressão do seu olhar que estava com medo de que eu não aparecesse... que tivesse lhe dado o bolo. Quando me viu, era como se alguém tivesse acendido uma luz em seus olhos. Você brilhou intensamente. Achei você maravilhosa... uma garota dourada. Exceto pelo nariz que estava vermelho.

"Não me beije ou pegará meu resfriado", você alertou, afastando o rosto. Como se eu não tivesse feito você vir a Nova York com o propósito explícito de beijá-la. Minha nossa, você pode ser uma pessoa difícil quando quer...

Então, em vez de beijá-la, segurei sua mão durante todo o caminho até Manhattan na limusine. Você ficou tão impressionada com a Torre Vincent Quinta que insistiu para dar a volta em torno dela, a pé. Inspecionou o saguão de ponta a ponta, dizendo: "Nossa, este lugar deve ter custado uma fortuna. E você o construiu sozinho."

Fui modesto. "Bem, não exatamente...", respondi.

Você ficou ainda mais impressionada quando entramos no elevador e apertei o C para a cobertura. Seus olhos estavam arregalados de admiração... Às vezes é tão parecida com Riley que não sei quem é a criança, você ou ela...

Quando chegamos lá, você correu para as janelas que iam do chão ao teto e olhou para a vista, toda Manhattan estendida a sua frente... "Central Park", você disse, reverente, e eu queria tanto atirar meu braços ao seu redor e abraçá-la. Mas não queria que pensasse que eu a havia trazido até Nova York para seduzi-la... embora é claro que eu trouxera. Só que havia mais coisas envolvidas do que apenas isso. Eu sabia disso, já naquela época...

Ed sentiu Mel afastando-se dele. *Oh, querida, não tire sua mão da minha... Por favor, não vá... Oh, Zel, preciso de você agora mais do que nunca... Tenho medo de deixá-la, Zel, não quero morrer...*

Ele podia sentir seu cheiro familiar quando ela se inclinou sobre ele, sentiu a maciez dos lábios dela nos seus e a umidade fresca de suas lágrimas.

— Estou aqui, meu bem — ele a ouviu sussurrar. — Nunca o deixarei. O detetive Camelia vai ter que me arrastar. Só que sou maior do que ele.

Ela riu por entre lágrimas, aquele riso inebriante que surgia em todos os seus momentos sérios, desarmando-o... Se tivesse condições, ele teria dado um suspiro de pura satisfação, mas a máquina respirava por ele... *Malditas máquinas... ele precisava sair dali...*

Ela estava dizendo alguma coisa. Esforçou-se para ouvir suas palavras, ditas com suavidade, quase como se estivesse falando consigo mesma... lembrando...

— Entrei na cobertura — disse Mel — esperando, não sei o quê... o Taj Mahal, o palácio do sultão. Quer dizer, havia aquele enorme espaço — e só uns poucos móveis, velhos e sem graça. Uma mesa, algumas cadeiras, um velho tapete e um sofá que parecia ter vindo direto do brechó. Acho que o meu queixo deve ter caído porque você estava rindo. — Eu disse: "Não sabia que você estava se mudando." "Na verdade, moro aqui há cinco anos", você disse. "Isso é tudo." "Hum, definitivamente não é um ninho de amor", falei. Eu estava rindo também, quando examinei o seu quarto. Era exatamente o que eu esperava então. Uma cama, uma cadeira, e um abajur. Nossa, como você era básico. Exceto pelo equipamento de alta-fidelidade. Eu nunca tinha visto nada igual. "O melhor e mais moderno", você me disse orgulhoso, colocando um CD de Chet Baker, *Long Ago and Far Away*. Nunca esquecerei, ela se tornou nossa música... Andei até a janela. As luzes brilhavam na Quinta Avenida e estava nevando. Você veio e ficou ao meu lado... sem me tocar, mas a sensação era de que estava, com aquelas pequenas vibrações elétricas ziguezagueando entre nós como o código morse. Eu estava tão ciente de você, juro que meus cabelos eriçaram. Nunca havia sentido algo assim antes... nunca...

Mel olhou com tristeza para Ed, tão imóvel, tão silencioso, na cama branca de hospital, mantido vivo por aparelhos.

— Espero que você também se lembre, meu bem — disse ela com tristeza. — Ah, espero que você se lembre, meu amor...

———◆———

Eu me lembro. Eu estava olhando para você, guardando-a na memória para um momento como este, quando não pudesse vê-la. Acho que a descrição certa para você seria "peralta", mas isso implica al-

guém menor, e você era minha Valquíria. Eu me lembro de ter pensado que nunca conseguiria passar a mão em seus cabelos, eles só tinham alguns centímetros de comprimento exceto pelas mechas douradas que caíam em seus olhos. E me lembro daqueles enormes e urgentes olhos cor de cobre nos quais eu me derretia quando encontravam os meus. Eu amava aqueles longos e curvos cílios dourados, eles a faziam parecer tão inocente, como uma gazela. E gostava de seu nariz também. Fino, um pouco longo — um pouco arrogante, se quer a verdade, mas combinava com os traços do rosto. E a sua boca, minha nossa, sua boca era especial, ela realmente me tentava, mesmo que os lábios estivessem rachados. Carnuda e com uma espécie de beicinho. Vulnerável, era a palavra que vinha à mente. "Vamos sair", você disse, quando eu estava prestes a pegá-la em meus braços... "Eu quero andar na Quinta Avenida com neve." Então levei minha californiana alienígena para andar na tempestade de neve.

— O paraíso — lembrou Mel, sorrindo. — Era simplesmente o paraíso. A neve cobriu nossos cabelos e grudou na sua barba. Os cavalos em frente ao Plaza usavam gorros e mantas, e tinha até o cheiro de castanha assando. "Isso é encantador", eu disse a você, e você riu e disse, "Só você poderia achar isso, dê uma olhada no trânsito." Os carros estavam parados, pára-choque com pára-choque. Podíamos ver os rostos zangados dos motoristas e sentir suas frustrações, mas estávamos fora daquele mundo. "Saiam e andem na neve como nós", gritei para eles, rindo. Estávamos em nosso próprio círculo mágico. Mesmo o pequeno restaurante na 49 Leste com as janelas embaçadas e o cheiro de *bacon*, hambúrgueres e café quente era maravilhoso. A neve derreteu em nossos cabelos enquanto dividíamos um sanduíche de queijo e presunto no pão de centeio e bebíamos um café tão quente que queimava nossas gargantas.

Eu queria levá-la para jantar em um lugar elegante, cortejar você com boa comida, champanha, rosas. Impressioná-la com a minha sofisticação e com o fato de o maître *me conhecer. Ah, sequer tive a chance... e você não ligou, você adorava andar na neve, praticamente dançava sobre aquele incrível salto alto. E você insistiu em comer naquele restaurante...*

— Nós olhamos as vitrines em todo o caminho de volta pela Quinta Avenida — disse Mel, rindo. — Saks, Gucci, Bergdorf, comigo fazendo planos do que iria comprar quando a Em Movimento finalmente desse algum dinheiro. E você me dizendo que me compraria qualquer coisa que eu quisesse... até eu precisar lembrá-lo que minha mãe sulista definitivamente não aprovaria. Bem, ela certamente não aprovaria o que aconteceu depois...

Nós nos derretemos no elevador, pensou ele, só que desta vez nos braços um do outro. Não pudemos sequer esperar chegar ao topo. Quando parei de beijá-la por um segundo, você perguntou: "E se alguém mais entrar?" "Que entre", eu disse. "Como Rhett, eu não ligo a mínima..." E então você começou a rir tanto, que não pude manter minha boca na sua novamente...

— Ainda estávamos nos beijando quando a porta do elevador abriu — lembrou Mel. — De algum modo, conseguimos sair de lá sem descolar nossas bocas. Meu Deus, nosso desejo era tão quente, que poderíamos ter derretido a tempestade de neve inteira... Você tirou o cinto de meu casaco, e deslizei meus braços para fora das mangas, deixando-o ficar onde caiu. Depois eu estava desabotoando seu casaco. "Nu", eu disse triunfante, jogando-o no chão e rindo. "Ainda não", você disse. Então você colocou Chet Baker novamente... Você estava me preparando com música suave, meias-luzes... Você disse: "Eu deveria oferecer uma taça de champanha, dar-lhe rosas." "Esqueça", murmurei. Depois meus olhos saltaram. "Que rosas?", perguntei, espantada. Você me pegou pela mão e andamos até o quarto. E lá havia rosas por toda parte. Rosas brancas, creme, rosa-claro, cor de pêssego e de damasco... Nas poucas horas que passamos fora, aquele quarto foi transformado num verdadeiro jardim. "Eu só achei que ele parecia um pouco vazio", você disse, se desculpando. E soube então que amava você...

Eu soube que amava você, Ed lembrou, *quando vi aquela expressão em seus olhos ao olhar para as rosas. Reverência, admiração, surpresa e depois aquela inocência novamente... "Como você fez isso?", você perguntou, balançando a cabeça, incrédula. Simplesmente encolhi os ombros. "Você está em Nova York, querida", eu disse, sorrindo como um bobo. "E você é o seu rei", você respondeu, atirando os braços em torno de mim. O que, sendo tão alta como eu naqueles saltos, você podia fazer facilmente. Na verdade, não sei se você ergueu meu pé do chão ou se fui eu que ergui os seus... Nosso desejo era tão quente, que rasgamos nossas roupas, saímos fora delas. Ficamos parados olhando um para o outro. Você era exatamente como eu imaginava que fosse: tórax arredondando em uma cintura fina, o fulgor de seus quadris e a linha suave de seus flancos, seu delicioso e macio monte dourado, e longas pernas coniformes. E seus altos e arredondados seios que eu sabia terem a textura do cetim em minhas mãos...*

Mel estava sorrindo.

— Olhei você de cima a baixo. De baixo acima novamente. Musculoso, você estava em boa forma e pronto para mim... Minha nossa, e como estava pronto para mim... Eu não conseguia desviar os olhos. Não pude evitar, eu tinha de rir. Por que será que eu acabo rindo nos momentos mais errados, justo quando devia ter sido tão... tão intenso... tão *sexy*... "E dizem que o tamanho não importa", eu me lembro de você dizendo, admirado.

Ed também lembrava. Ele lembrava de sua grande gargalhada ao puxá-la para si e cair de costas na cama, impotente de tanto rir. E podia sentir o gosto de sua boca agora, doce e suculenta como geléia de morango.

Seus braços estavam cruzados em meu pescoço, pressionando meu rosto contra o seu. "Mais, por favor", você murmurou quando subi para respirar. E ri novamente enquanto obedecia.

— Eu podia sentir você, pressionando entre minhas coxas, duro como um bastão de beisebol, e quente. Eu queria você, Ed. Ah, eu queria você como nunca quis ninguém antes. Queria que você me devorasse, que me envolvesse, que entrasse e me reivindicasse como sua propriedade. Eu queria tudo. Eu podia sentir seu calor vertendo no fundo do meu ser, enviando arrepios contínuos por todo o meu corpo. Seus beijos eram suaves como asas de borboleta em meu rosto, tão doces, tão amorosos, enquanto me levava ao céu.

Nós éramos um, Zelda, lembrou Ed. E surpreendentemente, seu corpo também lembrou, recordando a sensação que ela causou, seu cheiro, seu calor e paixão... *Você jogou a cabeça para trás e no momento final. "Ah, Deus", você ofegou, e então o seu grito se igualou ao meu.*

Mel lembrou-se dela abrindo os olhos, sentira a necessidade de vê-lo...
— Olhei para o seu rosto, ainda contraído de paixão — murmurou ela. — E fiquei impressionada de que toda aquela emoção fosse para mim... para nós. Seu corpo era pesado sobre o meu, mas eu não queria me mover nunca. Estávamos tão lisos de suor como um par de lutadores de sumô. Eu me lembro até hoje, do cheiro de rosas e sexo, do mágico aroma de nosso amor. Jamais esquecerei, Ed, jamais...
Suas lágrimas tocaram o rosto dele quando ela o beijou, e a realidade da cama de hospital predominou. Por um momento, ela

voltara no tempo e aquele tempo parecia a realidade deles. Não esta, pensou ela, agoniada. Não Ed jazendo aqui, preso a uma máquina que o mantém respirando...

— Você *não* vai morrer — disse ela, apertando a mão dele. — Eu não vou deixar. Você está me ouvindo, Ed Vincent, seu grande idiota?

Estou ouvindo, pensou ele com um sorriso interior. *E se alguém pode me manter vivo, é você, querida. Só você. Embora eu esteja fazendo o máximo... Esta é a hora do tudo ou nada...*

— Eu queria ter dito, na ocasião, que amava você — disse Mel. — Mas não me atrevi. Quer dizer, não se pode andar por aí dizendo isso a um homem, mesmo àquele que levou e trouxe você do céu. Ele pode achar que você está querendo compromisso.

E eu estava olhando para você. Seus olhos estavam fechados, e eu imaginava o que você estaria pensando... esperando que você dissesse que me amava, porque eu não me atrevia, para não assustá-la... Eu não sabia como você sentia. Se eu era apenas um passatempo ou o quê. Então você abriu os olhos e disse: "Você precisa tomar cuidado com essa coisa. Isso pode lhe causar grandes problemas..."

— Eu não devia ter brincado — disse Mel. — Agora sei, mas estava assustada com tanta emoção. E então a sua enorme gargalhada quase esmagou meu peito, e eu estava rindo com você, indefesa. E senti você enrijecer novamente.

"Eu nunca havia feito amor rindo antes", Ed lembrou de ter dito a ela. *"Senti vontade de comer você."*
"Agora, não me venha falar das outras", você disse com aquela voz firme de não me engane. "Quero acreditar que sou a única."
"Você é a única", eu disse a você. E era verdade, Zelda, era verdade. Você será sempre a única para mim.
"Ótimo", você disse. "Você também é o único para mim."
Um risinho irrompeu de nossas gargantas e o desfiz com um beijo. "Então estamos quites", eu disse. "A vida começa a partir de hoje. Deste momento." Eu me ergui em seus braços. Nos entreolhamos. Eu estava dentro de você novamente, e o seu corpo reagia. Você jurou que ele não tinha nada a ver com você, nada a ver com sua cabeça. Seu corpo me queria e ele não aceitaria um não como resposta. "Eu sabia que você estaria sempre pronto para agradar uma dama", você murmurou, passando a mão em minha bunda nua, fazendo-me rir novamente, mesmo quando me movia mais para dentro de você.
Ah, Zelda, Zelda, aquela foi uma noite que não devia nunca ter acabado...

— Aquela noite foi o nosso começo — disse Mel com tristeza. — Quem sonharia que isto poderia acontecer? Mas não podem tirar você de mim. Vou encontrar aqueles patifes e matá-los. Eu juro, Ed, se você morrer, vou matá-los com minhas próprias mãos.

Outra razão para não morrer, pensou Ed com um suspiro... Não podia deixá-la se tornar uma assassina, só por causa dele... Não seja louca, ele queria dizer, mas dizer a ela para não ser louca era como dizer a um canário para não cantar.

Parado na porta do quarto do hospital, o detetive Camelia ouviu as palavras finais de Mel e soube sem sombra de dúvida que estivera acusando a mulher errada. Sabendo que ela não estava ciente da presença dele, ele a ouvira dizer a verdade.

Ela virou-se e olhou para ele. Mel estava abatida pela falta de sono, debilitada pela fadiga, arrasada pela luta de Ed com a morte. O coração de Camelia fraquejou.

— Que tal um café? — disse ele.

24

Camelia sentou-se de frente para Mel Merrydew — também conhecida como Zelda — na pequena *delicatessen* na esquina do hospital. Outra noite sem dormir não realçara sua aparência. Sua pele perdera a luminosidade californiana que ele notara ao vê-la pela primeira vez. Agora a pele estava sem viço, acinzentada, com olheiras escuras como contusões. Doía nele só de olhar para ela.

— Você está horrível — disse ele, sem meias palavras. — Não pode continuar assim. Sabe... sem comer, sem dormir. Pergunte a si mesma: que bem isso está causando a ele?

Mel levantou a cabeça da xícara de café. E olhou para ele, atordoada.

O garçom veio atender.

— Em que posso servi-los?

Ele era ligeiro, eficiente, sem tempo a perder, como todos os nova-iorquinos. Olhou inquisitivo para Mel, mas ela balançou a cabeça e olhou para o outro lado.

Camelia disse:

— A senhora vai querer ovos mexidos, *bacon* e torradas. Eu

vou querer salmão defumado com creme de queijo no mesmo pão. E toste bem o pão, certo?

— Não estou com fome — protestou, fatigada.

— Ah, está sim. Você meio que esqueceu que a comida é tudo. Acho que você está precisando "retreinar" o hábito de se alimentar — disse Camelia, rindo para ela, mas Mel não retribuiu o sorriso. — Olhe — disse ele gentilmente. — Sei o que está pensando. Que não é da minha conta. Mas Ed Vincent passou a ser problema meu. E neste momento preciso de você mais do que ele precisa.

De súbito apavorada, Mel afastou a cadeira e agarrou a bolsa, pronta para correr.

— Eu não devia tê-lo deixado.

— Ele não vai morrer, sabe, só porque você não está por perto. Na verdade, ele pode não morrer mesmo. Você já levou esse fato em consideração, srta. Melba?

— Mel — corrigiu ela automaticamente, afundando de volta na cadeira, depois acrescentou, como se ele precisasse saber: — Eu sempre detestei o meu nome. Melba Eloise Merrydew, como um *sundae* de *marshmallow* com pêssego da Geórgia, todo chantilly e espuma. E lá estava eu, uma criança alta e magricela. Muito distante da idéia que minha mãe fazia de uma gentil beldade sulista. — Mel sorriu de repente. — Eu sempre disse a ela, você não pode ganhar todas, meu bem.

Ela fixou nele um olhar repentino, mas seu lábio inferior estava tremendo.

— E o que você quer dizer com "se eu já considerei que ele pode não morrer?". Por que diabos você pensa que eu estou lutando, a cada minuto que sento ao lado da cama dele, seguro sua mão, falo com ele, insistindo para que lute, que acorde e olhe para mim?

— Se posso dizer uma coisa é que quando realmente acordar, ele vai ter um tremendo choque ao olhar para você. Ele vai dizer:

"Quem diabos é essa velha coroca sentada em minha cama... Onde está meu docinho-de-coco da Geórgia?"

Mel riu muito e Camelia sorriu para ela, aliviado.

— Estou tão mal assim?

Ele inclinou a cabeça.

— Pode apostar.

Ela suspirou quando o garçom colocou os ovos mexidos e o *bacon* na sua frente.

— Isso é o que acontece quando não se é realmente bela. Mas a gente pode enganar um pouco com batom e ruge. — Mel olhou para os ovos, percebeu que estava faminta, e pegou uma grande garfada. — Há quanto tempo você é casado?

Ele mordeu seu sanduíche recheado de salmão e creme de queijo.

— Há vinte e seis anos já. Quase a sua vida inteira, aposto.

— Eu tenho trinta e dois anos.

— E eu quarenta e seis.

Camelia percebeu, satisfeito, que ela estava saboreando os ovos. Ele não sabia por que sentia pena dela, mas sentia. Ela era diferente das mulheres que normalmente encontrava. Para começar, era totalmente sincera, e em seu trabalho isso não era comum. Além disso, ela se expôs muito, correndo o risco de ser ferida, como agora, com esse cara Ed Vincent. Deus sabe o que Vincent andou fazendo para alguém ter tamanha gana nele, mas Camelia apostava que era algo envolvendo negócios que deram errado e muita transação. Dinheiro e sexo eram as raízes de todo o mal. Ele descobrira esse pequeno fato em seus vinte e seis anos de polícia.

— Você tem filhos? — perguntou ela, pegando uma tira de *bacon* com a ponta dos dedos. Era a melhor coisa que havia saboreado no que parecia semanas.

— Quatro — respondeu ele, orgulhoso e dizendo a ela seus nomes: Gianni, Daria, Julio e Maria. — Um bando de italianos e porto-riquenhos — acrescentou.

— Aposto que você tem fotos — disse ela, rindo quando ele procurou apressado a carteira no bolso.

— Este é o meu mais velho, Gianni. Ele está no útimo ano do MIT. Daria trabalha como assistente de produção no *The Today Show*. Julio... conhecido como Jules... está no penúltimo ano em Rutgers. E esta é a minha caçula, Maria. Ela tem dezesseis anos e ainda não sabe o que vai fazer da vida.

Mel observou as fotos cuidadosamente e não apenas folheou-as, como faz a maioria das pessoas quando lhes mostramos fotos de nossos filhos.

— Que bela família você tem aqui. Tem razão em se orgulhar deles, detetive Camelia.

— Marco — corrigiu ele.

Seus olhos se encontraram por um longo momento. Mel estava pensando que não o entendia. Camelia estava pensando que ela era extraordinária, ele nunca conhecera uma mulher assim antes. E ela o tocara de um modo profundo e um tanto quanto inquietante.

— Tenho uma filha, Riley — disse ela, tirando a carteira da bolsa e mostrando a fotografia para ele. — Esta foi tirada no ano passado. Agora ela está sem os dois dentes da frente.

Mel sorriu, lembrando do insolente riso banguela de Riley. Oh, Deus, ainda não ligara para ela... Harriet devia estar frenética...

— Ela se parece com você. Uma menina bonita.

Mel fez uma pequena careta.

— Obrigada, gentil senhor, mas acho que "bonita" nunca esteve em meu vocabulário.

Ele pensou a respeito por um ou dois segundos.

— Então quem sabe você devesse acrescentar "bela" ao seu vocabulário, srta. Melba.

Um silêncio de prender o fôlego pairou entre eles. Depois ela disse, sorrindo:

— É, detetive Camelia, acho que está flertando comigo.

Ele sorriu, incrédulo ao descobrir que estava se divertindo.

— Tenho por norma nunca flertar com mulheres casadas.

Ela balançou a cabeça.

— Não sou casada. Nunca fui. Quando soube que estava grávida de Riley, percebi que o sujeito não era bom o bastante para ser pai de minha filha. Ele não teria ficado de qualquer maneira — disse ela, erguendo os ombros. — Então disse adeus a ele. E decidi criar minha filha sozinha. Assumir a responsabilidade total. Muitas mulheres fazem isso hoje em dia, sabia? — explicou ela, vendo a expressão chocada de Marco. — É melhor do que correr atrás de um pai malandro.

Ele aquiesceu.

— Acho que tem razão. Mas eu sou um cara à moda antiga.

— Como é a sua mulher? — perguntou ela, inclinando o corpo, pegando o sanduíche dele e dando uma mordida. — Hum, que bom.

— Tome, fique com a outra metade — disse ele, empurrando o prato sobre a mesa até ela, sinalizando ao garçom para trazer mais café. — Claudia? Ela é ótima. Legal, sabe, uma boa mulher.

Os olhos dela zombaram dele por sobre a borda da xícara de café.

— Continue. Você é louco por ela, não é? Aposto que é linda.

Ele encolheu os ombros, rindo modestamente.

— De que outra maneira você acha que eu teria filhos assim? Certamente não com os genes dos Camelia.

— Mas a inteligência eles herdaram de você, bem como o seu

bom senso. E a sua gentileza — disse ela, terminando o sanduíche dele. — Aposto que o sexo é maravilhoso também.

Ele engasgou com o café, e ela sorriu.

— Tudo bem, Marco, sou uma pessoa adulta, você pode me dizer.

— Está bem, então, é maravilhoso. E juro por Deus que nunca disse isso antes a ninguém em toda a minha vida.

— Bem, espero que tenha dito a Claudia.

Ela era impossível, pensou ele, rindo.

Mel olhou para as migalhas de pão em seu prato.

— Era maravilhoso com Ed, também — disse ela calmamente. — Eu não sabia que podia ser assim... você sabe, tão... tão cheio de amor. Eu realmente o amo, Marco.

— Eu sei. Acredite-me, eu sei. Nenhuma mulher casada na igreja poderia ter exercido tamanha vigília. E peço desculpas por ter pensado que você poderia estar envolvida.

Ele não disse a ela que ouvira a parte final das palavras murmuradas ao amante mortalmente ferido. Sentia-se culpado até de pensar sobre isso. Mas por causa disso, ele a conheceu como nunca poderia ter conhecido. Soube quem ela era. E isso fazia uma enorme diferença.

— Eu disse que preciso de sua ajuda — disse ele.

— Farei qualquer coisa, você sabe disso.

Ela pegou um batom acobreado e o aplicou nos lábios sem o auxílio de um espelho.

— Isso é uma arte.

— Anos de prática. Não que vá fazer muita diferença, considerando minha aparência horrível.

— Sinto muito por ter dito isso.

Ela encolheu os ombros.

— Mas deve ser verdade. Não me olhei no espelho desde que

cheguei aqui. De qualquer modo, você está certo, quando Ed acordar, preciso estar linda. Ou pelo menos o melhor que puder.

— Apenas fique com sua aparência normal e ele será um homem feliz.

— Então acha que ele vai acordar, Marco? De verdade?

Seus enormes olhos castanhos tinham aquela expressão urgente de novo, ele podia ver o medo escondendo-se por trás deles.

— Não sou médico, Mel, e só posso lhe dizer isso. Qualquer outro homem já estaria morto. Quatro balas de uma Sigma calibre 40 disparadas de uma distância tão curta teriam matado um touro. Mas ele é um cara forte, um lutador. Acredito que ele tem uma chance.

Ela balançou a cabeça, concordando, lábios apertados para impedir as lágrimas.

— Obrigada por isso — disse ela com suavidade. Mel realmente gostava deste homem. Claro que ele era durão, mas esse era o trabalho dele. A compaixão não era, e ela sabia que isso devia vir de sua alma italiana. Ela estendeu a mão para tocar a dele novamente. — Amigos? — perguntou ela.

— Amigos — concordou ele, encontrando os olhos dela.

25

Camelia terminou o café. Limpando a garganta nervosamente, ele de repente era todo profissional.

— O detetive particular de Ed me enviou o relatório via fax. Ele disse que estava certo de que algum incidente aconteceu na casa. Ele confirmou o que Ed lhe disse sobre o dinheiro que faltava. Agora, cem mil dólares não é uma ninharia, então alguém deve andar por aí esbanjando esse dinheiro.

Mel olhou perplexa para ele.

— Mas quem?

— Eu tinha esperança que você pudesse me dizer.

Ela resmungou.

— Voltamos à estaca zero novamente? Comigo sendo a principal suspeita?

— Não. Não foi você, mas quero que me ajude a encontrar quem foi. Vamos começar com o corpo na biblioteca.

— Exatamente como num romance de Agatha Christie. — Desta vez foi Camelia quem olhou perplexo e ela acrescentou: — Você sabe, a autora de romances policiais. De alguma forma sempre parecia haver um corpo na biblioteca.

— E o culpado era sempre o mordomo.

Eles riram juntos e, por um momento, Mel sentiu o coração aliviar. Se ela podia rir, havia esperança... esperança para Ed... Ah, Ed, Ed, farei qualquer coisa para ajudá-lo... qualquer coisa...

— O matador, seu atacante...

— O assassino — replicou ela, lembrando.

— O matador e seu suposto assassino. Agora, sei que estava escuro, que a chuva estava desabando, o vento uivando, e que você não pôde vê-lo bem. Mas deve se lembrar de alguma coisa. Qualquer coisa. Vamos lá, Mel, pense!

Ela recostou-se na cadeira, olhos fechados, e Marco fez sinal para o garçom servir mais café.

Mel estava se concentrando nas memórias sensoriais, em como ela se sentiu quando ele a tocou, no cheiro dele, na voz...

E Marco estava pensando em como ela parecia inocente, como uma criança, embora "criança" dificilmente fosse a palavra certa. Ou era? Com aquelas pernas, aqueles lábios... Os olhos dela se abriram, ela estava olhando para ele... e ah, meu Deus, aqueles olhos, intensos e redondos agora como duas doses de malte... Que diabos, ele não era um poeta mas sabia a que se referia.

— Acho que ele é estrangeiro — disse Mel. — Sua voz era gutural. Sabe, como os espiões nos filmes de James Bond. E deve fumar muito, pois senti o cheiro nas mãos dele. Quase vomitei, e foi nesse momento que ele me largou. Enfiei os dedos nos olhos dele e senti minhas unhas cravando em sua carne. Um rosto gordo... não, não propriamente gordo, mas grande, e o pescoço também. Eu sou alta, mas ele era um bocado mais alto que eu, talvez um metro e noventa, um cara muito grande. A mão dele cobriu o meu rosto de orelha a orelha...

Ela suspirou ao recostar-se novamente.

— Acho que é tudo — disse solenemente, tomando um pequeno gole do café fresco e quente. — Realmente não o vi direito. Estava escuro na casa e fora dela, escuro na cabine, embora... espere um pouco.

Ela voltou a fechar os olhos, tremendo ao reviver os momentos em que pensou ter chegado o seu fim. Houve um clarão de luz quando ela apontou o enorme caminhão para a árvore, os faróis dianteiros reincidindo nela. A arma ainda estava em sua cabeça. Mesmo agora, Mel podia sentir o seu frio gelado. A frieza da morte.

Marco viu as lágrimas descerem pelas faces dela. Seus olhos permaneciam fechados e ele teve de se conter para não segurá-la e abraçá-la com força, dizer-lhe que estava tudo bem, que não se preocupasse, ele cuidaria dela. Meu Deus, o que estava pensando! Ele era um policial, um profissional. Camelia tomou um grande gole do café quente, queimando a boca, agradecendo o susto que o trouxe de volta à razão.

Mel lembrou que desviou os olhos no momento em que pisou no acelerador, uma rápida olhada para o lado de seu suposto assassino...

— Ele parecia um *pit-bull* — disse ela em voz baixa, quase sussurrando à medida que a lembrança lhe chegava. — Uma testa em declive, meio bulbosa. Olhos muito juntos, uma boca estreita, bem barbeado, cabelos cheios e pretos. E estava de terno e gravata... Eu me lembro de ter pensado que não sabia que os assassinos usavam gravatas... — Ela suspirou e tomou outro gole de café. — Isso é tudo.

— É o bastante, para começar — disse Camelia. — Você falará com o desenhista, dirá a ele o que lembra enquanto ele constrói a imagem no computador. E falaremos com um perito em línguas para tocar umas fitas para você tentar identificar o sotaque.

— Tudo bem — disse ela, concordando, ansiosa para ajudar.

— Então me diga, Mel, o que você sabe exatamente sobre Ed Vincent?

Novamente, os olhos dela se arregalaram e ela olhou perplexa para ele.

— Ora, acho que sei o mesmo que *você*. Quero dizer, todo mundo sabe quem é Ed Vincent — disse ela. E depois dignou-se a rir. — Exceto eu, acho. Parece que eu era a única pessoa que não sabia que ele era o guru dos fomentadores de Nova York, rico e bonito e... ah, tão gentil. Ele é um bom sujeito, Marco, se é isso o que quer saber. Não posso acreditar que exista um motivo para alguém querer matá-lo.

— E mesmo assim alguém quis matá-lo. E quis mesmo.

Os sinos do alarme soaram na cabeça de Mel, ela já estava de pé.

— Preciso voltar.

— Fique calma, fique calma, ninguém vai pegá-lo no hospital. Há um policial ao lado de sua porta vinte e quatro horas por dia e outro perto dos elevadores. Além de termos vigilância montada do lado de fora do hospital.

Ela deixou-se cair na cadeira com um suspiro de preocupação.

— Então o que você quer dizer com o que sei sobre Ed?

— Bom, para começar, quem é ele?

Ela balançou a cabeça, intrigada.

— Não compreendo.

— De onde ele vem, sua família, sua vida antes de ser o famoso Ed Vincent? Pensei que você soubesse disso.

— Sei que ele foi pobre. *Muito* pobre. É um mito da imprensa dizer que é herdeiro de uma fortuna. Ele me contou que cresceu num casebre de dois cômodos nas montanhas do Tennessee. Em

Hainstown, acho, ou algo parecido. Ele tinha orgulho do pai ser dono do próprio pedaço de chão. Eles eram lavradores. E ele tinha irmãos e irmãs.

— Irmãos e irmãs, hein? — disse Camelia, pensativo. — Agora, Ed não me parece o tipo de homem que abandonaria seus pobres irmãos e irmãs depois de ficar rico. O que você acha?

Mel pensou, surpresa, que ele estava certo.

— Mas ele nunca os mencionou pelo nome, nunca falou sobre eles verdadeiramente, exceto de um deles. Seu irmão mais velho, Mitch. Não tenho idéia de onde eles vivem, ou se ele os vê.

— Uma família desfeita — disse Camelia, depois acrescentou ironicamente: — Isso acontece nas melhores famílias.

— É, mas Ed não é assim. Quer dizer, ele não é o tipo de pessoa que guarda rancor. Ele é do tipo generoso, que ajuda estranhos, faz doações para obras de caridade. Não posso acreditar que ele ignoraria a própria família, especialmente sabendo como foram pobres.

Camelia disse, solene:

— Então acho que cabe a mim descobrir a resposta para esse enigma. Hainstown, Tennessee, aqui vou eu — acrescentou com um sorriso. — Mas primeiro preciso localizá-la no mapa.

— Talvez seja *Hainsville* — disse ela. — E pode apostar que será um pontinho no mapa — acrescentou. Depois compreendeu que Camelia iria descobrir coisas sobre a vida de Ed, uma vida que ela esperara dividir com ele, uma vida que ele mantivera em segredo, até mesmo dela. — Se eu pudesse, gostaria de ir com você — acrescentou, esperançosa.

— Você acha que poderia ajudar?

A voz de Camelia era deliberadamente casual ao pegar o café. Meu Deus, pensou ele, lá estava ela, a única mulher na face da terra que provavelmente poderia seduzi-lo apenas piscando aqueles cílios dourados, ou sorrindo para ele com aqueles lábios carnudos, e ela estava se oferecendo para fazer uma viagem com ele.

Visões de um quarto rústico de motel, plantado entre pinheiros e montanhas, de noites escuras com trilhões de estrelas distantes, de manhãs orvalhadas com cerração e uma cama quente desfeita, abriram caminho em sua mente. Ele respirou fundo, pôs o café sobre a mesa e fez sinal pedindo mais.

Mel parecia em dúvida.

— Não posso deixar Ed. Ele pode... — Ela não conseguia dizer *ele pode morrer*, embora conhecesse as chances. Além disso, ela não iria deixá-lo morrer sem ela por perto. — Ed precisa de mim — disse ela, categórica.

Camelia voltou a si, cancelou o pedido de café e pediu a conta.

— É melhor colocá-la em contato com o desenhista e com o perito em sotaques, para ver se localizamos esse assassino — disse ele rispidamente. — Vou a Hainsville em busca do passado de Ed, enquanto você faz o que puder para descobrir a identidade — disse ele, empurrando a cadeira para trás, ficando de pé e levantando a mão. — Combinado?

— Combinado — disse ela, sorrindo enquanto batia na mão dele.

26

Brotski estava novamente de serviço, andando pelo corredor cinza na frente do quarto de Ed, olhando, Mel pensou, muito jovem para ser um policial, com seu topete louro e penugem nas faces rosadas. Além disso, parecia muito entediado, e ela adivinhou que isso não era exatamente o que ele esperara do trabalho de polícia. Mesmo assim, sua presença acalmava seus medos de que o pior pudesse ter acontecido enquanto ela estava na *delicatessen*. A presença de Brotski significava que ele ainda tinha um homem para proteger. Ed ainda estava vivo.

— Você me parece alguém que está precisando de ar fresco e de um café — disse ela, sorrindo. — Por que não fazemos o seguinte? Você sai um pouco e eu guardo o forte.

Os olhos azuis-bebê de Brotski se estreitaram e o queixo empinou.

— Sinto muito, senhora, mas estou de serviço aqui — disse ele, retesado.

— Ah... sim. Desculpe.

De repente, Mel teve a sensação de que era suspeita novamente e passou apressada por ele. Sua mão estava na maçaneta quando sentiu a presença do policial atrás de si, e depois a mão dele estava sobre a dela, evitando que abrisse a porta. Surpresa, ela virou-se e olhou para ele.

— Sinto muito, senhora — disse Brotski novamente. — Mas o sr. Vincent já está com um visitante. Ele pediu particularmente que não fossem perturbados.

Uma ruga surgiu entre as sobrancelhas de Mel, seguida de um arrepio pressagioso.

— Você quer dizer que deixou alguém entrar no quarto — sozinho com ele?

A voz dela estava esganiçada de medo. Poderia ser ele — o assassino. Alguém que queria feri-lo.

— É o sócio do sr. Vincent, senhora — disse Brotski pacientemente, mas sua mão continuava sobre a dela na maçaneta, e Mel sabia que não a moveria até que ela se afastasse. — O sr. Estevez está na lista das visitas permitidas do detetive Camelia.

Mel se afastou, impaciente.

— Bom, sinceramente espero que o sr. Estevez tenha apresentado um documento de identidade com foto — disse ela, ainda inquieta.

— Sim, senhora, ele apresentou.

Brotski estava tão compenetrado e sério que Mel quase queria rir, não fosse pela seriedade da situação.

Ela ficou olhando para a porta ansiosamente.

— Por que ele precisa ficar sozinho com Ed? Não é como se pudessem ter uma conversa em particular.

— Isso é problema do sr. Estevez, senhora.

— Ah, por favor, me chame de Mel — disse ela com um suspiro profundo que parecia ter saído da alma. — Você se importa se eu sentar um pouco em sua cadeira?

Apesar da cafeína, estava sucumbindo à exaustão e poderia cair no sono imediatamente, mesmo na cadeira dura, não fosse o sr. Estevez estar sozinho com Ed. E ela estava do lado de fora, a guardiã do portão, rezando para que ele não fosse o assassino. Então lembrou que Camelia dissera que Estevez era *persona grata*, então ele devia ser boa pessoa.

O esboço de um sorriso tocou seus lábios quando ela pensou no detetive Camelia. Ele parecia uma personagem de um filme, cabelos negros, persuasivo, durão, e para completar um coração de ouro. Mas também era um homem gentil, que amava a mulher e adorava os filhos. Um homem que estava atraído por ela.

A porta se abriu, e um homem alto, de aparência distinta e cabelos grisalhos, saiu do quarto. Ela levantou-se de súbito e ele virou-se, surpreso. Eles se entreolharam por um longo tempo, depois ele disse:

— Srta. Merrydew, é claro — disse ele, estendendo a mão.

— Sr. Estevez — disse ela, apertando a mão dele, que estava fria como se tivesse estado na presença da morte, e sentindo novamente aquele arrepio pressagioso subir-lhe a espinha. Mel teve de se conter para não correr para o quarto monitorado, com suas máquinas piscantes e verificar se este homem não matara Ed. — Como está ele?

— Na mesma. Impassível. Falei com ele, sobre negócios, sobre os restaurantes que aprecia, sobre as pessoas que conhece, mas nada — disse, balançando a cabeça. Seu olhar era penetrante. — Talvez você consiga fazer melhor, srta. Merrydew.

— Espero que sim.

No desconfortável silêncio que seguiu, eles avaliaram um ao outro. Estevez estava imaginando o que Ed viu nela. E Mel sabia que ele estava imaginando exatamente isso.

— Posso perguntar onde está hospedada, srta. Merrydew? — perguntou ele finalmente.

— Hospedada? — disse ela, olhando para ele sem compreender. — Ah, aqui mesmo.

As sobrancelhas dele se levantaram.

— Quer dizer que o hospital lhe deu um quarto?

— Não. Quero dizer que fico aqui mesmo. Com Ed.

Isso explicava as olheiras, tão roxas como os lírios de Van Gogh, pensou Estevez, admirado. E de repente ficou tocado.

— Então você não tem dormido. Isso não é bom, srta. Merrydew. É preciso descansar. Posso arranjar um hotel. O hospital pode chamá-la, se precisarem.

Ela balançou a cabeça.

— Sei que Ed não vai morrer enquanto eu estiver aqui com ele — disse ela obstinadamente. — Não vou deixá-lo — acrescentou com firmeza.

Estevez suspirou. Ele entendia esse sentimento — que enquanto ela estivesse lá, dando a Ed sua força vital, certamente ele não poderia morrer. — Eu só gostaria que isso fosse verdade — disse ele calmamente. — Infelizmente, minha cara, estamos todos, no final das contas, nas mãos de nossos médicos cientistas. Os médicos, as enfermeiras, as máquinas, os remédios... são eles que nos mantêm vivos.

— Você está falando do corpo dele. Mas estou aqui pela alma dele.

Mel sentiu os olhos marejarem. Grandes ondas de exaustão a invadiram, as pernas fraquejaram e ela deixou-se cair na cadeira novamente. O policial Brotski deu uma olhada e saiu apressado para pegar água.

— Sinto muito, srta. Merrydew — disse Estevez, agachando ao lado dela e segurando o copo de papel perto de seus lábios pálidos. — Isso é muito difícil, mas quero que saiba que eu e minha família também estamos sofrendo. Seria um prazer para nós convidá-la para ficar conosco enquanto está aqui em Nova York.

Estava ele fazendo isso por ela?, questionava Mel. Ou por Ed? Ela não sabia nada sobre esse homem ou sua família. Só que era sócio comercial de Ed e que Camelia o aprovava. Ela ficou meio tentada: seria tão fácil afundar numa cama macia, ser cuidada por alguém, mimada com chá quente e banhos frescos; tão bom estar com pessoas que amavam Ed também... Mas então se lembrou:

— Obrigada, sr. Estevez, é uma oferta muito gentil, mas estou bem. E quando sentir que não posso agüentar mais, vou para a casa de Ed e descanso um pouco. Eu me sentirei mais próxima dele em sua casa.

As sobrancelhas de Estevez se ergueram.

— A cobertura de Ed? Você tem a chave?

— Ed me deu uma cópia — disse ela, depois sorriu, lembrando. — E dei a ele a chave de minha casa em Santa Monica. Uma espécie de troca, embora eu ache que ele ficou com a pior parte do negócio.

Estevez estava lembrando da generosa transferência de ações, e agora a chave da cobertura. Essa mulher excêntrica ou era uma exímia planejadora ou significava muito mais para Ed do que ele havia pensado.

— Como desejar — disse ele, inclinando a cabeça gravemente, depois apertou a mão dela e, com grande cortesia, despediu-se.

Um cavalheiro, pensou Mel, vendo-o afastar-se rapidamente. Um cavalheiro bonito ainda por cima. Sua mãe sulista o teria aprovado.

Enquanto isso, estava se sentindo como a própria morte — mas era Ed que ainda estava deitado lá, preso àquelas máquinas e cateteres. Ela abriu a porta e espiou lá dentro.

Ed estava do mesmo jeito: pálido, macilento, escorado por travesseiros, olhos completamente fechados. O respirador ainda respirava por ele, e rasparam seu peito onde os eletrodos estavam presos. Rasparam seu queixo também, onde a barba estava despontando. Estranho, pensou ela, como as pequenas coisas da vida continuam, quando a própria vida parece estar se esvaindo. Silenciosamente, sentou-se ao lado da cama, segurando a mão fria dele nas suas. Esfregando-a gentilmente num esforço para manter a circulação em movimento.

Ed agitava-se nervosamente, e Mel afastou-se quando a enfermeira veio apressada, checando as máquinas e os tubos que eram a corda salva-vidas dele. Mel desejou ser a cuidadora dele. Queria desesperadamente fazer tudo por ele. Lavá-lo, alimentá-lo, abraçá-lo. Ela o trataria com a suavidade com que cuidaria de um bebê.

— Ele está agitado — disse a enfermeira, dizendo o óbvio.

Mel percebeu seu olhar reprovador e desviou os olhos. Ela não ia deixar a enfermeira tirá-la dali. De forma alguma. Ela estava lá para ficar, segurando a mão dele, mantendo-o vivo. Se afastasse aquela mão por mais de alguns minutos, ele poderia morrer.

— Ele realmente devia ficar sozinho, para descansar adequadamente — disse a enfermeira intencionalmente, mas o dr. Jacobs dera permissão à mulher para ficar e não havia nada que pudesse fazer sobre isso.

Ela está ficando comigo, pensou Ed. Deus a abençoe. Mas e Riley? Ela deve estar sentindo falta da mãe, eu não tenho o direito de mantê-la aqui... O lençol parecia pesar uma tonelada sobre suas pernas, e ele agitava-se impacientemente. *Riley,* pensava ele. *Você poderia ter sido minha garotinha, minha própria filha. Quem sabe até ter uma irmãzinha ou irmão para lhe fazer companhia. Se ao menos eu tivesse pedido sua mãe em casamento...*

Por que não pedi? Tudo nela me agrada, a aparência, o riso, a filha, o cachorro... Eu a pediria em casamento agora mesmo se não tivesse esse tubo em minha garganta e pudesse abrir essa minha boca. Diria a ela neste minuto "Zelda Merrydew, eu a amo e quero que seja minha mulher..."

Mas primeiro ele teria de explicar uma ou duas coisas sobre si mesmo. Para que ela soubesse exatamente quem ele era. Em que estava se metendo. A realidade por trás da fachada do empresário de Manhattan...

Ele estivera perto de morrer duas vezes antes. A primeira fora planejada, embora não por ele. A segunda parecera inevitável. Ele vencera ambas, mas não sabia se podia vencer esta.

27

Pareceu demorar muito até Ed se acalmar, e cada segundo se arrastava como horas... dias... semanas.

— Preciso lhe pedir que se ausente por algum tempo — disse a enfermeira friamente para Mel. — Há coisas que precisamos fazer e estamos aguardando a visita do médico.

Mel sabia que a enfermeira estava certa, ela não devia ficar lá para ver a indignidade do que tinham de fazer com Ed: mudar os cateteres, fazer exames, lavar seu corpo com uma esponja... o corpo que a amara tão bem e vigorosamente.

Prostrada, ela saiu para o corredor, mal notando o novo guarda de serviço, embora ele a tenha notado, por certo. Ajeitando-se, Mel seguiu para o telefone público e ligou para casa.

— Alô?

A voz de Riley estava ofegante com perguntas não feitas. O que quer que acontecesse, por pior que se sentisse, o som da voz da filha sempre a inundava com uma felicidade particular que nada podia abalar. Essa era a beleza de ser mãe, pensava ela agradecida. Sempre haveria Riley.

— Oi, querida, é mamãe.

— Oi, mamãe, a gente estava esperando você ligar.

— Desculpe, meu bem, estive tão ocupada que esqueci... quer dizer, eu não esqueci você, é só que...

— Eu sei, mamãe, tudo bem, tudo bem mesmo. Ed está bem?

Ela parecia tão compreensiva, tão crescida, Mel poderia ter chorado. Mas ela não queria que o que aconteceu com Ed forçasse Riley a crescer, a enfrentar coisas que não devia enfrentar. Não por enquanto. Ela só tinha sete anos.

— Ed está bem, meu bem, ele está firme. Você sabe como ele é um homem grande e forte.

— Eu sei, mamãe. Mas no jornal da TV eles disseram que ele ainda estava em coma. Isso quer dizer que ele não pode falar com você?

O suspiro de Mel saiu das entranhas.

— Infelizmente não.

— Mas, mamã, você acha que Ed pode ouvir você? Ouvir o que está dizendo? Porque quero que você diga uma coisa para ele. Que eu adoro ele. Que quando melhorar ele pode vir nos nossos domingos a qualquer hora que ele quiser. Qualquer hora, mamã. Você vai dizer isso para ele?

Mel podia ver a filha como se ela estivesse lá: telefone grudado no ouvido, o dedo torcendo uma mecha de cabelo acobreado, olhos castanhos, abertos e graves. Riley dissera que adorava Ed, que dividiria com ele seus preciosos domingos. Este era um momento importante, algo que Mel guardaria para sempre, algo que certamente diria a Ed, talvez isso até o fizesse sorrir... Talvez Riley pudesse fazer o que ela não pôde.

Ela engasgou ao prometer a Riley que diria a Ed dentro de alguns minutos, quando voltasse para o quarto.

— Estou aqui, no hospital, meu bem — disse ela. — E quero lhe dizer que sinto muito a sua falta. Detesto ficar longe de você, querida.

— Eu também detesto.

A voz de Riley ficou mais fraca, e Mel pensou ter percebido um pequeno soluço.

Oh, meu Deus, pensou ela desesperada, não tenho o direito de fazer isso, eu devia estar em casa com minha filha. Mas como posso deixar Ed? Eu não posso, não posso... E também não posso trazer Riley para cá, para ficar de vigília ao lado da cama de um homem moribundo.

— Tudo bem na escola, meu bem? — perguntou ela, tentando amenizar a conversa.

— Tudo bem. Só que Jason Mason me deixa louca, sempre atrás de mim, mandando aqueles bilhetinhos bobos na classe. Ele até tentou sentar perto de mim no recreio — acrescentou ela indignada, fazendo Mel rir.

— Ele deve estar apaixonado, meu bem. E não consegue resistir aos seus brilhantes olhos castanhos e aos seus gloriosos cachinhos avermelhados.

— Detesto meus gloriosos cachinhos avermelhados. Vou alisar meus cabelos com o ferro e tingir de louro. Assim vou ficar igual a uma garota californiana de verdade.

— Ah, claro. Como em Baywatch. Tudo o que uma mãe gostaria que a filha fosse. Muito obrigada, queridinha.

Riley deu a sua risadinha e Mel deu outro suspiro, de alívio desta vez.

— Você se cuide, minha filha, está me ouvindo? — disse ela, sorrindo. — Estou sentindo muito a sua falta, eu a amo e logo nos veremos. Harriet está aí?

— Obrigada, mamã, e eu amo você também. Sim, ela está aqui, ouvindo cada palavra — disse Riley, rindo novamente; depois, de súbito séria, acrescentou: — Você não vai esquecer meu recado, para Ed?

— Não vou esquecer, meu bem. E quando ele ouvir o recado, ele também não vai.

— Amo você, mamã — gritou Riley, e depois Harriet estava na linha.

— Então? — disse ela enigmaticamente.

— Uma mulher de poucas palavras, estou vendo — retrucou Mel.

— Você quer que eu seja explícita? Quando você sabe exatamente o que quero dizer? Isso é uma taquigrafia familiar, então deixe de bancar a esperta e me dê a resposta. E que seja uma resposta boa.

— Ele ainda está vivo. Isso é tudo.

Houve um silêncio e Mel apressou-se em preenchê-lo, informando Harriet de tudo.

— Não é bom — foi o veredicto de Harriet, e, em seu coração, Mel concordou com ela. — Você quer que eu vá até aí, para lhe dar apoio moral? — perguntou Harriet.

— Obrigada, mas uma mulher destrambelhada é tudo o que Ed pode suportar neste momento. E, acredite-me, estou em frangalhos. Acho que não durmo desde que cheguei aqui.

— Então é melhor ir para a cama agora mesmo — a voz de Harriet estava cheia de aflição. — Você não está beneficiando Ed, ou você, se acabando deste modo.

A fadiga de repente envolveu Mel como uma neblina, e ela sabia que o que Harriet dissera, o que Estevez dissera, o que Camelia dissera, estava certo. Ela não podia continuar assim. Com as costas contra a parede, escorregou para o chão, o telefone ainda preso na mão. O sono e o esquecimento a estavam chamando.

— Cuide de Riley para mim, Harr.

— Você sabe que sempre vou fazer isso. E você fique o tempo que precisar. Nós amamos você, Mel.

Mel pôs o telefone no gancho. Estava muito cansada até para chorar. De algum modo, conseguiu levantar e se arrastar pelo longo e vazio corredor cinzento. Não viu sequer o guarda na porta, ou a enfermeira, rondando. Foi direto para o lado da cama de Ed, pegou sua mão fria, recostando-se perto dele.

— Riley mandou um recado para você, Ed. Ela disse para eu não deixar de lhe dizer que o adora. E, Ed, ela quer que você saiba, especialmente, que você pode compartilhar de seus domingos a qualquer hora que quiser. Não é maravilhoso, meu bem? Riley o ama, e eu também.

Mel ficou olhando para ele. Nenhum músculo se moveu, sequer uma fagulha de reconhecimento de que a ouvira.

Seu coração voltou a afundar — para o lugar onde ultimamente parecia guardar seu suprimento de suspiros — enquanto ela caminhava penosamente do quarto do hospital para o elevador e pegava um táxi para a casa de Vincent.

A cobertura de Ed tinha o aspecto infeliz de casa abandonada. Sem rosas, música, ou noite mágica a sua espera. Em vez disso, ela deitou na cama dele. Dormir sequer descrevia a sensação que a tomava. Ela estava afundando dentro dela, descendo em espiral, entrando no esquecimento. Deve ser assim que Ed está se sentindo, onde ele está, pensou ela. E depois apagou.

28

O tilintar do telefone penetrou no subconsciente de Mel. Com os olhos ainda bem fechados, ela o procurou. Não estava onde costumava ficar, e, confusa, esforçou-se para abrir os olhos, protegendo-os com a mão da claridade do abajur que parecia intensa em seu estado de semiconsciência.

Mas este não era seu abajur. A cama não era sua. O telefone não era seu...

A percepção veio de imediato. *Ah, meu Deus, deve ser do hospital... Oh, Deus, Ed, espere por mim, espere por mim...*

A adrenalina a fez saltar da cama e ficar olhando em volta desvairada, procurando o telefone. Não havia nenhum. Mas ainda podia ouvi-lo tocando. *Oh, Deus, Ed, meu querido, meu bem, meu amor...*

Agora ela lembrava, Ed detestava telefone no quarto. E se recusara a ter um, dissera que não havia necessidade para alguém chamá-lo no meio da noite, os negócios podiam esperar... *mas não o hospital.* Ela já estava na sala, pegando o telefone...

Ele parou de tocar.

Jesus! Ela afundou no sofá. As mãos tremiam, e ela mordeu o

lábio inferior para fazê-lo parar de tremer. Ela não podia desmoronar, não agora. Isso era urgente, mortal... precisava manter a razão, precisava ligar para o hospital. Agora mesmo.

O telefone voltou a tocar. Ela o pegou no primeiro toque.

— Mel? Você está aí?

Sua respiração presa saiu entrecortada.

— Oh, Deus, é você, Camelia. O que aconteceu, o que houve?... Ed...?

Ele terminou a frase para ela.

— Ed ainda está na mesa. É com você que estou preocupado. Não se tem notícias suas há vinte e quatro horas.

Vinte e quatro horas... Ela estivera longe de Ed todo esse tempo. Qualquer coisa poderia ter acontecido... qualquer coisa. Mas não aconteceu. Mel pôs a mão sobre o coração disparado, para acalmá-lo.

— Venho ligando para você nas últimas três horas. Eu estava prestes a ir até aí e arrombar a porta — a voz de Camelia desceu uma nota — ... não me assuste deste modo — disse com suavidade.

Mel encostou o telefone com força no ouvido, sua corda salva-vidas.

— Tudo bem. Quero dizer que estou bem. Eu estava fora do mundo, acho. Completamente fora.

— Aposto que você se sente uma nova mulher.

Havia um sorriso na voz dele que a fez esboçar um sorriso.

— Bem que eu gostaria — disse ela, pesarosa. — Quem sabe depois de um banho e de um café...

— Quer tomar esse café comigo? Eu gostaria de falar com você sobre algumas coisas

— Claro. Quero, é claro — disse ela, vendo sua imagem no espelho. Fazendo uma careta, acrescentou: — Vou precisar de meia hora?

— Há um pequeno restaurante na 49, entre a Quinta e a Madison. Encontro você lá.

Mel entrou pela porta do pequeno restaurante enfumaçado. O mesmo restaurante onde ela e Ed comeram naquela noite mágica de inverno, a primeira noite em que fizeram amor. Um amor selvagem, frenético, espetacular, engraçado e erótico. Ela sentiu a lembrança dele no sorriso em seu rosto, a marca eterna desse amor em seu corpo, as imagens sensuais que levaria na mente, para sempre.

Camelia não foi o único homem a virar-se e olhar para ela. Havia qualquer coisa sobre ela, em sua postura na entrada da porta, os cabelos curtos e louros desarrumados pelo vento. Qualquer coisa no jeito como ficou parada, tão alta, tão ereta, tão esguia e no entanto graciosa. E tão, tão *sexy* que Camelia ficou sem ar. O que também o fez pensar duas vezes no que iria lhe dizer.

— Aí está você.

Ela sorriu para ele, um largo sorriso que deu-lhe um choque. O fulgor dourado retornara e ela voltara à beleza georgiana novamente. Tudo o que precisava era dormir, achava ele. Assim como uma criança.

Ele segurou a cadeira para ela, sentou na sua, sinalizando o garçom por café.

A mesa era pequena, o lugar repleto. Ela inclinou-se sobre os cotovelos, ainda sorrindo. Seu rosto estava tão perto que Camelia poderia tê-la beijado. Mas não era sobre isso que ele devia estar pensando.

— Você está bem melhor — disse ele na defensiva.

Ela balançou a cabeça, fazendo sua longa franja, recentemente lavada, balançar.

— Sono e banho sempre dão resultado — concordou ela. — Não estou ótima, mas de qualquer modo, estou melhor.

Camelia pensou que ela estava ótima, mas não ia discutir o assunto. Ademais, ela cheirava sutilmente a rosas, ou talvez fosse jasmim. Certamente não era o conhecido Arpège de Claudia, pensou ele com uma pontada de culpa, mas qualquer que fosse, ele estava adorando. Ele resmungou novamente, para si mesmo. Talvez ele devesse pedir para ser designado para outro caso, pedir a eles que colocassem outra pessoa nessa aventura sobre Ed Vincent. Ele achou que aventura era definitivamente a palavra errada para usar.

Ele alisou para trás seus cabelos pretos já lisos, ajeitou a gravata cinza-prateada, mexeu o açúcar no café, pediu um misto-quente no pão de centeio para ele e um sanduíche de ovos com *bacon* no pãozinho para ela. Ela riu, disse que ele cuidava dela como um pai, e ele rindo de volta disse:

— Sim, claro, o pai de todos, este é Marco Camelia.

— Não era isso o que dizia o *Post* esta manhã — disse ela, de repente séria. — Li no táxi a caminho daqui. Dizia que você era um dos melhores policiais de Nova York, e também um dos mais durões. Eles disseram que se alguém poderia pegar quem atirou em Ed, seria você.

Ele contemplou o café, ainda o mexendo lentamente na grossa caneca branca.

— Espero que eles estejam certos — disse finalmente.

Até o momento, não havia pistas, nada que indicasse quem estava envolvido. Ou o motivo. O cofre de parede na casa de praia de Ed continha apenas dinheiro — duzentos mil dólares, para ser exato. Ele achava que Ed estava certo, que quando se foi muito pobre, precisa-se da segurança de um cobertor feito com papel-moeda.

O coração de Mel deu um salto. Ela confiara tanto em Camelia, e agora ali estava ele, falando como se algo estivesse errado. Ela inclinou-se, segurou o braço dele e olhou-o fixamente nos olhos.

— O que você quer dizer? Está dizendo que não vai conseguir encontrar quem atirou? Por quê? Certamente alguém deve saber quem é ele, saber quem atirou.

— A questão é por que atiraram — disse ele calmamente. — Nós colocamos o carro na frente dos bois, Mel. E o meu pressentimento diz que precisamos inverter isso antes de podermos descobrir a verdade. Temos de sair em busca do passado de Ed Vincent antes de podermos descobrir nosso assassino.

A palavra assassino fez seu coração parar.

— Ed ainda não morreu — replicou ela incisiva.

— Não, e o médico me disse esta manhã que ele está numa condição mais estável. Ainda não saiu do coma e certamente não está fora de perigo, mas ele continua firme.

Mel ouvira a mesma coisa por telefone meia hora mais cedo.

— Essa é uma notícia boa? — perguntou ela em dúvida, porque estava esperando mais. Esperava ouvir que ele acordara e que chamava por ela.

— É uma notícia melhor — foi tudo o que Camelia pôde pensar em dizer. — E isso nos dá tempo.

— Uma trégua — disse ela, esperançosa.

O garçom colocou os pedidos sobre a mesa, perguntou se queriam mais alguma coisa, serviu mais café e saiu.

— Vinte e quatro horas é um longo tempo para dormir, você

deve estar faminta — disse Camelia, embora ele mesmo tenha perdido a fome de repente. Contudo, apreciou o modo como ela atacou o sanduíche, e o modo como, com cada mordida, ela parecia voltar à vida. Estava muito longe da mulher sombria que comera com ele na *delicatessen* perto do hospital.

— Eu levo você aos melhores lugares — disse ele, dando uma mordida no misto-quente.

— É a história da minha vida — disse ela com um sorriso travesso. — Acho que não sou o tipo que os rapazes levam ao Le Cirque 2000. Talvez tenha algo a ver com o modo como me visto, as botas e tudo o mais.

Ela esticou o pé para que ele visse a pequena bota de camurça com um salto que acrescentava uns oito centímetros à sua já considerável altura. Suas pernas nuas ainda estavam um pouco bronzeadas pelo sol da Califórnia, e ela usava uma jaqueta preta de couro sobre uma blusa branca de *stretch*, tomara-que-caia, e uma saia curta, no estilo californiano.

— Parece bom para mim.

Ele desviou os olhos e deu outra mordida no sanduíche.

— Apetitoso, hem? — disse ela, dando a ele aquele sorriso largo, aquele que desafiava você a não rir junto com ela. — Com minha formação sulista, minha amiga Harriet diz que eu não devia cair nessa.

— Por falar em formação sulista, descobri onde fica Hainsville. E é Hainsville, você acertou da segunda vez, e acertou também quando disse que era um pontinho no mapa, embora pelo que tenho ouvido o lugar é certamente um pontinho próspero hoje em dia. Campos de golfe, desenvolvimentos secundários, uma pequena estação de veraneio, é o que dizem.

Mel ergueu as sobrancelhas.

— Você acha que Ed tem algo a ver com isso?

Camelia deu de ombros, deu outra mordida.

— Isso é o que ele faz, então presumo que tenha algo a ver com isso. Mas entrei em contato com a polícia local e me disseram que o lugar foi desenvolvido por um homem chamado Hains.

— Hum, é compreensível — disse Mel que acabara seu sanduíche e agora servia-se do sanduíche de Camelia.

Como se fossem eternos conhecidos, pensou Camelia, observando-a.

— Os policiais não sabiam nada sobre Ed Vincent, nunca ouviram falar dele por lá.

— Isso é compreensível também, naquele fim de mundo — concordou ela. — A fama está onde a encontramos.

Ele pensou sobre isso por um instante, sorrindo, depois disse:

— Tudo bem, mas Ed disse que veio de Hainsville, cresceu lá em um barraco de dois cômodos. Ele deve ter freqüentado a escola de lá. Então por que, eu me pergunto, não há registro sobre ele?

Mel olhou de volta para ele, duvidosa. Será que a história que Ed lhe contara era mentira? Seu coração apertou. Depois, não, disse ela a si mesma, ele nunca mentiria para ela. Mas de repente a vida de Ed assumira muito mais complicações.

— Talvez ele seja o herdeiro rico, afinal — disse Camelia com suavidade. Ele empurrou o prato para ela, mas Mel perdera de repente o interesse por comida. — Talvez ele não quisesse que você pensasse nele como tal.

Mel balançou a cabeça, lábios apertados, semblante fechado.

— Não é verdade. Eu acredito em Ed.

— Então outra pessoa em Hainsville deve estar mentindo.

Os olhos castanho-escuros de Camelia encontraram os dela por sobre a mesa, que ficaram furiosos de repente.

Ela bateu o punho sobre a mesa, fazendo as canecas balançarem, respingando café em suas imaculadas calças cinza-escuro.

— Então, dane-se, vamos até lá e descobrir — gritou ela.

29

Mel estava de volta no hospital, segurando a mão de Ed. Ela olhava fixo para ele, esperando que abrisse os olhos, mas o milagre não aconteceu e seu coração estava tão pesado como o seu suspiro.

— Dormi em sua cama ontem à noite — disse ela, alisando o braço dele, rezando para que ele reagisse ao seu tato. — Dormi lá sem você. Sem nossa mágica. Sem o nosso amor para me aquecer. Caí num sono que era um abismo sem fundo e, enquanto caía, pensei: é assim que Ed se sente. Este é o lugar onde ele está também. Talvez eu o encontre lá, em nossos sonhos.

Ela balançou a cabeça, lamentando.

— Mas não houve sonho, só... esquecimento. É isso o que acontece com você, Ed? Só... nada?

Não, ele queria gritar. Não, não, não... Eu sei que você está aqui, quero dizer que a amo mas não posso... só não me deixe, querida, não desista de mim. Não deixe que eles desliguem as máquinas. Ainda estou aqui, ainda estou vivo...

— Eles me mostraram seus exames esta manhã — murmurou ela. — Eles me mostraram como o seu suplemento de sangue ainda está funcionando, que há atividade cerebral, que de alguma forma você ainda está aqui comigo. Não vou abandoná-lo jamais, meu bem. Sou sua para sempre, sei disso agora. E Riley sente a sua falta. Eu lhe falei que ela disse que adorava você, e que quer compartilhar seus domingos com você? Ah, meu Deus — disse ela com um riso entrecortado. — Devo estar perdendo a memória, não consigo lembrar de um dia para o outro. Talvez eu esteja precisando de um pouco de ginkco biloba para animar as velhas células...

Apenas lembre-se de mim, meu bem... lembre-se de nós, é tudo o que peço...

— Ed — disse ela, séria novamente. — O detetive que está procurando quem atirou em você. O nome dele é Marco Camelia. Ele investigou em sua cidade natal... você me contou sobre Hainsville, lembra?

Ela mordeu o lábio, é claro que ele não lembrava, como poderia?

Eu me lembro de Hainsville... ah, eu me lembro muito bem. O pânico tomou conta de sua cabeça, fazendo seu coração apertar novamente...

— Ed, a polícia de lá disse que não conhecia nenhum Ed Vincent. Disseram que você nunca morou lá. Alguém está mentindo, Ed, e sei que não é você. O detetive Camelia acha que é alguém ligado ao atentado. Preciso ir com ele, para o Tennessee, para a sua cidade natal. Vou encontrar suas raízes, Ed, meu bem, e então descobriremos a verdade.

Não vá!, ele queria gritar. *Não vá até lá... Ah, Mel, por favor, não vá...*

O monitor emitiu ruídos. Mel olhou para ele, alarmada, enquanto a enfermeira se aproximava apressada.

Era uma outra enfermeira. Elas mudavam o tempo todo, dependendo do turno, e esta era mais gentil, com um coração mais brando.

— Ele está bem — ela tranqüilizou Mel. — Só um pouco agitado. Pelo menos ele está mostrando alguma reação.
— Então isso é bom?
Mel estava com medo.
— Isso é bom. Ele ficará bem, nada com o que se preocupar.
— Então vou ficar aqui quietinha com ele, até ele se acalmar.
Mel pegou a mão dele novamente, afagando seu braço gentilmente, mas agora Ed estava imóvel como a morte.
Ele não podia afastar as lembranças — seu passado estava povoando o presente, levando o seu futuro. A vida parecera tão simples em tempos passados... quando ele era apenas um garotinho caipira com grandes sonhos...
Não vá, Zelda, implorava ele em silêncio, *por favor... não vá até lá...*

Fora em seu aniversário de quatorze anos que Ed tivera seu primeiro encontro com a morte. Naquele único ano ele deixou de ser um garoto para ser homem. Já com um metro e oitenta, seu pescoço e tórax se alargaram e sua compleição delgada ganhara uns quilos a mais. Novos músculos surgiram em seus braços como resultado do trabalho duro nos campos e da derrubada de árvores para lenha no inverno. E, por subir e descer as montanhas, seus pés eram leves e ágeis como os de um boxeador.

Sua mãe, Ellin, sabia porém que o trabalho nos campos não era para ele. Pois vivia com o nariz nos livros e a mente em coisas distantes dela e da minúscula fazenda. Ela lhe comprara um presente de aniversário, uma camisa nova na Hains Haberdashery em Hainsville, de flanela xadrez azul-escuro, combinando com seus olhos, e uma calça de zuarte, cujas pernas eram muito compridas agora mas que em dois meses estariam batendo nos tornozelos. E ela sabia que em seu próximo aniversário, quando terminasse a escola, ele a deixaria. Ele partiria para aquele mundo amplo que sempre desejara.

— Feliz aniversário, filho — disse o pai dele, Farrar, socando de leve o seu ombro.

Demonstrações públicas de afeto, abraços, beijos e que tais, não faziam parte da vida das pessoas montanhesas. Eram pessoas reservadas, e o soco que o pai lhe dera no ombro e o tímido abraço e o sorriso da mãe quando alisou para trás o seu cabelo escuro, foram o bastante para encher seu coração.

Como o mais jovem dos rapazes, ele sempre ficava com as sobras. Inevitavelmente, quando as roupas passavam do mais velho, Mitch, para Jared e depois para Jesse, mesmo as roupas grossas de brim eram usadas até ficarem desbotadas e rasgadas nos joelhos e nas nádegas, as quais sua mãe reforçava com remendos. Não que isso fizesse de Ed o garoto mais maltrapilho da escola. Havia outros de famílias mais pobres ainda. Pelo menos sua mãe mantinha suas roupas rigorosamente limpas, apesar de não terem água encanada em casa.

Ela as esfregava numa tábua de bater roupa sobre uma tina galvanizada no quintal. As duas filhas, Grace e Honor, ajudavam, uma colocando a roupa no espremedor de roupa pesado enquanto a outra girava a manivela. Depois estendiam na corda para secar ao vento, e mais tarde as dobravam com cuidado, prontas para serem passadas.

Hoje, sendo segunda-feira, era dia de lavar roupa, mas Ellin fora impedida pela chuva que caía em torrentes de um céu baixo e plúmbeo. O vento também aumentara, rajando por entre os altos pinheiros, freixos e álamos nas montanhas, sacudindo os galhos e mandando cascatas de folhas para o chão rude. Ela ficou surpresa, portanto, ao ouvir o som de um carro subindo a colina. E ficou imaginando quem apareceria num fim de tarde como este, com o vento ameaçando derrubar árvores, ele estava assim feroz, e a chuva tão forte que os rios transbordavam, transformando a estrada íngreme em um lamaçal que grudava nos pneus do carro e ficava lá, colado como chiclete.

O pai, a mãe e Ed viraram-se ao mesmo tempo, quando o veículo chegou no topo e andou aos trancos pelo jardim sulcado. Ellin reconheceu o jipe verde-floresta imediatamente. Ela lançou um olhar apreensivo para o marido.

— O que será que Michael Hains quer agora?

— Adivinha — replicou Farrar laconicamente.

— Mas você já disse a ele que não.

Havia uma nota de preocupação na voz dela, uma aflição. Hains queria comprar a terra deles. Seu marido já dissera a ele que não por duas vezes, mas Hains não era o tipo de homem que aceitava um não como resposta. Ele atuava sob o princípio de possuir o que queria. Esse princípio funcionara toda a sua vida e ele não via razão para que funcionasse diferente agora.

Michael Hains era dono da cidade de Hainsville, rebatizada com o seu nome. Era dono do posto de gasolina, da casa de ferragens, da casa de grãos e ração, bem como da Hains Haberdashery, onde Ellin comprara a camisa e a calça de Ed. Além do armazém, da farmácia, da barbearia, da oficina mecânica e do *drive-in*. Ele era dono inclusive do prédio de tijolos vermelhos da prefeitura, pelo qual a cidade lhe pagava um aluguel anual. Mas a influência de Hains estendia-se muito além de sua própria cidade. Ele também era dono de todas as terras nos arredores de Hainsville, uns oitocentos hectares aproximadamente, colonizadas por homens que derramavam o suor para pagar suas dívidas anuais. Apenas uma pessoa saiu vencedora de Hainsville, e essa pessoa era Michael Hains.

Agora ele queria a terra deles. Eles não sabiam o motivo até que Farrar ouvira a notícia, murmurada em seu ouvido por Mule Champlin, o ferreiro que também era encarregado da casa de ferragens. Mule nunca prestou serviço a Farrar na ferraria; a maioria dos homens da redondeza ferravam seus próprios cavalos — não podiam pagar os preços de Champlin. De qualquer modo, Mule disse a ele que Hains e uma empresa construtora estavam planejando construir uma nova comunidade, com um *shopping center* e um campo de golfe, bem como casas pré-fabricadas. Mule também lhe disse por que queriam sua terra. Era para ser o centro do novo campo de golfe.

— Boa tarde, sr. Hains — disse Farrar agora, com as mãos enfiadas nos bolsos do macacão, balançando para a frente e para trás sobre os calcanhares. Um claro sinal de nervosismo, sabia Ed.

— Vim até aqui com minha oferta final — disse Hains, em pé na varanda raquítica abrigado da chuva e com os braços cruzados sobre o peito roliço. Ele era um homem grande, maior até do que Mitch de dezoito anos, que apareceu nos fundos, orelhas em pé para ouvir o diálogo.

— Fico imaginando por que será que o senhor quer tanto comprar a minha terra, sr. Hains — disse Farrar, enfiando as mãos ainda mais fundo nos bolsos do macacão.

— Simples — disse Hains, desviando o olhar para Mitch. — Eu quero aumentar as terras de minha fazenda. Já comprei todas as terras da vizinhança. Seus hectares completarão meu lote. E estou disposto a pagar um preço justo por eles.

Ellin cruzou os braços sobre o peito, imitando Hains inconscientemente, só que o gesto era defensivo. O homem a deixava desconfortavelmente cautelosa.

— E se eu levar em conta a sua oferta — disse Farrar —, e não estou dizendo que vou, de quanto é essa oferta, exatamente?

Os indecifráveis olhos escuros de Hains encontraram os dele.

— Estou lhe oferecendo mais de cem por cento de lucro pela sua terra. Muito mais. Dois mil dólares.

Ellin respirou fundo. Era muito dinheiro. Mas Farrar já estava fazendo rápidos cálculos de cabeça. Ele pagara quatrocentos dólares. Levaria anos para ganhar dois mil, mas a maior parte disso desapareceria apenas com o sustento da família. Enquanto isso, ele era dono de sua terra, sua família vivia dela, havia um teto sobre suas cabeças e comida em suas barrigas. Sem a fazenda, ele voltaria a ser colono, trabalhando para Hains por ninharia, e seus filhos com ele. Ele estaria perdido se tivesse trabalhado desde os dez anos para acabar onde tinha começado. Ademais, se os rumores fossem verdadeiros, sua terra valia muito mais do que dois mil dólares.

— Ah, obrigado pela oferta, sr. Hains — disse Farrar. — Mas acho que vou ficar com a minha fazenda.

O rosto carnudo de Hains ficou mosqueado de frustração e raiva, mas manteve a voz sob controle.

— Vou acrescentar uma abonação. Eu levo seu filho, Mitch, para minha firma. Como aprendiz, digamos assim. Ele aprenderá o negócio, aprenderá como administrar minhas terras. Pagarei a ele um salário justo e ele ficará fora de sua responsabilidade. Uma boca a menos para alimentar.

— É, e um filho a menos para trabalhar minha própria terra — disse Farrar, balançando a cabeça, inflexível.

Ed ouviu a respiração zangada de Mitch e olhou de esguelha para ele. Os olhos apertados eram dois talhos de ódio, a boca pendeu, o queixo cerrou.

Você sabia disso, pensou ele, espantado. Você discutiu tudo isso com Michael Hains, tramou como tirar a terra de nosso pai. Ed sentiu a dor da traição no peito. Traidor, pensou ele. Você trocaria sua família, seu primogenitura, por alguns mil dólares e a chance de trabalhar com um homem imoral como Michael Hains.

Hains descruzou os braços, parou, pernas separadas, mãos na cintura. Arrogante, desdenhoso. Poderoso.

— Esta é a sua palavra final?

— Esta será minha palavra final, sr. Hains — disse Farrar, como sempre, cortês.

Hains girou nos calcanhares. Desceu empertigado os degraus da varanda raquítica, desafiando a lama e a chuva torrencial.

Farrar girou o corpo, encarando Mitch.

— O que você pretende, indo falar com Michael Hains pelas minhas costas, tramando como tirar minha terra de mim? *Nossa terra.* A terra de nossa *família.* Tudo por que trabalhei. *Tudo o que tenho para deixar para vocês.* Que tipo de filho é você?

Mitch deu um passo irritado em direção ao pai. Ele ultrapassou o pai em altura, as mãos grandes fechadas. Por um segundo, Ed pensou que ele iria dar um soco no pai, e rapidamente ficou entre os dois.

A ira de Mitch explodiu.

— Você acaba de me custar o melhor trabalho que um homem pode ter. Minha única chance de uma vida diferente. Tudo por quê? — disse ele, abrindo os braços, olhando em volta furioso para as árvores gotejando, o quintal sulcado e o terreno encharcado, mais além. — Para ficar igual a você? Viver no mato o resto da minha vida? Derramar o meu suor para ganhar o bastante para fazer o quê? Pôr comida na mesa? Mal nos vestir? Nos educar? Ora! — Ele cuspiu com desdém nos pés do pai. — Isso é o que eu acho de sua preciosa terra. Ela era imprestável antes da oferta de Hains. Agora ela não vale nada. *Zero.* Ponha isso na cabeça, *pai!*

Ele olhou mortiferamente nos olhos do pai por um bom tempo antes de girar nos calcanhares e, como Michael Hains, sair desafiando a chuva. Exceto que, ao contrário de Hains, Mitch não tinha um jipe verde-floresta para dirigir até a cidade, e sua mãe imaginava aonde ele poderia ir numa noite dessas.

Ela olhou para o marido. Os ombros dele estavam curvados como se tivesse adquirido um fardo novo e mais pesado, e ela apiedou-se dele pela crueldade do filho.

— Tudo bem, pai — disse Ed, querendo muito abraçá-lo, mas as regras não ditas mostravam que ele não podia. — Mitch não quis dizer nada daquilo. Ele só ficou desapontado por causa do emprego, é só.

— Desapontado? — a expressão de Farrar ficou mais abatida quando olhou para Ed. — De algum modo, não creio que seja só isso. Acho que Mitch venderia a própria alma para se atrelar com Michael Hains.

Quando todos eles foram para a cama naquela noite, Mitch ainda não havia retornado.

— Ele ficará bebendo no Hainsville Saloon — disse Ellin com tristeza.

— É em Mary Hannah James que ele está interessado, não na bebida — disse Ed, tentando tirar o pensamento da mãe do bar.

Sua irmã Grace zombou com desprezo.

— Ele está interessado nos dois, na bebida e nas garotas.

— É mais provável que esteja com Michael Hains, tramando a próxima jogada — disse Farrar. Sua voz ficou mais cansada ao pensar na traição do filho. — Ele não vai voltar hoje, para me enfrentar de novo.

Quando as irmãs foram para o único quarto de dormir, Ed olhou ansiosamente para o teto. A chuva tamborilava no telhado de zinco e o vento gemia nas frestas das janelas e portas, lançando rajadas frias através dos muitos buracos.

Ellin abriu o velho fogão de ferro e atiçou as brasas antes de jogar mais lenha.

— Pronto — disse ela, satisfeita, fechando a porta. — Pelo menos, vamos nos aquecer esta noite.

Todos exceto Mitch, pensou Ed, aconchegando-se no beliche, construído como um tipo de armário perto do fogão. Ellin dormia com as filhas no quarto, e ele, o pai e os garotos no cômodo principal. Os outros não demoraram para dormir, mas Ed ficou acordado, preocupado com Mitch.

Por que ele fizera aquilo? Mitch não precisava vender sua primogenitura, como Esaú, para conseguir um emprego. Ele era inteligente, tinha estudado, era um gênio em matemática. Mitch poderia fazer qualquer coisa, conseguir um emprego em qualquer lugar. Não só em Hainsville.

Ed virava-se na cama, martirizando-se com o que Mitch fizera com o pai. Quando não pôde agüentar mais, ele se levantou, vestiu as velhas roupas e botas e entrou na capa preta e impermeável do pai. Ele hesitou, pensando em como estaria sujo e encharcado quando chegasse ao seu destino. Percebendo que faria uma aparição desoladora, ele enfiou rapidamente a roupa nova na mochila. Trocaria de roupa quando chegasse lá.

Ed passou cauteloso pelos irmãos que dormiam e foi até a porta. Ela rangeu quando foi aberta, mas todos dormiam profundamente e, de qualquer modo, o barulho do vento no topo das árvores abafava qualquer outro som.

Atolando e escorregando na lama, começou a descer a estrada. Seguia para Hainsville. Precisava encontrar Mitch, confrontá-lo, chamá-lo à razão. Ele ajudaria Mitch de qualquer modo que pudesse, mas não podia permitir que ele destruísse o pai, não importando quão poderoso Michael Hains pudesse ser.

30

Mel estivera em um distrito policial apenas uma vez antes, quando Camelia a levou para o interrogatório. Pelo que via agora ela não estava muito certa de querer voltar lá novamente. Paredes cinza, fichários de metal, cadeiras surradas, mesas baratas servindo como escrivaninhas, copos de papel para tomar café, a caixa esquisita de rosquinhas, pilhas de grossos arquivos, cestas de arame transbordando de papéis, telefones barulhentos, colegas gritando, parentes lamentando, uma tensão alucinante e um monte de rapazes durões, vestindo azul e usando armas que a assustaram muito. Ela sabia que o mundo era um lugar mais seguro por causa deles, mas preferia manter esse lugar do mundo à distância, muito obrigada.

Camelia, segurando-a pelo cotovelo, a conduziu para uma sala pequenina, já ocupada por um hispânico bonito com o físico de um levantador de peso e os olhos escuros e líquidos de um Casanova. Só que no momento ele era todo profissional.

Ele apertou a mão dela, sentou ao computador, e começou a questioná-la imediatamente, mostrando imagens parciais de rostos masculinos na tela enquanto Mel descrevia o que vira.

— Desculpe, não estou ajudando muito — disse ela, nervosa. — É só que não estou bem certa do que *realmente* vi.... e do que *acho* que vi.

— Apenas tente descrever da melhor maneira, senhora — replicou ele. — Vou tentar acrescentar o resto.

Então Mel verificou as imagens separadas com atenção. Sim, era exatamente assim que parecia a testa dele, exatamente como a de um *pit-bull*, meio brutal, quase escondendo os olhos. Olhos apertados, pensou ela, mas isso pode ser resultado do clarão. Não, ela não sabia a cor. E assim prosseguiram.

Mel prendeu a respiração quando ele finalmente mostrou-lhe o retrato terminado. *Era o assassino*. Ela reprimiu a náusea, torceu as mãos nervosamente, mordeu os lábios para estancar as lágrimas que não sabia serem de medo ou de alegria, porque pelo menos agora eles tinham algo para procurar.

— Pode não estar totalmente parecido — disse ela, ainda preocupada de ter dado uma informação errada. — Quer dizer, acho que foi isso o que vi.

— Está bom o bastante, senhora. Vamos enviar para o computador nacional e ver o que conseguimos com ela.

— Obrigada — disse ela agradecida, saindo da sala. — Muito obrigada.

Mel queria tanto sair de lá, que quase correu, mas Camelia ainda não terminara com ela ainda. A seguir ela teve de sentar em outra sala cinza e sem janelas, ouvindo enquanto um perito tocava várias fitas para ela, todas de homens falando com sotaques estrangeiros. O café no copo de papel parecia ter estado na máquina durante uma semana, mesmo a rosquinha com creme de açúcar oferecida por Camelia não pareceu tentá-la.

Eles deviam estar na trigésima fita, sua cabeça estava rodando e ela sabia que estava totalmente confusa, quando de repente uma voz chamou sua atenção. Uma voz suave mas com aquele som gutural, sufocado, rascante...

— É isso — disse ela, saltando da cadeira, excitada. — É exatamente assim a voz dele. Ah, obrigada, meu Deus, finalmente fiz alguma coisa certo.

— Ucraniano — informou o perito. — Da região do Cáucaso, perto do mar Negro. Muitos bandidos vagueiam naquela área, saem da Rússia via Bósforo e Turquia, arranjam novas identidades, vêm para os Estados Unidos como refugiados políticos junto com as pessoas decentes.

— Fantástico — disse Camelia. — Vamos acrescentar isso à ficha, e ver o que acontece.

E depois saíram de lá, andando à luz do sol, respirando a fumaça que em Nova York passava por ar fresco, suspirando de alívio enquanto seguiam para o Vincent Quinta para pegar a mochila de Mel, e de lá para o aeroporto.

Camelia já vira o apartamento de Ed; revistara o lugar pessoalmente e não encontrara nada. Pelo menos nada em particular que pudesse levá-lo ao criminoso, ou mesmo ao motivo do crime. Ele esperou por ela no saguão, pensando que a única pista para um motivo até agora era a briga para comprar o caro espaço aéreo na Quinta Avenida. Sua equipe estava trabalhando nisso, mas até agora não conseguiram penetrar nas inúmeras camadas das corporações que mascaravam o verdadeiro comprador. Agora, as investigações envolviam a polícia estadual e o FBI e, no tempo devido, ele sabia que apresentariam uma resposta.

O elevador *tilintou* e Mel surgiu, faces rosadas por ter acabado de lavar o rosto para tirar a fumaça e o cheiro de um mundo alienígena, séria porque estava prestes a deixar Ed, e com uma expressão ansiosa naqueles olhos castanho-claros, cor de uísque, que aflorava nele o animal protetor.

Ela andou com passos largos em direção a ele com aqueles ridículos saltos, ultrapassando a altura de Camelia quando enfiou o braço no dele.

— Vamos — disse ela, determinada.

E seguiram para o aeroporto no carro de polícia de Camelia, um Crown Vic, abrindo caminho no trânsito intenso para pegar o vôo da tarde para Nashville.

31

Mel dormiu no avião, depois dormiu no longo percurso para Hainsville no Ford Explorer alugado, encolhida no banco de trás com a cabeça sobre os braços e o paletó de Camelia sobre o corpo para aquecer.

— Você nunca lembra de trazer meias, ou um suéter? Sabe, alguma roupa quente? — perguntou Camelia, espantado quando ela apareceu com as pernas nuas, blusa tomara-que-caia e a jaqueta preta de couro. — Não estamos na Califórnia, sabe o que quero dizer?

Ela sabia — agora. Estava frio e chovendo também.

— Parece até que vai até nevar — disse ela, meio sonolenta, e ele suspirou. Ela era uma verdadeira californiana, embora nascida no Sul. Pensando bem, essa era outra boa razão para ela estar com ele nesta investigação. Aquele bom e velho sotaque sulista poderia ser mais bem interpretado pelos locais do que o seu fanhoso sotaque do Bronx. É claro que essa não era a única boa razão dela estar aqui, e ele sabia.

Era tarde, mas como uma espécie de penitência, em vez de ir direto para o hotel, onde antegozava o prazer de um jantar com ela, Camelia seguiu até a delegacia local.

De tijolos aparentes, com dois ou três andares e um teto escuro de ardósia, a delegacia ficava na esquina da Main Street, bem defronte à grandiosa prefeitura, o pórtico de colunas brancas era adornado com bandeiras vermelhas, brancas e azuis, coroado com um medalhão mostrando o perfil da cabeça de um homem. O nome Michael Hains estava alinhado em letras separadas na cor escarlate sobre a imponente porta dupla.

— Não há dúvida de quem é o dono desta cidade — disse Camelia secamente para Mel, que agora estava sentada e atenta.

Era uma cidade pequena com jardineiras floridas nas janelas e cercas de estacas brancas; com advertências severas contra lixo na rua e nem pense em estacionar por aqui. Da necessidade de limpar a sujeira de seu cão, com menção de multas substanciais para os infratores. A iluminação pública eram cópias dos lampiões com filigranas de ferro da virada do século XX, um tempo em que, Mel suspeitava, este lugar era uma cidade de uma única rua com calçadas de madeira, e a única luz vinha da lua. Canteiros de plantas formavam círculos perfeitos sobre o gramado aveludado da prefeitura. Havia lojas com as fachadas pintadas de branco com graciosas portas holandesas. E as imaculadas casas de tijolos aparentes e tábuas brancas tinham cortinas de guingão penduradas em bastões de bronze reluzentes nas janelas. E embora fossem só nove horas da noite, não havia vivalma à vista.

— Oh, meu deus, é Stepford — murmurou Mel, admirada.

— Ou Disneilândia — disse Camelia, já fora do carro e seguindo para a delegacia. Ela apressou-se em segui-lo.

Havia dois homens de plantão na delegacia, ambos grandes e troncudos, ambos com uniformes cor de areia e usando chapéus pardos de abas largas e copa alta, mesmo dentro da delegacia, e ambos tomando café em canecas com a silhueta de Michael Hains. Eles levantaram os olhos, surpresos, quando Camelia entrou de repente pela porta. Notaram seu terno cinza bem-cortado, sua gravata prateada e sua aparência de cidade grande. Uma expressão de desagrado estampou-se nos rostos de ambos, seguida por sorrisos falsos, semelhantes.

— Em que posso ajudá-lo? — perguntou o mais alto, sem levantar-se. — Senhor — acrescentou ele, com um sorriso intencionalmente afetado.

Camelia teve a sensação de que se uma pessoa não fosse de Hainsville, ela não tinha importância. Depois Mel entrou, apressada, e ele ouviu as cadeiras rangerem no chão quando os dois caipiras truculentos levantaram-se pesadamente. Ela podia ser diferente, mas Mel era toda mulher, e mesmo aqueles cascas-grossas reconheciam isso.

Ele mostrou seu distintivo do DPNY e os viu darem um passo mental para trás.

— Detetive Marco Camelia — disse ele calmamente, sabendo que os deixara boquiabertos. O Departamento de Polícia de Nova York estava anos-luz de distância do departamento de "guardas" de Hainsville. — E esta é a srta. Melba Merrydew, minha... hã, minha assistente.

Mel lançou-lhe um olhar de admiração, que ele ignorou deliberadamente. Captando a mensagem, ela enfiou as mãos bem no fundo dos bolsos de sua jaqueta e tentou parecer o mais durona e policialesca que podia, embora lembrando das faces coradas e dos cabelos cor de fogo de Brotski, que parecia ainda estar no colegial, ela teve de prender o riso.

— Sim, hã, bem... e em que podemos ajudar, detetive?

Eles apertaram as mãos por sobre o balcão.

— Uma noite calma por aqui, hum? — disse Camelia, dando uma olhada na repartição imaculada, nada fora do lugar, nenhuma pilha de papéis sobre mesas desgastadas, nenhum copo termoplástico ou café frio, nenhuma migalha de rosquinha. E nenhum barulho para perturbar o silêncio, exceto sua própria voz.

— Hainsville é um lugar calmo.

— Cumpridora das leis, hum?

— Sim, senhor. E orgulhosos disso.

Os frios olhos azuis do caipira fitaram duramente os olhos castanhos sicilianos de Camelia.

— Hã... Café, senhora? — perguntou o policial, apontando para uma bela cafeteira de cromo.

— Não, obrigada.

Mel abriu um sorriso para o policial e Camelia jurou ter visto os joelhos do sujeito bambearem. Ele ficou olhando enquanto o sujeito voltava a sentar em sua confortável cadeira de escritório como se atingido por uma marreta. Camelia sorriu.

— Eu gostaria muito de um café, a viagem foi longa.

Ninguém moveu uma palha e ele plantou as duas mãos sobre o balcão, sem sorrir.

— Eu disse que gostaria de um café — repetiu suavemente, mas havia qualquer coisa no modo como disse isso que de repente fez os dois saltarem.

— Sim, senhor. Por favor, entrem no escritório, sentem-se. Jeb, veja se encontra alguns biscoitos. Ou bolinhos de neve da Ma Jewel. Eu acho que ainda tem alguns na caixa, em cima da geladeira.

O tampo do balcão foi levantado para permitir a passagem deles, a porta de vidro fosco do escritório empurrada, cadeiras puxadas e o café colocado rapidamente na frente deles, com o açúcar num açucareiro que combinava com as canecas Michael Hains e o leite numa leiteira idêntica.

— Interessante — comentou Camelia. — Nós não ligamos para aparelhos de chá que combinem em Nova York.

— Hainsville é uma cidade turística, detetive Camelia — disse o mais truculento. — Nós desejamos mantê-la com uma aparência agradável, mesmo no departamento de polícia.

— Nos mínimos detalhes — disse Mel, ignorando o café que, de qualquer modo, ela estava muito cansada para tomar. Estava, como se diz, para lá de cansada. Ansiava saber como Ed estava, e desejava sair de lá para poder ligar para o hospital. Mas então se lembrou de que agora era assistente de Camelia, e Ed o motivo de estarem lá. Ela aprumou-se na cadeira e começou a prestar atenção.

— Sou o xerife Duxbury, e este aqui é o assistente Higgies. Bem, senhor, em que a polícia de Hainsville pode ajudar o DP de Nova York?

Eles estavam sentados do outro lado da mesa, parecendo, pensou Camelia, tão indistinguíveis como gêmeos. Ambos ainda estavam de chapéu, ambos tinham rostos largos e vermelhos, olhos azul-claros e bigodes louros. Se colocassem chapéus pretos neles em vez de pardos, eles poderiam ter sido os bandidos de qualquer filme antigo de faroeste.

— Vocês já ouviram falar de um homem chamado Ed Vincent?

— Vincent? — respondeu Duxbury por ambos. — Não, senhor, não ouvimos. Não tem ninguém com esse nome morando aqui, embora nós recebamos um número grande de turistas, para o golfe e tudo o mais. Um dos melhores campos de par setenta-e-dois em todo o Tennessee — acrescentou, orgulhoso.

Camelia meneou a cabeça afirmativamente.

— Não sou um golfista. Ed Vincent insiste em que cresceu aqui, num casebre de dois cômodos nas montanhas. Tinha uma família grande, irmãos e irmãs. Ele está na casa dos quarenta. E morou aqui antes do sr. Hains fundar a cidade

— Não me lembro desse nome — disse Higgies, intrigado.

— Então, aqui está uma fotografia dele, talvez ela ajude a refrescar a memória.

Mel ficou olhando enquanto cada homem observava a foto, com o coração na boca. Por certo eles deviam conhecê-lo. Como poderiam não conhecê-lo, ao crescerem? Ele era tão alto como eles; meu Deus, eles devem fazer todos os filhos grandes por aqui...

Duxbury devolveu a fotografia para Camelia, balançando a cabeça.

— Ele é uma espécie de figurão de Nova York?

— Mais ou menos — respondeu Camelia, pondo a fotografia de volta na carteira. — Mas vocês nunca ouviram falar dele, hã?

— Não há figurões por aqui, detetive. Acho que Michael Hains foi o maior figurão que conhecemos. Está morto há dez, onze anos agora. Sua fotografia ainda está em toda parte, porém. Como uma espécie de símbolo. Como um brasão, aquela coisa antiga de árvore genealógica da Inglaterra. Sim, senhor, Michael Hains não tinha título, mas certamente era lorde das propriedades arrendadas por aqui. Sem ele, não haveria Hainsville.

— Tive que me segurar para não dizer "e quem sentiria falta" — disse Mel para Camelia enquanto voltavam apressados pela chuva para o Explorer. — Este lugar me dá arrepios. Não posso sequer imaginar Ed vivendo aqui.

— Ele não viveu. Ele viveu na velha Hainsville, antes dela se tornar Stepford.

Camelia estava azedo. Ele não chegara a lugar algum. Precisava se reajustar, repensar suas táticas. Maldição, pensara que seria fácil. Ele deu uma olhada para Mel, cabisbaixa no banco da frente. Ela parecia tão desanimada como se sentia.

— O que nós precisamos — disse ele — é de um drinque. E depois de comida.

— É — disse Mel, numa voz gelada. — Eu topo isso.

O hotel Hainsville Inn e o Country Clube eram parecidos com o resto da cidade. Tijolos aparentes com tábuas brancas, gramados verdes e flores enfileiradas como nos quartéis que, pensou Mel, deviam ter medo até de pender as cabeças sob a chuva forte, receando que alguém pudesse eliminá-las.

Camelia fez o registro deles e depois seguiram para o bar, um lugar quente e aconchegante, com toras falsas queimando tão vivamente quanto falsas toras podem queimar numa maciça lareira de pedras.

Pediram seus drinques ao jovem de rosto suave, atrás do balcão: ela um *cosmopolitan*, ele uma cerveja. Empoleirados nos bancos, cada um contemplava os próprios pensamentos.

Mel provou o *cosmopolitan*. O jovem barman tinha acertado, exatamente do jeito que ela gostava: pouco suco de uva-do-monte e menos ainda de limão, e a vodca era Belvedere. Era a primeira coisa boa a acontecer naquele dia e ela sorriu para ele. Depois Mel pegou o telefone e ligou para o hospital. E Camelia pegou o telefone dele e ligou para o distrito.

As notícias para cada um dos dois: Ed estava na mesma, nem melhor nem pior. E não ouve progresso na situação do homem que atirou em Ed Vincent.

Camelia terminou a cerveja e pediu um malte. E ficou olhando aborrecido para o copo. A cor lembrava-lhe os olhos de Mel, e ele lançou-lhe uma olhada. As olheiras estavam de volta, e ela bocejava. Ela estava exausta e ele deu outro suspiro.

— Estou muito cansada para ter fome — disse ela, beliscando um punhado de amendoim. — Tudo o que desejo é cair na cama e dormir.

Ele assentiu com um movimento de cabeça.

— Talvez amanhã seja um dia melhor. — Ela não disse nada, mas ele sabia que era o que ela esperava também. Mel terminou o *cosmopolitan*, desceu do banco, deu um beijo suave no rosto dele, disse boa-noite, e atravessava o bar antes dele perceber.

— Então? A que horas devo acordá-la? — perguntou ele em voz alta.

— Acordar? Ah, quando você levantar. Você é quem manda aqui, Camelia. Sou apenas sua assistente. Lembra?

Ele estava sorrindo ao vê-la deslizar com fluidez pelo corredor até o elevador. Camelia gostaria que ela tivesse ficado e tomado outro *cosmopolitan*. Ele suspirou ao pedir outra dose de malte, só para poder lembrar a cor dos olhos dela novamente.

Depois, refazendo-se, discou rapidamente o número de sua casa.

32

Cedo na manhã seguinte, Camelia tomava café sozinho na sala de jantar vivamente decorada, rodeada com vasos de plantas e música de flauta, e uma jovem e loura garçonete com uma farfalhante saia vermelha, rodada, e avental brando de organdi. Seu rosto tinha o mesmo semblante suave e o mesmo sorriso branco que parecia ser norma em Hainsville. Camelia ficou imaginando onde eles os recrutavam.

— Você é daqui da redondeza? — perguntou ele quando ela anotou seu pedido.

— Certamente, senhor. Minha família tem vivido aqui há três gerações.

Ele balançou a cabeça afirmativamente.

— Então talvez você tenha ouvido falar de um homem, Ed Vincent?

— Vincent? Não, acho que não, senhor. Este não é um nome local, e acredite-me, conheço todos — disse ela sorrindo, mostrando seus bonitos dentes brancos, lembrando-o novamente, com desconforto, de Stepford Wives.

— Bem, todos aqui são muito gentis — disse ele, aceitando

um exemplar do jornal local que ela lhe entregou. *A Gazeta de Hainsville*. Que outro nome teria?, pensou ele com um sorriso torto.

Camelia folheou o jornal enquanto comia os perfeitamente cozidos e perfeitamente insípidos ovos com *bacon* e o pão sem graça que não lembrava em nada o pão massudo de Nova York, no qual era viciado. Ele engoliu a comida com café adoçado, faltando cafeína e um pouco frio demais para o seu gosto, e voltou a pensar no jornal.

Ele verificou a manchete. CINQÜENTA ANOS TRAZENDO A HAINSVILLE SUAS NOTÍCIAS, gabava-se, e dava um endereço na Rua 3.

Camelia levantou quando Mel apareceu, revigorada e totalmente deslocada no meio dos vasos de palmeiras, com sua jaqueta de couro, saia curta e botas de salto alto.

— Pelo menos sei onde vamos começar esta manhã — disse ele como cumprimento.

— Você sabe? — disse ela, dando-lhe aquele sorriso. — Certo, meu bem, então vamos.

E ela encaixou seu braço no dele e saíram. Mais uma vez.

A Gazeta de Hainsville ocupava o que devia ser o prédio mais velho da cidade e, de fato, parecia que nenhum grão de poeira fora incomodado durante todos os seus cinqüenta anos.

Camelia explicou sua busca para a mulher de cabelos grisalhos atrás do balcão, que definitivamente não fazia parte do elenco da Disneylândia destinado a receber os turistas. Esta senhora era arguta, e azeda também.

— Nunca ouvi falar desse sujeito — disse ela com vivacidade, mexendo nos papéis sobre o balcão.

Como a fama era pequena, pensou Mel com tristeza. Ninguém aqui sequer ouviu falar de Ed. Ninguém sabia o que ele conquistara, ninguém sabia o quanto ele era bom. E ninguém se importava.

E embora Camelia insistisse que procurassem nos arquivos, voltando quarenta anos no tempo, eles descobriram que a mulher estava certa. Não havia menção de uma família Vincent.

— Eu avisei — foi a sua crítica de despedida quando eles partiram, espirrando por causa da poeira e ferroados pelo veneno dela.

— Parece que, se Ed realmente viveu aqui, a melhor coisa que ele fez foi sair deste lugar — comentou Camelia ao chegarem no carro. Havia uma multa presa no limpador de pára-brisa e ele a arrancou, irado. — Chega de atenção e boa vontade para com os turistas.

Mel riu.

— Você é um policial, você pode cuidar isso.

— Sou um policial cumpridor da lei — disse ele com voz afiada. — E pago minhas multas.

Ela ergueu as sobrancelhas e prendeu os lábios para não sorrir.

— Onde vamos agora?

— Siga-me — disse ele, entrando no carro.

A prefeitura tinha um estacionamento, assim pelo menos ele não corria o risco de outra multa. O lado de dentro era tão elaborado como o de fora: revestimento de carvalho claro, piso de mármore, quadriculado de preto-e-branco, colunas dóricas e folheados a ouro. A recepcionista informou onde ficava o departamento de registro de terras, e eles seguiram os corredores intermináveis até encontrá-lo.

Como Camelia esperava agora, uma breve olhada não mostrou nenhum "Vincent". Mas depois ele começou a procurar com atenção, verificando os nomes dos antigos donos das terras na área, e as datas em que venderam seus lotes para Michael Hains.

— Parece que todas as pessoas desta cidade venderam suas terras para Hains — disse Mel por fim, exausta.

— Exceto uma. Farrar Rogan. As terras de sua fazenda... cinco hectares... foram confiscadas por inadimplência, pela soma de um dólar. Agora, você não acha que é um pouco estranho, quando todo mundo recebeu dois mil dólares?

— Então o que você acha que aconteceu com Farrar Rogan? — perguntou ela, sem esperar muito da resposta.

— Vamos perguntar por aí e descobrir — foi o que ele disse.

De volta ao *Gazeta*, a mulher grisalha não ficou feliz em vê-los. O sorriso de dentes brancos e a gentileza não existia nela, pensou Mel, olhando para o relógio, desejando ligar para o hospital novamente, embora tivesse falado com eles pela manhã. E queria muito ouvir a voz de Riley. E Harriet... meu Deus, ela estava fazendo falta em sua vida. O que ela estava fazendo ali, naquele fim de mundo, quando devia estar com as pessoas que amava, mesmo que isso significasse ser "bilitorânea".

A mulher recuou quando Camelia lhe mostrou o distintivo.

— Não sabia que eram policiais — queixou-se ela. — Claro que me lembro do nome Rogan. Houve um incidente, não me lembro o que foi. Sim, senhor — acrescentou ela com novo respeito. — Vou mostrar onde procurar os arquivos.

Ela não demorou muito para encontrar o jornal relevante. E lá estava, em letras grandes, a manchete em negrito.

Farrar Rogan e sua família eram notícia de primeira página.

33

A fotografia borrada no *Gazeta de Hainsville* mostrava uma pilha de escombros com o título A FAMÍLIA ROGAN PERECE NO FOGO TRÁGICO. Logo abaixo, lia-se:

Fogo destrói a cabana de troncos de Farrar Rogan, matando toda a família, ele, a esposa Ellin, as filhas Honor e Grace, e os filhos, Jared, Jesse e Theo. Apenas um filho, Mitchell, foi salvo, devido ao fato de estar no Hainsville Saloon na hora do acontecido.

Como a cabana pegou fogo permanece um mistério, embora o xerife diga que o fogo possa ter ocorrido por causa do velho fogão, já que Mitch disse que a mãe tinha o hábito de avivá-lo nas noites de frio. O fogo que consumiu a cabana foi tão intenso que nem mesmo a chuva torrencial pôde apagar as chamas.

O velório para a família Rogan será na Capela Memorial no sábado, às dez horas da manhã. Mitch convida a todos que conheciam sua família para prestarem suas últimas homenagens.

Michael Hains prontificou-se a oferecer ao único sobrevivente dos Rogan, Mitch, um trabalho em sua companhia.

O jornal de sábado tinha outra fotografia, esta com uma multidão de cabeça baixa ao lado dos sete caixões de pinho, sem adornos. Um enorme buquê de copos-de-leite descansava sobre cada um dos caixões, e a legenda dizia que as flores eram cortesia de Michael Hains.

— Para onde estamos indo agora? — perguntou Mel, mais uma vez no Explorer. A chuva recomeçara, longas gotas que cortavam o pára-brisa, duras como chumbo. Ela arrepiou-se, lembrando da noite do furacão.

— Para o cemitério de Hainsville — disse Camelia. — Apenas para certificar de que todos ainda estão lá e que Hains não os desenterrou para poder revender as sepulturas.

— Você acha que ele era tão mau assim?

— Mau até o osso, aposto minha vida nisso.

— E o que aconteceu com Mitch? Você acha que ele teve alguma coisa a ver com a morte da família? — Os olhos dela se arregalaram como se de repente lhe ocorresse. — Oh, meu Deus, você não acha que Mitch é na verdade Ed, e que ele mudou de nome porque...

— Porque os matou? — Camelia ergueu os ombros num sinal de indiferença quando passou com o Explorer pelos portões de ferro do cemitério — ou o Lugar de Repouso de Hainsville, como estava eufemisticamente escrito, em grandes letras douradas, nas pilastras junto aos portões. — O que posso lhe dizer, minha querida? O que você quer ouvir? O que eu acho que pode ser a verdade?

Mel fitou o nada a sua frente. Ed? Seu Ed, um possível assassino? Ela endireitou-se no assento. Seu estômago remexia com o pensamento; sua mente afastou o pensamento; seu ser inteiro resistia à idéia.

— Não — bradou ela. — Maldição, Marco Camelia, você nunca vai me convencer disso.

Ele assentiu com a cabeça.

— Está bem, está bem. Vamos simplesmente esperar e ver de que lado as cartas caem.

Ela estava em silêncio ao lado dele, olhando fixamente a pedra tumular de mármore preto através do aguaceiro. Os nomes estavam gravados na pedra mas o dourado desaparecera há muito e agora era difícil identificá-los. Apenas o nome Rogan aparecia no topo.

— Sete nomes — disse Mel, limpando uma lágrima e assoando o nariz. — E nenhum deles é um Ed.

Ela sentia-se horrível: com frio, molhada, desesperada. Desejava estar em qualquer lugar menos ali. E em qualquer lugar, menos com Camelia, que estava lhe dizendo coisas que ela não queria saber. *A verdade*, insistia sua mente, mas novamente ela rejeitava. *Não, não, não, nunca. Meu Ed não é um assassino.*

De volta à delegacia, Duxbury não ficou entusiasmado ao vêlos. Porém, foi receptivo quando eles perguntaram sobre a tragédia da família Rogan e sobre o filho sobrevivente, Mitch.

— Todo mundo conhecia os Rogan. Boa família — disse ele atenciosamente. — Afora aquele filho, Mitch. Que figura ele acabou sendo. Houve um boato na cidade de que ele teve algo a ver com o acontecido.

— Com a morte da família dele, você quer dizer? — disse Camelia, todo ouvidos.

— Foi só boato, sabe, mas alguns diziam que foi assassinato. Nada resultou disso e ele foi trabalhar para Michael Hains. Que sujeito, aquele Mitch. Limpou o sr. Hains direitinho. Roubou tudo em que pode pôr as mãos. Sumiu daqui deixando Hains com os credores. Foi preso também, quando finalmente o pegaram, embora eu tenha ouvido que ele logo voltou a atuar. E com dinheiro no bolso. É... que sujeito, aquele Mitch Rogan — repetiu ele, quase com admiração.

Ficaram em silêncio no caminho de volta para o Hainsville Inn, ambos ocupados com os próprios pensamentos.

— Sinto muito — disse Camelia, quando as luzes do hotel apareceram na escuridão. — Não tive intenção de difamar Ed. É só que, neste momento, os eventos estão apontando nesta direção. É apenas circunstancial, tudo pode estar errado — disse ele, encolhendo os ombros num gesto repentino. — Então, terei me equivocado e vou me desculpar novamente.

— Está tudo bem — disse Mel secamente. Mas ele sabia que não estava e suspirou de novo.

— Tome um drinque comigo — disse ele, de súbito. — Precisamos conversar.

Eles foram para o bar, congelados, molhados, indispostos, e apreensivos. Pediram os mesmos drinques de antes, uma cerveja e um *cosmopolitan*. Novamente, o jovem e sempre sorridente barman acertou no drinque. Novamente, Mel pegou o telefone, ligou para o hospital. *Status quo*. Novamente, Camelia pegou o telefone, ligou para "o escritório" para checar o que estava acontecendo. Desta vez, muita coisa, parecia.

Ele ouvia com atenção enquanto Mel bebericava o *cosmopolitan* e beliscava os amendoins. Em algum lugar do caminho eles esqueceram completamente do almoço e estavam famintos.

Mel ouviu Camelia dar a eles informações sobre Mitch Rogan e pedir que as colocassem no computador. Ela o observava, tentando adivinhar o outro lado da conversa, mas o rosto dele era impassível e as respostas não reveladoras. Finalmente, ele terminou. Camelia voltou ao bar, tomou um prolongado gole de cerveja e pediu um malte simples.

— Já ouviu falar de George Artenski?

Ela balançou a cabeça, negando.

— O computador nacional mostrou uma comparação razoável para o retrato falado que você fez. Achamos que ele é o nosso homem.

A cor voltou ao rosto dela, Mel apertou a mão no peito.

— Vocês o pegaram.

— Ainda não. Mas temos uma boa idéia de quem ele é. É claro que agora ele deve estar usando uma nova identidade, morando em outro lugar, provavelmente até já criou uma vida completamente nova para si próprio. Mas Artenski é um matador e o atentado foi um contrato, aposto nisso agora.

— Mas por quê? *Por que* alguém iria querer Ed morto?

Ela ainda não compreendia, não queria saber que Ed poderia não ser o sujeito legal, gentil e carinhoso que parecia ser. Camelia a tratou com benevolência desta vez.

— Isto é o que ainda temos de descobrir. Enquanto isso, não queremos assustar o nosso matador secreto, queremos que ele pense que conseguiu se safar.

— Bom, ele conseguiu — retrucou ela.

— Até agora, ele conseguiu — admitiu Camelia. — Mas não por muito tempo. Não vamos mostrar seu retrato na televisão ainda, mas ela está em todos os computadores da polícia no país, e alguém, em algum lugar, está destinado a reconhecê-lo. Não vai demorar muito, pode contar com isso.

— Posso mesmo, Marco?

Ela segurou a mão dele. Uma vibração disparou como uma flecha quente em sua virilha. Ele desviou os olhos e tomou um grande gole de malte.

— Posso *realmente* contar com isso? — acrescentou ela, implorando, pensando em como se sentiria mais segura com o matador atrás das grades. Como Ed estaria mais seguro, apesar dos seguranças 24 horas.

— Pode apostar nisso — disse ele — apertando a mão dela, depois retirou a mão com habilidade, sem tornar o gesto muito óbvio. — E o queremos vivo e forte — disse ele sem acrescentar: "Para descobrirmos a verdade sobre o que aconteceu." Mas também não precisava.

Ela era esperta como uma águia e tão maravilhosamente bonita, mesmo com o pescoço longo inclinado, a cabeça descaída, a pele tão descorada e fria. Ele queria desesperadamente tocá-la, massagear sua nuca onde os cachos louros e macios formavam uma ponta; ele queria aspirar seu odor... meu Deus, ele era um policial em serviço, que diabos estava pensando?... Porém, por que mais ele a trouxera? Ele afastou o pensamento. Tal como ela, ele não queria saber a verdade.

— Já ouviu falar de uma Mamzelle Dorothea Jefferson Duval? — perguntou ele.

Ela balançou a cabeça, negando novamente.

— Eu também não. Parece que ela fez uma ligação, de uma clínica de repouso perto de Charleston. Ela disse que era urgente, que queria falar comigo sobre Ed Vincent. E que não falaria com mais ninguém.

— Como é que ela soube de você?

— Talvez tenha me visto na televisão. Ou leu sobre o caso nos jornais. De qualquer forma, vale a pena dar uma olhada. Iremos a Charleston amanhã, checaremos a casa de praia e falaremos com o xerife de lá. E faremos uma visita a Mamzelle Dorothea também. Para ver o que ela tem a dizer.

— Está bem.

Estava ficando tarde. A cabeça de Mel latejava, o nariz vermelho por causa do vento, e ela estava fungando por causa de um resfriado. Tudo o que queria agora era ir para a cama, ou voltar para Nova York e para Ed. *Oh, Ed, meu bem, vou descobrir quem fez isso, confie em mim... Tudo o que sei é que não foi você...*
Ela disse:
— Sinto muito, Marco, mas não posso ficar para o jantar. Vou pedir o serviço de quarto. Canja de galinha e queijo ralado. Exatamente o que minha mãe costumava me dar quando eu era criança e me sentia mal.
— Está bem. Boa noite, querida, durma bem.
Ela novamente deu um beijo suave em seu rosto, mas não houve sorriso esta noite. Camelia suspirou. Ele destruíra os sonhos dela.
E o cenário estava tão distante de seus sonhos de noites estreladas e camas quentes desfeitas que ele sorriu. Ele estava numa cidadezinha pseudoturística; lá fora estava escuro como breu e chovendo torrencialmente; e a mulher por quem estava apaixonado saíra, fungando e agarrada a uma caixa de Kleenex, com um pedido de serviço de quarto para um.
Canja de galinha e queijo ralado. Camelia desejava que fosse só isso o que o faria sentir-se melhor.

34

Eles estavam no vôo para Charleston. O espaço para pernas era quase nenhum e Mel sentou com os joelhos praticamente sob o queixo, os olhos bem fechados e o rosto vermelho de febre. Nas poucas vezes em que falou, em resposta às perguntas de Camelia sobre como estava se sentindo, sua voz era um murmúrio rouco.

Chega de romance, Camelia disse a si mesmo, com um sorriso. Era possível dizer que foi punição divina para um futuro marido errante. Só que para ele parecia que era ela quem estava sofrendo.

Ele pediu que lhe trouxessem um chá quente e insistiu para que ela tomasse, junto com o remédio que comprara no aeroporto.

— Obrigada — murmurou ela guturalmente.

— Um som mágico — replicou ele secamente.

— Que som?

— Sua voz. Parece uma lixa sobre ferro enferrujado.

Ela riu, depois tomou um gole de chá. Estava *quase* quente, bem no estilo companhia de aviação.

— Eu estava prestes a começar a detestar você, sabia disso?

Ele percebeu seu olhar de soslaio.

— Por quê? — perguntou ele, inocentemente. — Por levá-la a Stepfordville, tratá-la com o melhor que eles têm para oferecer? Pagar quantos *cosmopolitans* você quiser? Tratá-la como uma dama?

— Obrigada por isso — murmurou ela naquela voz rouca que só a deixava mais *sexy*, daquele jeito um tanto estranho que encantava homens como ele e Ed Vincent.

— Obrigada por que parte?

— A parte da dama.

Os olhos dela encontraram os dele novamente, depois ele os desviou, desconfortável.

— Não há de quê — disse ele, pressentindo que ela sabia como ele estava se sentindo. Ele cruzou os dedos e pensou em Claudia, o amor de sua vida, a mãe de seus filhos, a mulher que significava tudo no mundo para ele. O que ele estava fazendo, a trinta mil pés de altura num avião com outra mulher? O que ele estava pensando? Ele nunca entendera a infidelidade, especialmente do tipo casual. Nunca acreditou que o prazer físico momentâneo trazido por ela pudesse jamais igualar-se à dor terrível que podia trazer para quem o amava e confiava nele. Ele ainda não entendia. Tudo o que sabia era o que sentia.

O sol estava brilhando quando chegaram a Charleston. Havia um cheiro de maresia no ar, uma cor azulada no céu, e uma suavidade na brisa que levantou o espírito de ambos, e Camelia ficou completamente louco e alugou um Chrysler Sebring conversível. Então, com a capota abaixada, cabelos ao vento e parecendo um casal de adolescentes, eles dirigiram pelos arredores da cidade.

A Clínica de Repouso Fairland era uma unidade residencial para os velhos e enfermos, cara e de alta classe. Localizada suntuosamente no topo de uma colina, uma construção com uma agradável fachada de pedra e magníficas paisagens da zona rural e uma entrada de cascalho para automóveis que subia ondulante para um pórtico imponente. A porta alta e dupla estava aberta para o sol, revelando um corredor lustroso, repleto da luz que vinha das longas janelas em ambos os lados.

Camelia parou um momento, contemplando o lugar.

— Isso não se consegue com assistência social — observou ele. — Isso custa caro. Nossa Mamzelle Dorothea deve ser cheia da grana.

Eles entraram, foram até o fim do corredor, e bateram numa porta azul marcada ESCRITÓRIO.

— Pode entrar — disse uma voz agradável.

A voz agradável pertencia a uma agradável senhora de meia-idade, com uma nuvem de cabelos grisalhos presos por um arco de veludo azul. Ela era pequena e confortavelmente robusta, não usava maquilagem, tinha faces coradas e olhos verdes, risonhos, por trás da armação dos óculos.

— Definitivamente não é uma esposa de Stepford — cochichou Mel.

— Isto é porque você está em Realville e não em Hainsville — cochichou ele de volta. — Olá, como está, senhora? Sou o detetive Marco Camelia, do Departamento de Polícia de Nova York — disse ele, apresentando o distintivo e ela, com uma curta respiração de reconhecimento não interrompeu sua tarefa.

— Ah, mas é claro. Vocês são maravilhosos, tão bravos, e que trabalho excitante. Sempre arriscando suas vidas pelos outros.

Camelia ouviu o riso contido de Mel e tossiu, embaraçado.

— Isso é só na televisão, senhora. Na verdade, nossas vidas são bem calmas.

Não era bem verdade, mas ele não era homem de atribuir-se

mérito onde não era adequado. Ele ouviu o riso de Mel novamente e disse depressa:

— Esta é minha assistente, srta. Melba Merrydew.

Lembrando de seu novo papel, Mel enfiou as mãos nos bolsos e assumiu o que esperava ser a postura de uma assistente de detetive: costas eretas, queixo levantado, olhos aguçados, expressão séria.

Desta vez Camelia riu. Com a saia curta e as pernas longas, ela parecia mais uma vedete do que um membro valioso da força policial.

— Merrydew? — disse a mulher, pensativa. — Eu me lembro de uma Merrydew Oaks, de quando era criança, na Geórgia. Um lugar maravilhoso aquele. Você não é do Sul, é, querida?

Os olhos de Mel arregalaram-se.

— Claro que sou — disse ela, espantada de como o mundo era pequeno. — E Merrydew Oaks era a antiga morada de minha família. Até os tempos difíceis caírem sobre nós.

Ela estava tão parecida com Scarlett que Camelia deu outra risada e ela lançou-lhe um olhar feroz.

— Bem, minha querida, que bom conhecer você. E sinto muito saber dos tempos difíceis. Mas isso não acontece a todos nós? Agora, é melhor me apresentar — disse ela, saindo de trás de sua mesa elegante e antiga. — Rhianna Fairland — disse, apertando as mãos deles e lhes convidando a sentar. — Em que uma velhinha como eu pode ajudar o Departamento de Polícia de Nova York?

Ela olhou sorrindo para eles, esperando a resposta, e Mel descobriu-se retribuindo o sorriso. Ela conhecia esta mulher. Ela era exatamente como sua mãe, sulista da gema e esperta como ninguém sob aquele sorriso açucarado.

— A senhora administra um lugar adorável aqui, sra. Fairland — disse Camelia, lançando mão dos elogios antes de falar sério, amaciando-a para que ficasse mais receptiva. — E que vista maravilhosa. As famílias devem pagar um bom dinheiro para manter seus entes amados aqui.

— Claro que pagam — disse ela, sorrindo para ele, afofando sua nuvem de cabelos grisalhos e ajustando os óculos de aro redondo, tipo John Lennon nos anos 60. — Existem famílias que conseguiram manter suas posses, sabe. E outras tantas que fizeram fortunas recentes. — Seu riso adocicado tilintava alegremente pela sala banhada de sol e forrada com tapete persa. — Aceitamos todos aqui, claro, dinheiro velho ou novo. Não podemos nos dar ao luxo de ser esnobes. Afinal, dirijo um negócio.

Suas feições suavizaram, e o olhar ficou distante quando ela disse:

— Não foi sempre assim, sabe. Quem pensaria que eu, Rhianna Fairland, nascida de sulistas nobres, e uma verdadeira flor de criança dos anos 60, acabaria dirigindo um asilo de velhos. Estive em Woodstock, sabe — acrescentou ela, orgulhosa. — Corpos pintados, amor livre, Acapulco Gold, e tudo o mais. Opa, talvez eu não devesse dizer isso à polícia, mas tudo foi há muito tempo. Todos faziam a mesma coisa na época. De qualquer modo... — O sorriso dela avivou-se novamente. — Em que posso ajudá-lo, detetive?

— Mamzelle Dorothea é uma de suas hóspedes?

— Mamzelle D.? Ora, mas é claro que sim! — Uma luz de divertimento passou pelo seu rosto. — Mas o que pode ter feito Dorothea que possa envolver o DPNY?

Mel encobriu o riso e Camelia ignorou-a.

— Ela ligou para meu departamento, sra. Fairland. Na Homicídios — acrescentou ele rapidamente e a ouviu prender a respiração.

— Homicídio? Oh, não... Como pode ser *possível*? Quer dizer, Dorothea não *matou* ninguém. Ela não sai deste lugar há *anos*.

— Ninguém a está acusando de nada, senhora — ele a acalmou rapidamente. — Mas Mamzelle Dorothea realmente ligou para meu departamento.

— *Ela telefonou?* Mas como ela conseguiu? Nenhum de nossos hóspedes... nós os chamamos de hóspedes aqui, embora, falando francamente, muitos sejam pacientes sob cuidados médicos. Nenhum de nossos hóspedes tem acesso ao telefone sem supervisão. — Ela deu pancadinhas na cabeça com expressão de quem sabia. — Alguns deles são um pouco o que costumo chamar de "pancada". Nunca se sabe quem chamariam ao telefone. Acho que Dorothea andou vendo muita televisão, embora não consiga imaginar como ela chegou ao telefone. É uma das nossas residentes mais antigas, sabe. Está conosco há quase vinte e cinco anos agora. — Com a mão sobre a boca, ela acrescentou num sussurro: — A pobrezinha chegou aqui com um problema sério de alcoolismo, embora tenhamos conseguido eliminá-lo. Mas está velha agora, muito velha. Noventa e três anos, sabe. Nunca pensei que fosse viver tanto tempo, mas ela deixou todos os médicos perplexos.

Ela fez uma pausa para respirar, e Camelia aproveitou para falar:

— Mamzelle Dorothea está... — disse ele, hesitando, sem querer dizer demente. — Ela está lúcida?

— Certamente que sim. Bom, ela está, sabe, um pouco senil. Em um minuto a mente dela está aqui, no outro já se foi. Não se pode confiar em tudo o que ela diz, sabe. Daí, minha dúvida sobre o telefonema.

— Ela diz que conhece um homem chamado Ed Vincent.

— Claro que ela o conhece. Ele paga as contas dela aqui, e a visita com freqüência — o sorriso dela esmaeceu. — Até recentemente, é claro.

Mel olhou para ela, atordoada. Ed cuidava dessa velha senhora? Ele nunca falou sobre ela. Mas, também, Ed era um homem caridoso, cuidava de muita gente. Gente de quem ela não sabia nada. E quanto ela realmente sabia sobre Ed, afinal?, questionava ela, desnorteada.

O rosto de Camelia tinha a impassibilidade policial enquanto esperava que Rhianna Fairland continuasse.

A compreensão tomou conta de Rhianna.

— Dorothea ligou porque queria falar com a polícia sobre *Ed*? Suponho que queria saber quem atirou nele. Pobre Dorothea. Ela sentiu a falta dele no fim de semana passado. Ela espera ansiosa pelas visitas dele, e ele nunca faltou. Ah, não, estava sempre aqui, todo sábado, exceto na semana do furacão. E agora, é claro. — Seus olhos encontraram os de Mel. — Eu sinto tanto — disse suavemente. — O sr. Vincent era muito bom, um homem muito generoso. Todos vamos sentir muito a falta dele.

— Ele não morreu ainda — retrucou Mel, alarme soando. *Ela estava fora havia muito tempo, qualquer coisa poderia ter acontecido, as pessoas estavam falando com se ele já tivesse morrido...*

— É claro que não falei sobre isso com Dorothea. Muito estressante. E não sei como ela descobriu o que aconteceu. Os programas de TV são estritamente supervisionados, e sei que ela não enxerga muito bem para ler os jornais. E, de qualquer modo, todas as suas contas são pagas através de um fundo privado.

Ela jogou os longos cabelos para trás. Como uma adolescente dos anos 60, pensou Camelia. Ele achava que algumas pessoas ficavam presas numa confortável descontinuidade do tempo, onde foram mais felizes.

— Sra. Fairland, preciso falar com Mamzelle Dorothea. Acredito que ela tenha informações sobre Ed Vincent que podem ajudar na busca de seu agressor.

— *Dorothea tem?* Meu Deus do céu! — Ela bateu as costas

contra o encosto como se o estofo tivesse saído dela, mole com o choque. — Mas como Dorothea pode saber quem tentou matar o sr. Vincent?

— Ela disse em sua mensagem que tinha informações que nos interessariam — Camelia encolheu os ombros. — Sinto, mas devo insistir em vê-la, sra. Fairland.

— Bem, eu não sei... — hesitou ela.

— É um assunto oficial de polícia, senhora — avisou Camelia.

— Ah. Assunto oficial de polícia. Bem, sim, então acho que está certo. Mas ela é uma pessoa muito frágil, estou avisando para que tomem cuidado.

35

O quarto de Mamzelle Dorothea era espaçoso, com portas envidraçadas dando para um terraço florido. A brisa trazia o cheiro de gardênias, junto com o o som tilintante de uma fonte, lembrando Mel das centenas de dias ensolarados e preguiçosos no Sul, quando ela era criança.

Passara-se muito tempo, porém, desde que Mamzelle Dorothea fora criança, e cada dia de sua vida parecia estar escrito em seu rosto carcomido. Os ossos pontudos e salientes da face sustentavam a pele murcha, e os olhos do mais claro azul de inverno, cheios de inteligência, olharam inquisidores para eles quando entraram. Seus cabelos ralos estavam tão esticados para trás que Mel pensou que podiam estar agindo como uma plástica facial, mas aos 93 anos, Mamzelle Dorothea parecia estar além da vaidade. Como provado pelo gasto casaco que estava usando, feito com a pele de algum animal indistinguível que poderia muito bem ser pré-histórico.

Ela gesticulou com o braço esquelético para eles, para que entrassem logo.

— Venham para minha toca — chamou numa voz tão fina

como cacos de vidro, seguida de uma gargalhada gutural que assustou Mel.

E o quarto era mesmo uma toca: sofás de *chintz* superestofados com mantas de renda; vasos decorados; tucanos e periquitos de porcelana, de cores vibrantes; objetos de cristal; banquinhos bordados para descanso dos pés e bibelôs estalhados. Mamzelle Dorothea trouxera seu passado com ela para a Clínica de Repouso Fairland.

Havia uma única fotografia, porém, num porta-retrato grande e prateado sobre a mesa-de-cabeceira. Era de Ed, tão bonito, tão vivo, tão *forte,* que Mel gemeu com o choque.

A sra. Fairland os apresentou, e Mamzelle Dorothea afundou novamente nas enormes almofadas de leopardos, elevando-se na cadeira que parecia muito grande para sua frágil estrutura. Ela olhou demoradamente para Mel.

— Você é a moça por quem Ed está apaixonado — disse ela por fim.

Mel agachou-se ao lado dela, segurando ansiosa sua mão magra.

— Você sabe?

— Ed me conta tudo. *Tudo* — acrescentou ela com uma piscadela marota. — Sempre me contou. Desde que me conheceu. — Ela levantou os olhos para Rhianna Fairland, rondando no fundo do quarto. — Você pode sair agora — disse com arrogância. — Minha conversa com a srta. Merrydew e o detetive Camelia será particular.

A sra. Fairland hesitou e olhou para Camelia. Ele fez um sinal de cabeça, e com um suspiro de pesar ela saiu, fechando a porta sem fazer barulho.

Longas sombras invadiram o quarto, deixando Mamzelle à meia-luz, uma figura de cera, paralisada no tempo.

— Você demorou muito para chegar aqui — disse ela com acidez para Camelia.

— Sinto muito, Mamzelle, mas só recebi seu recado ontem à noite. Estávamos em Hainsville.

— Hum, Hainsville — disse ela, fazendo uma cara de repugnância.

— A senhora já esteve lá?

— Nunca. Graças a Deus. Mas pelo que Ed me disse, não parece o tipo de lugar onde qualquer pessoa deva viver.

— E o que foi exatamente que Ed lhe disse, Mamzelle Dorothea? — perguntou Mel, empoleirada no banquinho, perto da velha senhora. Mel voltou a pegar a mão dela, ansiosa por contato com a mulher que obviamente gostava muito de Ed. E que, em retorno, era obviamente amada por ele.

— Você não parece o tipo de garota pela qual eu achava que Ed se apaixonaria — disse Mamzelle, inspecionando-a por inteiro; e olhando em seus olhos azuis, anuviados pelas cataratas da idade, Mel soube que, pelo menos hoje, não estava sendo enganada. — Eu achava que ele se apaixonaria por uma beldade sulista. Fundiária bem-nascida, o oposto dele mesmo. Isso é o que acontece normalmente quando um homem está em ascensão.

— Acho que Ed não está mais em ascensão, Mamzelle — disse Mel. — Ele já chegou lá.

— Ah, então ele não precisa da esposa-troféu — disse ela, olhando astutamente para Camelia. — Esposas-troféus vêm em todas as formas e configurações, detetive. Louras deslumbrantes, adolescentes núbeis, estrelas de cinema. A garota da vizinhança.

Camelia, desconfortável, concordou com um movimento de cabeça. Ele teve a impressão de que essa velha senhora podia ler mentes.

— Acho melhor eu me apresentar. Sou *mademoiselle* Dorothea Jefferson Duval. Parente do famoso presidente pelo lado da família de minha mãe. E dos Duval, de ascendência francesa, pelo lado da família de meu pai. E moradora de Charleston durante toda a minha vida.

— Bom lugar para se viver — murmurou Camelia, imaginando por que ela estava lá. Será que ela ia divagar, contar sua história de vida, e dizer que Ed Vincent era seu herói porque pagava suas contas como um gesto de caridade?

— Mamzelle Dorothea, fale-me sobre Ed, por favor — implorou Mel. Ela precisava saber a verdade, ficaria sentada a noite inteira aos pés dessa mulher. Ela a banharia com lágrimas e beijos, daria a própria alma, para saber o que ela tinha a dizer.

Mas em vez disso, Mamzelle Dorothea pescou uma garrafa de *bourbon* por detrás da almofada de leopardo. Eles olharam, espantados, enquanto ela pegava um copo para água de cima de uma mesinha redonda de carvalho, antiga e com a borda picotada, que estava toda manchada com círculos brancos, e servia-se de uma boa dose. Mamzelle inclinou a cabeça para trás, tomou um trago, depois suspirou com satisfação.

— Há anos eles vêm tentando me livrar disso. Ed também. Eu disse a ele que era melhor ele tentar tirar o leite da mãe. — O riso maroto dela desta vez não era um cacarejo, mas o suave e refinado tilintar de uma beldade sulista, um som que Mel conhecia bem. — Há cinqüenta anos que me dizem que a bebida está me matando. Ah, e aqui estou eu, sobrevivendo aos médicos. E sempre há alguém que pode ser subornado para infringir a lei e conseguir o que você quer. Mas acho que você já sabe disso — acrescentou para Camelia.

— Sim, senhora, eu sei — disse ele, pensando que na idade dela o *bourbon* não poderia fazer nenhum mal. Sorte dela.

— Eu os chamei aqui — disse ela, olhando contemplativamente para eles — porque achei que vocês precisavam saber sobre o verdadeiro Ed Vincent. E saber que o verdadeiro nome dele é Theo Rogan.

O suspiro de alívio de Mel ecoou pelo quarto sombrio. Graças a Deus, pensou ela. Ele não é Mitch. Ele não é o assassino...

— Mas Theo Rogan não foi morto no incêndio? — perguntou Camelia.

Mamzelle levantou a mão imperiosa para ele.

— Ora, ora, não seja impaciente. Conheço Ed há trinta anos e vou contar a vocês toda a história, mas preciso começar pelo início — disse ela, depois tomou outro longo gole de *bourbon*, pensando no que estava prestes a dizer.

36

Ele estava sentindo falta dela — ah, como estava sentindo falta dela... o cheiro dela, o cheiro sexy que ele reconheceria mesmo na névoa do departamento de perfume da Bloomingdale, uma mistura sedutora de pele fresca e lírios e jasmim e verão... Um cheiro de pêssego... Ele sorriu ao pensar... Onde você foi? Ah, Zelda, para onde você foi?... Espero que não tenha ido lá, não a Hainsville... não posso sequer imaginar, imaginar você lá... naquele lugar onde minha vida parou, de onde minha culpa e vergonha nunca sairá...

Ele voltara àquela noite terrível novamente. Seu aniversário. A noite em que Michael Hains demandara comprar a terra do pai, e Mitch o abominara por recusar. Ele pensara que Mitch ia socar o pai, pois estava muito furioso... mas foi pior do que isso... ah, muito pior...

Theo saíra furtivamente da cabana e corria pela estrada, a mochila batendo contra os ombros. O vento feroz uivava em torno dele. E tirava o seu fôlego, fazendo-o cambalear e ofegar, agarrando-se às arvores para manter o passo. A floresta inteira estava viva com o som do vento. Ela balançava e estremecia quando o vento arrancava árvores maduras do chão e mandava galhos pesados pelos ares.

Ficou aliviado quando chegou no descampado, descendo a pradaria para a estrada que levava a Hainsville. Ganhou velocidade agora, cabeça abaixada, correndo sem parar pela chuva com o vento atrás dele dando-lhe um empurrão, como se soubesse da urgência de sua missão.

Ele tinha avançado alguns quilômetros quando viu um clarão de faróis surgindo na escuridão. Seria Michael Hains trazendo Mitch para casa? Sem querer ser visto, ele se escondeu atrás das moitas de álamo que beiravam a estrada. Seus troncos finos balançavam com o vento, e as folhas frágeis e amareladas encobriam-no como na história infantil *Joãozinho e Maria*.

Ele prendeu a respiração quando o veículo se aproximou, espiando de seu esconderijo, meio cego pelas luzes. Quando o carro passou, ele viu que era uma picape com dois homens. Ele não conhecia a caminhonete, não conhecia os homens, mas achou que fossem trabalhadores itinerantes. E ficou imaginando para onde estariam indo. A estrada terminava na fazenda Sorrygate, uma das propriedades de Hains, mas não parecia que estavam indo para lá a esta hora da noite. O único outro lugar para onde a estrada dava era a casa dele.

Um sinal de alarme zumbiu de sua cabeça aos pés, e num segundo ele estava correndo de volta para casa. Correndo veloz pelo centro da estrada estreita, esquecido da chuva, lutando com o vento.

Estava quase em casa quando viu. Um clarão vivo e vermelho contra o céu baixo. "Não!", gritou ele. "Por favor, Deus, não..." E voltou a correr. Cambaleando, escorregando, caindo. *Desesperado.*

Ele chegou ao descampado, viu os homens jogarem mais gasolina nas chamas e a cabana coberta de papel-alcatroado explodir numa bola de fogo.

Ele estava gritando. Viu as silhuetas dos homens contra a bola fogo quando viraram para olhar para ele. Ouviu seus gritos de alarme. Viu um deles levantar um rifle.

Paralisado com o choque, ele deixou escapar um grito de medo e aflição, antes que o instinto o fizesse se embrenhar fundo na mata.

A floresta era seu quintal, ele conhecia cada centímetro dela, todos os seus lugares secretos e esconderijos. Encontrou a caverna onde ele e as irmãs brincavam de esconde-esconde. Espremeu-se para dentro dela, cruzando os braços sobre a cabeça, escondido como um animal caçado. Ele estava com 1,80m, mas ainda era um garoto de quatorze anos, aterrorizado e sozinho. O medo fazia seu corpo estremecer. Quase não podia respirar. Um sentimento terrível de desolação o invadiu enquanto esperava que os assassinos de sua família o encontrassem.

Um nome estalou em sua mente como um choque elétrico: *Mitch*.

Seu irmão não era um dos homens que atearam fogo em sua casa e mataram sua família. Mas sabia por certo que Mitch estava envolvido nisso.

Agora ele podia ouvir os homens penetrando na floresta, ouvir suas pragas abafadas quando tropeçavam em galhos caídos, ouviu quando resolveram parar a busca.

— Ah, aos diabos com isso! — grunhiu um deles.

— Quem quer que seja não se atreverá a dizer nada — gritou o outro, tão perto que fez Theo se encolher mais.

— A família toda se foi. Fizemos o nosso trabalho — concordou o primeiro. — Vamos dar por encerrado e cair fora daqui.

O barulho diminuiu quando os homens voltaram para o veículo. Ele ouviu ao longe o som da picape desaparecendo na noite. Dormente pelo choque, ele saiu do esconderijo e correu para o descampado. Ficou parado, olhando para os destroços de sua casa. Destroços que continham os restos de toda a sua família. *Exceto Mitch.*

Lágrimas desceram pelo seu rosto, tão grossas como a chuva da noite. Ele engasgou com os soluços quando um profundo sentimento de vergonha o invadiu.

Ele fugira, se escondera na floresta, enquanto sua família morria queimada. Mesmo tendo visto a terrível explosão e sabido que já estavam mortos e que não havia nada que ele pudesse ter feito, não diminuía a vergonha. Ele devia ter tentado ajudar. Devia ter estrangulado os homens, quebrado seus pescoços, tê-los posto para correr com o forcado. Ele devia tê-los matado. *E agora ele mataria Mitch.*

Ele sentou sobre a pilha de freixos que seu pai cortara no ano anterior quando ficaram muito grandes, com pensamentos negros pelo desespero. A angústia pesava como uma grande pedra em seu peito enquanto planejava como voltar à cidade e encontrar Mitch, imaginando uma dúzia de modos diferentes de como matá-lo.

Quando o dia despontou, ele levantou exausto de onde estava sentado e foi até as ruínas ainda fumegantes. "Deus a abençoe mãe, pai", murmurou ele. "Deus abençoe vocês, Jared e Jesse, Honor e Grace. Vocês estão no céu agora e livres de tudo isso. Deus cuidará de vocês. *E eu cuidarei de Mitch.*"

Naquele momento, ele poderia jurar ter ouvido a voz da mãe: calma, racional, falando diretamente para ele, dizendo-lhe que ele não devia matar Mitch. Que se o matasse, ele seria um assassino também, e ela não queria sangue em suas mãos.

Ele levantou a cabeça, olhou em volta, espantado. Mas é claro que ela não estava lá. A voz em sua cabeça era a própria consciência, dizendo a ele que ele não era um assassino.

    Só havia uma coisa a fazer. Levantando a pequena mochila com o *jeans* e a camisa de flanela que ganhara de presente, entrou na floresta em direção ao topo da montanha. Não podia ver o topo porque estava encoberto pela neblina, mas a chuva parara e um fraco raio de sol abria caminho por entre as nuvens. A Carolina do Sul ficava do outro lado da montanha, e ele pretendia colocar o máximo de distância possível entre ele, o Tennessee, seu irmão assassino Mitch e Michael Hains. Ele pensou que os assassinos estavam certos. Todos pensariam que a família inteira morrera no incêndio. Ele jamais veria seu irmão novamente.

37

— Eu não derramei uma lágrima quando ele me contou o que aconteceu naquela noite em que mataram sua família — disse Mamzelle Dorothea. — Nem chorei quando ele me contou o que aconteceu depois. Eu era uma mulher egoísta. Meus pais faziam todas as minhas vontades, me estragaram com mimos, devo dizer. Nunca me preocupei com os outros, e vivi minha vida exatamente como quis. Mas aquele jovem estranho tocou meu coração. Ou o que sobrou dele.

Ela contemplou o copo, mirando as profundezas do líquido âmbar como se procurasse uma resposta de por que achara a história de Theo Rogan tão tocante.

— Ele era tão jovem — disse ela, por fim. — Tão lamentavelmente jovem. E tão magro e faminto. Ah, não como eu, o que era, devo dizer, por escolha. Quer dizer, eu escolhi beber em vez de comer. E ele era tão galante. Um jovem cavalheiro. — Ela ficou em silêncio por um momento, depois acrescentou calmamente: — E pensei comigo mesma: este poderia ter sido o filho que você nunca teve. A criança que faria sua vida valer a pena. E depois olhei demoradamente para ele. E pensei: quer saber de uma coisa,

Dorothea? Ele ainda pode. E este, meus caros — acrescentou ela suavemente. — Foi o começo de nossas vidas juntos.

O corpo de Ed parecia um peso morto... *Morto*, pensou ele. *Que ironia. Meu corpo está morto mas minha mente trabalha sem parar, abarrotando-me de lembranças.*

Tive a vida de um itinerante, lembrou ele. Saltando em trens de carga, driblando a lei, filando a comida de outros mendigos, acampando em seus acampamentos. Um garoto magro e faminto, aparentando ser mais velho que meus quatorze anos. Eu mentia sobre isso, é claro, sempre dizia que tinha dezesseis anos, e ninguém duvidava. Arranjava empregos onde podia arranjá-los: colhendo fumo ou algodão, trabalhando na lavoura. Minha vida era pior do que a de meu pai. Ele ao menos conseguiu ser dono de sua terra, mas eu era inferior a um colono. Eu era um trabalhador itinerante sem nenhum valor para ninguém, exceto como mais um torso curvado nos campos. Eu detestava aquilo, mas não via saída. Até Dorothea Jefferson Duval aparecer e me salvar.

Quase um ano depois de subir a montanha para a Carolina do Sul, ele foi parar em Charleston numa noite chuvosa e gelada quando a temperatura beirava o zero grau. Ele só tinha a calça *jeans*, que, fiel às palavras de sua mãe, estava acima de seus tornozelos, a camisa de xadrez azul de flanela, os velhos sapatos e a capa impermeável que pertencia a seu pai.

Era janeiro e os campos negros estavam desolados, hibernando sob uma crosta de gelo. Não havia trabalho para fazer, e Theo partiu, com fome, frio e apenas cinqüenta centavos no bolso, para a bela cidade de Charleston.

Ele nunca vira tal lugar. Luzes vindas das janelas altas de casas esplêndidas atravessavam as calçadas e chegavam até as praças arborizadas. Vitrinas de lojas brilhavam com uma profusão de mercadorias, coisas que só vira iguais nas raras visitas que fizera ao cinema de Hainsville. Pessoas bem-vestidas se aglomeravam nas calçadas, entravam em restaurantes cujos aromas quase o deixaram louco de desejo. E automóveis reluzentes cruzavam as ruas, indo, pensou ele desejoso, para casa.

A cidade era tudo o que ele sonhara e mais. Bela, rica, opulenta e sensual. Ela era, estava seguro, incomparável a Paris ou Londres, embora talvez não a Roma, com todas as suas antigüidades maravilhosas. É claro que ele não tinha meios de comparar porque Charleston era a primeira cidade *real* que ele já vira, mas se ele fosse um homem rico, ele sabia que não queria nada mais do que viver aqui, numa dessas casas esplêndidas.

Cada uma das mansões de cores pastéis ficava escondida atrás de muros altos e elaborados portões de ferro, que ofereciam brechas de jardins sombreados de magnólias e carvalhos antigos, e pátios secretos onde fontes, silenciadas pelo inverno, prometiam animar o ar úmido do verão com suas músicas.

Theo esperou até os restaurantes fecharem, depois foi remexer nas latas de lixo, brigando com gatos ferozes em busca da mesma comida, engolindo os restos dos pratos de outras pessoas, roendo os ossos até as últimas migalhas de carne, escavando arroz e feijão dos escombros nas latas. E ainda estava com fome quando foi embora, andando sem rumo pelas ruas agora calmas, uma fina sombra cinzenta não percebida pelos poucos pedestres.

Devia estar próximo da meia-noite quando ele chegou em uma área conhecida como Battery, com gramados espaçosos de frente para o mar, salpicada de carvalhos enormes, velhos monumentos e antigos canhões. O vento estava cortante e ele tremia sob a capa preta. Uma lembrança de seus irmãos passou pela sua mente, agrupados perto do fogão, tostando os dedos dos pés junto com algumas castanhas, brigando e se batendo, barulhentos como uma ninhada de cachorrinhos confinados no minúsculo casebre de paredes cobertas com jornal.

Naquele momento, Theo sentiu tanta falta de sua casa e de sua família que seus joelhos fraquejaram. Sentado na grama gelada, ele abaixou a cabeça, perdido em aflição e desespero. Ele não tinha nada por que viver.

Congelado, ele finalmente se moveu, afastando-se da água, procurando abrigo do vento. E seguiu na direção ao norte de Battery para uma área de grandes residências. As casas grandes estavam silenciosas e escuras, as famílias de sorte estavam dormindo no calor e conforto. A inveja deixou um gosto amargo em sua boca, embora ele certamente trocasse qualquer uma dessas mansões apenas para fazer o tempo voltar e ter de volta seu pequeno casebre e a família viva, todos juntos novamente, seguros no sotavento das montanhas Great Smokies.

Ele parou na frente de uma casa federalista caiada de rosa, apenas visível através das árvores desfolhadas. Não havia luz nas janelas, mas ele notou que um pequeno portão lateral estava entreaberto. Percebendo que o portão dava para um pátio, entrou rapidamente. As paredes altas barraram o vento e ele ficou lá por alguns minutos, recuperando o fôlego, esperando seus olhos se ajustarem. Garoto da roça, estava acostumado a andar por terras montanhosas à noite e podia orientar-se no escuro com mais facilidade do que a maioria das pessoas na luz do dia.

Passou com cuidado pela fonte congelada, por uma porta baixa de madeira na parede de tijolos, e entrou num jardim maltratado. Mesmo sendo inverno, pôde ver que nenhuma mão humana tocara o jardim em décadas. Trepadeiras estrangularam camélias, roseiras desfolhadas estendiam galhos com espinhos sobre a passagem, e cercas vivas, que uma vez rodearam canteiros de flores, tomaram conta do lugar. A hera invadiu as paredes da casa e o jardim, encobrindo parcialmente as várias estátuas de anjos e ninfas. E, no fundo do jardim, ele viu outra casa. A sujeira estava tão entranhada em seu exterior que era impossível saber, até que entrou, que era totalmente feita de vidro.

Quando seus olhos se acostumaram com níveis de escuridão ainda mais profundos, ele descobriu prateleiras de plantas mortas há muito tempo: pés secos de laranja e limão, figueiras mortas e especialmente pessegueiros. Ele sabia que estava numa espécie de estufa, só que não havia calor. Mas havia uma mesa longa, feita com tábuas compridas, que reconheceu ser o lugar para onde os potes com brotos de plantas eram trazidos no inverno. As preciosas mudas de tomates de seu pai se desenvolviam numa versão improvisada deste lugar.

Sobre a mesa havia alguns sacos velhos de farinha, e ele não hesitou. Subiu na mesa, cobriu-se completamente com os sacos, não deixando sequer o nariz de fora, e enrolou-se numa posição fetal para aquecer-se. Achara um lar para passar a noite.

À medida que a temperatura caía e o gelo comprimia as paredes de vidro de seu abrigo, Theo teve a sensação de que este poderia ser o seu segundo encontro com a morte. O inverno o mataria, mesmo que Mitch e Michael Hains não o tivessem feito. A morte seria sua companheira esta noite e ele a receberia de bom grado.

Ele não acordou até que os raios hesitantes do sol de inverno descongelaram suas pernas entorpecidas. Ainda debaixo dos sacos de farinha, ele esticou-se todo, braços acima da cabeça, surpreso de estar vivo. O seu primeiro pensamento foi que estava com fome novamente.

— Minha nossa, você é um sujeito grande, seja quem for — disse uma voz feminina, cortando o silêncio como um tiro de pistola.

Theo arremessou os sacos de farinha para longe e olhou para a mulher velha, sentada de frente para ele numa cadeira de lona. Olhos amortecidos, embebidos em sombras escuras, olhavam calmamente para ele. Os cabelos prateados estavam bem repuxados para trás, expondo a linha ossuda do rosto. Ela era esquelética, com mãos de garras de aves e pés pequeninos enfiados em botas velhas. E ela estava tão maltrapilha como ele em um antigo casaco de pele que parecia ter pertencido a uma pessoa bem maior, e que envolvia seu corpo magro como uma mortalha. Uma garrafa vazia de *bourbon* estava no chão, perto dos pés dela.

Ele respirou, aliviado. Ela era uma andarilha como ele, à procura de calor e abrigo temporário. Theo sentiu pena ao olhar para ela. Não podia adivinhar sua idade, mas sabia que era muito velha para ter uma vida dura como esta. Desejou poder ajudá-la, mas não podia ajudar sequer a si mesmo.

— Desculpe, dona, se assustei a senhora — disse ele, lembrando de ser gentil com os mais velhos e superiores.

Um som cacarejante saiu da garganta dela, fazendo os cabelos dele arrepiarem até descobrir que ela estava rindo.

— Acho que é o contrário, meu jovem. E será que percebi um sotaque montanhês?

Theo sentiu-se corar. Seu sotaque quase impenetrável lhe causara problemas sem fim desde que saíra de casa. Não conseguia entender por que as pessoas tinham tantos problemas para entendê-lo, até perceber que elas falavam diferente, e então começou a copiá-las.

Ele desceu apressado da mesa, enfiando a camisa nas calças,

passando a mão pelos cabelos fartos e negros até ficarem em pé como uma crista de galo.

— Não vi a senhora quando entrei aqui ontem de noite. Sinto muito, eu teria deixado a senhora em paz. Não ia querer atrapalhar o seu sono.

Ela cacarejou novamente.

— Na minha idade ninguém mais se preocupa muito com o sono. Ele é tudo o que nos espera. *Aquele longo e eterno sono.*

Ficaram olhando um para o outro em silêncio, nenhum deles entendendo o que via. Ele achava, obviamente, que ela fosse tão pobre como ele, porém ela falava de modo educado. Ela achava, por sua vez, que ele era como um jovem animal abandonado, magro e selvagem.

— Nós somos iguais, você e eu — disse ela por fim, percebendo a dor e o medo nos olhos dele. — Mas por motivos diferentes.

Ela levantou lentamente da cadeira e Theo correu para ajudá-la, recuando ao tocá-la. As mãos dela estavam geladas, roxas, sem sangue, e o hálito cheirava a *bourbon.*

— Para onde a senhora vai, dona? Posso fazer alguma coisa para ajudar a senhora?

— Você pode pensar em algo? — perguntou ela, levantando os olhos e os fixando nele, pequena como sua irmã Grace era.

Ele corou de novo, confuso.

— Não, dona, não posso. Não tenho nada a oferecer para a senhora. Só o meu braço, para a senhora se apoiar na rua.

Ela inclinou a cabeça, pensativa.

— Isso é muito civilizado de sua parte. Muito obrigada, mas posso me arranjar. — Ela saiu arrastando os pés lentamente até a porta, com todo o seu peso apoiado numa bengala prateada. — Você deve estar com fome — disse ela, virando-se quando chegou na porta.

— Acho que sim, dona. É, estou mesmo. — O estômago dele

roncou alto quando ela o lembrou. — Mas vou achar qualquer coisa, mais cedo ou mais tarde.

— Mais cedo é melhor, acho — disse ela, baixando a cabeça, pensativa. — Espere aqui, está bem?

Ela fechou a porta com os vidros quebrados com tanto cuidado como se fosse um cristal de Veneza. Theo ficou onde ela o deixou, balançando a cabeça, confuso. Um chamado da natureza o trouxe de volta a este mundo e ele encontrou um canto discreto do jardim onde esvaziou a bexiga.

Abotoando o *jeans* imundo, encontrou um balde de metal com água, quebrou a camada de gelo sobre ela e jogou água no rosto. O gesto não o fez recuar, toda a sua vida ele se banhara com água fria, mesmo gelada como esta, no inverno. Theo alisou os cabelos o melhor que pôde e alisou as roupas até ficar tão apresentável como um jovem que dormira com a própria roupa durante vários meses poderia ficar.

A velha senhora retornou alguns minutos depois, puxando um carrinho de bebê que uma vez fora grandioso. De um lustroso azul-marinho por fora e o interior macio, de couro bege, o carrinho fora perfeito para a criança de uma família muito rica. Agora ele continha um pão fresco, manteiga e um bule de café bem quente, cujo cheiro quase fez Theo cair de joelhos.

— Onde a senhora arranjou tudo isso? — perguntou ele, temendo que ela tivesse roubado.

— Ah, as pessoas daqui me conhecem — disse ela, sorrindo para ele. — Elas têm pena de mim, às vezes. Acham que preciso me alimentar. Quando o tempo todo são pessoas jovens como você que precisam de nutrição — disse ela, empurrando o carrinho na direção dele. — Sirva-se à vontade.

Ela voltou a sentar na cadeira de lona, observando enquanto ele enchia duas xícaras de café.

— Leite e açúcar, dona? — perguntou ele, olhando para ela.

— Você tem boas maneiras — ela ajeitou elegantemente o velho casaco sobre os ombros como se fosse uma marta exuberante. — Tenho tomado meu café preto a vida toda, obrigada, e acho que não vou mudar agora. Embora, é claro, os médicos digam que eu deveria. Ora, o que sabem aqueles tolos? Sempre lhes digo que, se sabem tanto, como é que também morrem? — Ela tomou um gole, parecendo não notar que estava escaldante. Theo acabara de queimar a boca com ele. — Dê-me um pedaço deste pão, meu jovem, com manteiga.

Ele nunca vira uma faca de prata de lei antes, e esta tinha o cabo esculpido com requinte.

— É muito bonita para usar — disse ele, admirado, girando-a várias vezes na mão.

— Lembre-se disso, meu jovem — disse ela, olhando nos olhos dele. Os olhos dela eram de um azul transparente, mais descorados do que um céu de inverno. Por um segundo ele quase acreditou que, se olhasse bem no fundo, veria a alma dela. Ele estremeceu, imaginando se ela não era uma bruxa. — Lembre-se — repetiu ela. — Que uma coisa bonita é ainda mais bela se tiver utilidade.

Theo pensou algum tempo sobre isso. Talvez ela tivesse razão.

— Não está na hora de você se apresentar?

Ela estava sentada, tomando café, empertigada como um pardal agora, com um pouquinho de cor nas faces, à medida que a bebida a aquecia.

Theo largou o pedaço de pão com manteiga. Era a melhor coisa que já comera em quase um ano e ele estava relutante em deixá-lo mesmo por um segundo. Mas lembrou-se de seus modos, e de que esta senhora era responsável pelo seu café da manhã e boa fortuna atual.

— Sou Theodore Rogan, dona. O filho mais novo de Farrar Rogan, falecido, da cidade de Hainsville, leste do Tennessee.

— Nunca ouvi falar dessa cidade. Mas também, não acho que muita gente já ouviu. Hainsville não parece ser uma metrópole.

— Isso ela não é, dona — concordou Theodore.

— Bom, então, sou Dorothea Jefferson Duval, parente do famoso presidente pelo lado da família de minha mãe. E dos Duval, de ascendência francesa, pelo lado da família de meu pai.

— É verdade, dona. Sra. Duval.

Theo era bem-educado mas estava ansioso para voltar ao café da manhã.

— *Mademoiselle* — corrigiu ela bruscamente. — Quer dizer *Mademoiselle Jefferson Duval*. Lembre-se disso, Theo Rogan.

— Ah, vou lembrar, dona, Mamzelle Jefferson Duval — concordou ele, apressado.

— Termine seu café — instruiu ela, tomando outro gole de café. — E depois falaremos.

Eu passei a dormir na estufa todas as noites depois disso, lembrou Ed. E todas as manhãs, Mamzelle Jefferson Duval aparecia com o velho carrinho contendo pão, manteiga e café quente. Parei de perguntar a ela onde conseguia tudo aquilo, onde passava o tempo e onde dormia à noite. Ela nunca falava de si mesma ou dividia o café da manhã, mas fazia muitas perguntas. Fiquei mais surpreso do que ela quando me peguei contando a ela sobre Mitch e o assassinato de minha família. Sobre como fiquei envergonhado por não ter tentado ajudar a salvá-los. E o quanto quisera matar meu irmão.

Segurando o copo, há pouco reabastecido com *bourbon*, entre as mãos pequenas e cheias de veias azuis, Mamzelle Dorothea tomou outro gole. Seus olhos, claros e penetrantes, encontraram os de Camelia.

— Então perguntei: "Por que você não matou ele?" E sabe o que ele respondeu? "Aí eu teria sangue nas minhas mãos também", disse ele. "Minha mãe não ia querer isso."

Um último gole e ela continuou:

— Eu disse a ele que essa era uma resposta racional, e depois lhe perguntei o que exatamente ele pretendia fazer da vida que lhe restara.

A mão, segurando o copo vazio, tremia enquanto ela o colocava sobre a mesa manchada.

— "Eu quero ser alguém", ele me disse. "Uma pessoa de verdade." E pensei: "E eu sou a pessoa que pode ajudá-lo a fazer exatamente isso."

Ela recostou-se na almofada, o rosto esquelético desaparecendo nas sombras até quase parecer que não estava mais lá. Um fantasma do passado de Ed, pensou Mel.

— Estou cansada — murmurou Mamzelle Dorothea. — Amanhã será outro dia. Voltem para me ver então...

Ela estava dormindo quando eles saíram furtivamente do quarto, deixando-a com o cheiro de gardênias, o tilintar da fonte e os sonhos de um passado glorioso.

Camelia fechou a porta pesada sem fazer barulho. Você aprende as regras depressa num lugar como este, pensou ele.

Enquanto desciam as escadas para o carro, Camelia olhou rapidamente para Mel. Ela não dissera uma palavra durante a história de Mamzelle Dorothea, não interrompeu, não derramou uma lágrima. Mas ele podia sentir a tensão na rigidez de suas costas, nas mãos fortemente fechadas, na dureza da linha da boca.

Ele passou o braço no ombro dela.

— Você vai chorar, ou o quê?

Ela virou-se para olhar para ele, depois balançou a cabeça. Um sorriso abatido curvou seus lábios.

— Pobre Ed — murmurou. — Aquele pobre menino. Como conseguiu sobreviver?

— Ele não teria conseguido. Não sem a ajuda de Mamzelle Dorothea.

— Graças a Deus, e graças a ela — disse Mel com suavidade. Mas o coração dela, como o de Mamzelle, doía pelo rapaz que se tornara o homem que ela amava.

38

De volta ao conversível, Mel dirigia enquanto Camelia recostava-se no banco de olhos fechados.

— Lembre-se, sou um policial — disse ele, abrindo os olhos. — Posso multá-la você por dirigir no dobro da velocidade permitida.

Mel pisou no freio. Voltando aos modestos oitenta quilômetros por hora, ela exibiu aquele sorriso para ele.

— Desculpe, detetive. Pensei que estivesse com um amigo.

Eles se entreolharam.

— Você sabe que está.

Ela fez que sim com a cabeça, desviando o olhar rapidamente, mas ela estava sorrindo.

Camelia olhou direto à frente. Este foi o momento mais próximo que ele chegou de dizer a ela que estava apaixonado. Isso era ridículo, ele sabia. E eles realmente pareciam ridículos, o casal estranho — ela alta e loura, ele mais baixo e moreno. O tira durão, siciliano, e a beldade sulista, aloucada, via Califórnia. Camelia suspirou. Ela era uma mulher tão "tocante"; ela engatava o braço no dele quando andavam na rua; segurava a mão dele na mesa de jantar enquanto ele falava com ela; deitava a cabeça no ombro dele quando estava cansada e ele dirigindo.

E ele invejava um homem moribundo porque ela o amava.

— Obrigada pelo remédio para gripe — disse Mel. — Eu estou me sentindo melhor.

— Foi o remédio, ou a história de Mamzelle Dorothea que fez você se sentir melhor? — Ela riu para ele e ele acrescentou: — Está bem, está bem. Devo pedir desculpas agora? Por suspeitar que Ed podia ser Mitch?

— Você deve. A não ser que ainda queira ver de que lado as cartas vão cair — disse ela, citando-o, maliciosamente.

— Então, peço desculpas. Mas deixe-me lembrá-la: ainda não temos o quadro completo de Ed Vincent, também conhecido como Theo Rogan.

— Não temos. Mas, como diz Mamzelle Dorothea, amanhã é um outro dia.

Agora eles seguiam na direção norte, pela zona rural, por uma estrada estreita que Mel conhecia bem. Estranho, pensou ela, como a distância pareceu menor naquela noite longa e fatídica, quando o vento destroçava árvores como palitos de fósforos e o oceano lançava seus rugidos sobre a terra.

Ela freou quando chegaram à ponte, deixando o carro rodar em marcha lenta enquanto olhava mais uma vez para o lugar onde pensara que morreria. A ponte fora consertada agora e o mar brilhava sob ela, um azul-prateado benigno. Ela sentiu a mão de Camelia em seu ombro, virou-se e olhou para ele.

— Está tudo acabado agora, Mel — disse ele, gentilmente. — Não há por que temer este lugar novamente.

Mas por dentro ela ainda tremia. Só ao chegar do outro lado e expirar longamente que ela percebeu que estava prendendo a respiração. Mel seguiu em frente, subiu a pista tosca, entre as árvores, para a casa de praia. Ela parou o carro e desligou o motor. Ficaram lá em silêncio, contemplando o retiro particular de Ed, aquecendo-se no sol brando.

— É legal — disse finalmente Camelia, saindo do carro e subindo os degraus para a varanda. — É... legal — repetiu ele, aprovando. Ele estava melhorando mentalmente a imagem que fazia de Ed Vincent, o homem rico e figurão da construção civil. Este lugar era discreto e confortável, mais como uma cabana de pescador do que um palácio em Hampton, que era o que ele esperava.

Mel subiu os degraus e ficou perto dele, espiando pela janela. Ela agarrou o braço dele.

— Foi aqui. Esta é a sala onde o corpo estava. E o cofre fica ali atrás do quadro — a paisagem com o casebre na floresta.

— O casebre de Ed — imaginou Camelia e Mel achou que talvez fosse verdade. Ed não esquecera sua antiga casa, e de onde viera, mesmo depois de todos esses anos e de todo o seu sucesso.

— Vamos entrar — disse ela.

Camelia achou que ela queria acabar com os medos enfrentando-os.

— Sou um policial — disse ele. — Não invado a casa dos outros. Pelo menos, não sem um mandado.

— Bom, sou a amante do dono. E posso invadir a casa dele quando quiser — ela riu. — Além disso, não será a primeira vez.

— Você tem a chave?

Mel balançou a cabeça e ele suspirou enquanto dava a volta pela varanda para checar a porta. A fechadura era muito antiga, até uma criança poderia abri-la. Ele levou cinco segundos com o cartão de crédito.

— Minha nossa, meu bem — disse Mel, olhando admirada. — Qualquer um pensaria que você vive disso.

Ele empurrou a porta e eles ficaram parados na entrada, espiando como um par de ladrões, com medo de serem pegos.

— Não é legal invadir a casa dos outros assim — disse Camelia, constrangido. Mas Mel já passara por ele e se dirigia para a parte de cima que dava vista para o oceano. Ele a viu parar na frente da porta à direita, viu-a endireitar os ombros e respirar fundo antes de abrir a porta.

A luz do sol invadiu a sala que ela vira por alguns segundos terríveis antes da luz se apagar. Lá estava o lugar onde o homem morto estatelara-se no tapete numa poça vívida de sangue e pedaços amarelos de cérebro e carne e notas de dólares ensangüentadas. Agora era só um antigo tapete oriental, imaculado, em padrões azuis e vermelhos. As paredes repletas de livros não tinham um pingo de poeira, o único sinal de descuido era a begônia vermelha, murcha no peitoril da janela.

O coração de Mel desacelerou e ela deu um passo cauteloso para dentro da biblioteca. Depois outro, e mais outro. Estava tudo bem, disse ela para si mesma, tudo estava bem, não havia mais razão para ter medo. Esta era a biblioteca de Ed; estes eram seus livros; sua mesa ficava sob a janela, as canetas que usava estavam guardadas numa pequena caixa revestida de conchas marinhas. Que singelo, pensou ela, que ele tivesse aquela caixinha de conhas, quando poderia ter o melhor conjunto para mesa da Dunhill ou da Marc Cross. Mas este era Ed.

Mel ouviu Camelia atrás de si e apontou para o lugar onde o corpo estava caído, mostrou-lhe onde ficava o cofre.

Camelia ouviu tudo, mas não havia nada ali para ele aprender. A casa de praia fora totalmente limpa e também vasculhada pela polícia local, bem como pelo detetive de Ed. Seu interesse era acadêmico nesta altura da situação.

Segurando a mão dela, Camelia saiu da biblioteca e fechou a porta firmemente atrás deles.

— Vamos simplesmente apreciar a vista — disse ele, encaminhando-se para os janelões com vidro até o chão, abrindo um e levando-a para fora.

Eles tiraram os casacos. Camelia afrouxou a gravata e enrolou as mangas da camisa. E ficaram alguns minutos apenas respirando a brisa fresca que vinha do oceano, com os rostos levantados para o sol.

— Como os turistas em Jones Beach — disse ele.

O Grand Banks 38 Europa estava ancorado no cais particular à direita da casa, com um lanço de escadas de madeira descendo até ele. Camelia gostava de barcos, embora nunca tivesse tido um, e pensou que este era um belo brinquedo para um homem possuir. Pela segunda vez naquele dia, ele invejou Ed Vincent.

Ele desceu até o ancoradouro e pisou no imaculado convés de teca, madeira bonita e resistente do leste da Índia. Nenhuma fibra de vidro aqui; esta era uma embarcação respeitável, velha mas maravilhosamente restaurada. O verniz era perfeito, embora a lona verde sobre a ponte de comando tivesse sido rasgada no furacão. Camelia deu uma olhada no motor novo, completo com Walker Airseps e um pacote silenciador. Ele era poderoso, provavelmente cruzaria a uma velocidade de quatorze nós.

Mel juntou-se a Camelia. Ela andou lentamente pelo convés, passando a mão pela teca da borda da embarcação, que de algum modo ela sabia que o próprio Ed polira. Havia um pequeno camarote mais à frente, com uma cama cônica embutida e um armário um tanto grande. Na minúscula cozinha havia um queimador elétrico, um microondas e um frigobar com tampo da mesma madeira.

Este era um barco de homem, sem frescura, sem decoração, e

imaculado como um teatro em funcionamento. Ela foi até a borda da proa e apoiou os braços na amurada, fitando as profundezas azuis. Seus pensamentos estavam em Nova York, naquele quarto de hospital com o policial fardado do lado de fora, guardando um homem que estava morrendo. Lágrimas rolaram sem controle por suas faces, pingando na água parada, e ela apoiou a cabeça na amurada, deixando a emoção levá-la.

Depois de algum tempo, Camelia a encontrou lá. E parou ao seu lado meio constrangido. O corpo esguio dela sacudia com os soluços, mas mesmo querendo muito, ele não conseguia encontrar as palavras de conforto.

— Não há nada para dizer que não tenha sido dito, Mel — disse ele por fim. — Nada para fazer que já não esteja sendo feito.

Ela concordou.

— Eu sei. — Sua voz estava abafada e ele chegou mais para perto dela. Ele queria abraçá-la, como fizera no primeiro dia em que a encontrou. Só que agora ele a conhecia, e a compaixão que sentia por ela era diferente.

Algo chamou sua atenção. Algo à deriva, puxando a corrente da âncora. Ele inclinou-se sobre a amurada, espiando o vulto, apenas visível sob a água em movimento.

Ele procurou em volta por um croque, achou um no armário, e voltou depressa. Debruçado sobre a amurada, ele tentou fisgar até conseguir. Camelia estava suando; era um peso morto e ele não conseguia içá-lo. De algum modo a coisa se prendera à corrente da âncora.

Ele desistiu.

— Mel, meu bem — disse ele e, Deus a abençoe, ela levantou a cabeça e sorriu para ele, os olhos cheios de lágrimas.

— Eu falei que essa coisa de "meu bem" era contagiosa — disse ela com um soluço.

— Querida — mudou ele com firmeza. — Por que não volta para a casa e tira uma boa soneca num daqueles sofás confortáveis?

Ela arregalou os olhos.

— Por quê?

Ele suspirou, mas sabia que cedo ou tarde teria de contar a ela.

— Acho que encontramos algo de interesse no barco. Vou ligar para o xerife local e pedir que venha até aqui.

Ela debruçou-se na amurada.

— Não vejo nada.

— Tem alguma coisa presa na corrente da âncora. Preciso de ajuda para erguê-la.

— Você não acha... — disse ela com os olhos ainda mais arregalados.

— Não sei o que acho. Enquanto isso, vá fazer uma xícara de chá para você ou qualquer outra coisa que as beldades sulistas fazem quando não são desejadas por perto.

— Chá de camomila — disse ela, enxugando os olhos vermelhos com um lenço de papel encharcado. Ele ofereceu a ela seu lenço. — *Déjà vu* mais uma vez. — Ainda fungando, ela conseguiu sorrir, lembrando de quando adivinhou que ele era casado por causa do lenço limpo que sempre carregava. — Mas não pense que vai se livrar de mim tão facilmente, detetive Camelia. Vou ficar bem aqui até descobrirmos o que tem na água.

— Você pode não gostar — advertiu ele.

— Assumo o risco.

Mel deu a volta no convés e sentou na sombra enquanto Camelia ligava para os policiais. Depois ele voltou e sentou perto dela.

— Eles estarão aqui em dez minutos — disse ele e ficaram em silêncio, olhando para o oceano. Esperando.

39

O departamento do xerife era eficiente. Eles trouxeram um mergulhador, além de croques enormes, cortadores de metal e dois assistentes fortes e grandalhões.

Banida para a varanda, Mel observou o mergulhador deslizar para o lado, depois desaparecer debaixo d'água. Sem demora nenhuma, ele voltou à tona.

— É uma espécie de contêiner — ela o ouviu dizer. — Só que alguém teve o trabalho de enrolar uma corrente pesada em volta dele. — O troço pesa uma tonelada.

O xerife entregou-lhe um cortador de metal e ele mergulhou de novo. Mel esperou ansiosa que ele emergisse, mas desta vez ele levou uma eternidade. Ela podia ver Camelia andando pelo convés, mãos atrás das costas, parecendo tão deslocado nesta paisagem marítima como um dente-de-leão em Times Square. O vento desmanchou os cabelos pretos e lisos dele e ela sorriu. Camelia era um pedaço de homem, embora ele provavelmente nem soubesse disso. Mas ela apostava que Claudia sabia. E Claudia, pensou ela, era uma mulher de muita sorte.

Finalmente, o mergulhador emergiu, lutando com alguns

— Querida — mudou ele com firmeza. — Por que não volta para a casa e tira uma boa soneca num daqueles sofás confortáveis?

Ela arregalou os olhos.

— Por quê?

Ele suspirou, mas sabia que cedo ou tarde teria de contar a ela.

— Acho que encontramos algo de interesse no barco. Vou ligar para o xerife local e pedir que venha até aqui.

Ela debruçou-se na amurada.

— Não vejo nada.

— Tem alguma coisa presa na corrente da âncora. Preciso de ajuda para erguê-la.

— Você não acha... — disse ela com os olhos ainda mais arregalados.

— Não sei o que acho. Enquanto isso, vá fazer uma xícara de chá para você ou qualquer outra coisa que as beldades sulistas fazem quando não são desejadas por perto.

— Chá de camomila — disse ela, enxugando os olhos vermelhos com um lenço de papel encharcado. Ele ofereceu a ela seu lenço. — *Déjà vu* mais uma vez. — Ainda fungando, ela conseguiu sorrir, lembrando de quando adivinhou que ele era casado por causa do lenço limpo que sempre carregava. — Mas não pense que vai se livrar de mim tão facilmente, detetive Camelia. Vou ficar bem aqui até descobrirmos o que tem na água.

— Você pode não gostar — advertiu ele.

— Assumo o risco.

Mel deu a volta no convés e sentou na sombra enquanto Camelia ligava para os policiais. Depois ele voltou e sentou perto dela.

— Eles estarão aqui em dez minutos — disse ele e ficaram em silêncio, olhando para o oceano. Esperando.

39

O departamento do xerife era eficiente. Eles trouxeram um mergulhador, além de croques enormes, cortadores de metal e dois assistentes fortes e grandalhões.

Banida para a varanda, Mel observou o mergulhador deslizar para o lado, depois desaparecer debaixo d'água. Sem demora nenhuma, ele voltou à tona.

— É uma espécie de contêiner — ela o ouviu dizer. — Só que alguém teve o trabalho de enrolar uma corrente pesada em volta dele. — O troço pesa uma tonelada.

O xerife entregou-lhe um cortador de metal e ele mergulhou de novo. Mel esperou ansiosa que ele emergisse, mas desta vez ele levou uma eternidade. Ela podia ver Camelia andando pelo convés, mãos atrás das costas, parecendo tão deslocado nesta paisagem marítima como um dente-de-leão em Times Square. O vento desmanchou os cabelos pretos e lisos dele e ela sorriu. Camelia era um pedaço de homem, embora ele provavelmente nem soubesse disso. Mas ela apostava que Claudia sabia. E Claudia, pensou ela, era uma mulher de muita sorte.

Finalmente, o mergulhador emergiu, lutando com alguns

metros de corrente enferrujada. Os oficiais grandalhões inclinaram-se e pegaram a corrente dele, depois, com os croques, puxaram a caixa para a superfície.

Camelia ficou de joelhos, molhando sua imaculada calça cinza-escuro mesmo sabendo que a água do mar a estragaria, ajudando a passar a caixa pesada da proa para o convés.

Os homens ficaram parados, olhando o contêiner de plástico azul, manchado de ferrugem e selado com fita isolante amarela.

Eles retiraram a fita e abriram a tampa.

— Deus! — Mel ouviu Camelia gritar e todos deram um passo para trás, mãos tapando os narizes.

— Pelo amor de Deus, ponha a tampa de volta — disse o xerife, sufocado, pegando o telefone e chamando o rabecão.

— Sim, é um corpo — Mel o ouviu dizer. — Mas de quem, ou mesmo do que, é difícil dizer. Nestas condições, pode ser até de um cachorro morto.

Camelia subiu os degraus de madeira em direção à Mel. Ela foi ao encontro dele.

— Isso não é real — murmurou ela, horrorizada. — Isso não acontece com pessoas legais como eu. Isso é um pesadelo e está piorando.

Camelia pôs os braços em torno dela. Ele podia sentir a maciez dela contra o peito, sentir os tremores que sacudiam seu corpo, sentir seu suave perfume floral.

— Eles vão fazer uma necropsia — disse ele. — É impossível saber, neste momento, de quem é, mas aposto que se trata do corpo na biblioteca.

— Ponto para Agatha Christie — murmurou ela no ouvido dele. — Agora tudo o que precisamos fazer é encontrar o mordomo.

Ele a soltou, relutante.

— Vamos sair daqui — disse ele, entregando-lhe a jaqueta de couro. — Preciso de um ar mais fresco do que este, bem como de um drinque.

Ela encaixou o braço no dele e saíram apressados para o carro. Desta vez ele dirigiu. Na ponte de mão única eles encontraram o rabecão que chegava, bem como um carro do esquadrão com o fotógrafo da polícia. Eles esperaram Camelia passar antes de continuarem.

— Eles vão precisar falar com você mais tarde — disse Camelia, e ela concordou.

— Desde que eles não pensem que eu sou a autora — acrescentou ela, abatida.

Diferente de Hainsville, havia realidade em Charleston. Ela fazia parte da história: graciosa, elegante, gentil. E o Charleston Place era um grande hotel, imponente no centro histórico, com piso de mármore e lustres resplandecentes. O bar era ótimo, também, o que, pensou Camelia, era onde eles pareciam passar muito tempo juntos ultimamente.

— Você vai acabar como Mamzelle Dorothea? — perguntou ele com um sorriso, enquanto Mel sentava no banco e pedia um *cosmopolitan*, com a vodca francesa Grey Goose, por favor, se eles tivessem. E é claro que tinham.

— Duvido que Mamzelle Dorothea tenha tido uma tarde igual a esta que a levasse a beber. Meu palpite é que ela chegou lá sozinha — disse Mel, girando a rodela de limão no bonito coquetel cor-de-rosa. — Ela certamente é uma madame que viveu numa daquelas mansões, antes de queimar todo o dinheiro em bebida.

— Acontece nas melhores famílias — disse ele, bebericando o malte que era quase da cor exata dos olhos dela. E por que diabos ele não conseguia esquecer isso? Ele tomou um grande gole e pediu outro, prometendo a si mesmo mudar para vodca, clara e sem cor, amanhã. Hoje, porém, ele vira o bastante para virar o estômago de qualquer homem, e o uísque aquecia seus órgãos vitais de um modo muito positivo. Ele lançou um olhar de esguelha para Mel.

— Vai fazer alguma coisa especial esta noite, madame?

Ela virou-se para ele, pensando sobre o assunto. Ele prendeu a respiração. Olhar nos olhos dela era quase como olhar para uma máquina caça-níqueis em Las Vegas, esperando aquelas cerejas iguais.

— Bom — disse ela lentamente. — Eu estava pensando em apenas relaxar na banheira, depois talvez um prato de canjica...

As feições dele caíram e ela riu.

— Estou brincando. Não, sou uma mulher sozinha esta noite. O que tem em mente?

— Jantar? Não numa espelunca, mas em um lugar legal, próprio para uma madame sulista.

Ela riu novamente, aquele agradável tinido que ele começava a associar às mulheres sulistas.

— Você deve estar me confundindo com Mamzelle Dorothea — disse Mel. — Ela é a madame sulista.

— É, e ela não vai deixar ninguém esquecer disso. Viu o jeito como ela lidou com Rhianna Fairland? Como uma condessa com um vassalo.

— Desconfio que nossa Mamzelle é uma durona com um coração de ouro — disse Mel e, depois acrescentou: — Ela tinha de ser alguma coisa especial para Ed amá-la.

— Ele fica com todas as melhores mulheres — disse Camelia

suavemente. Depois, para disfarçar o constrangimento, pediu outro drinque. — Outro para você?

Ela recusou, descendo do banco.

— Acho que vou tomar aquele longo banho de banheira. Ficar apresentável para você.

Ele olhou para ela: a blusa branca justa, a saia preta curta, a velha jaqueta de couro jogada nos ombros... ele a aceitaria de qualquer jeito.

— Você parece ótima para mim — disse desejoso. E ouviu o riso dela quando saía com passadas largas do bar, queixo levantado, franja balançando.

Não foi fácil conseguir uma reserva no 82 Queen, mas Camelia ouvira que era o melhor, então ele fez valer um pouco de sua autoridade e acabou conseguindo. Ele esperara no saguão do hotel por meia hora agora, ansioso para não atrasar, ávido por cada minuto desta noite. Ele não sabia o que esperar, certamente não estava planejando nada. Ele deixaria as coisas seguirem o rumo natural.

Mel irrompeu do elevador, atrasada e, como sempre, com pressa. Quando atravessou o saguão de mármore com seus passos largos em direção a ele, Camelia jurou que todos os homens viraram as cabeças para olhá-la. Ela movia-se, derretida como melado quente, confiante e despercebida da sensação que estava causando com aquele vestido preto colado e saltos altíssimos. Ela era uma experiência fora deste mundo, uma garota dourada; ele jamais conhecera, ou vira alguém igual. Ele ficou de pé, balançando a cabeça.

— Você está maravilhosa — disse ele, pegando a mão dela e levando aos lábios.

— Ora, detetive Camelia, obrigada — ela riu. — Deve ser este vestido — disse ela, passando as mãos pelas curvas e puxando a barra.

Ele desviou os olhos às pressas de suas longas pernas, nuas e beijadas pelo sol.

Meu Deus, ele estava ficando romântico nessa idade, pensando em pernas como "beijadas pelo sol". E ele, um homem de 46 anos com quatro filhos. E além disso, um policial e ela... Ele esquecera o que Melba era exatamente em relação a este caso, exceto que estava lá para ajudá-lo a descobrir coisas sobre o passado de Ed Vincent. Mas uma coisa ele sabia com certeza: ela era louca por Vincent.

Ele ajeitou a gravata, alisou o cabelo para trás naquele gesto familiar que ela achava tão estrela de cinema e que a fazia rir, depois ofereceu o braço para ela. Ainda rindo, ela engatou o braço no dele, e saíram juntos para a rua onde pegaram um táxi. Camelia poderia ter jurado que estava andando nas nuvens.

O 82 Queen estava repleto; pessoas circulavam na entrada, tomando drinques e esperando por mesas, e havia um burburinho de conversas e risos. Mas Camelia e Mel foram imediatamente levados para um charmoso pátio de tijolo aparente, e acomodados em uma mesa à luz de velas sob um caramanchão de glicínias e rosas.

— Ed adoraria este lugar — disse Mel, meio que para si mesma, enquanto olhava em volta.

— Provavelmente ele já o conhece bem — Camelia pegou o cardápio oferecido pelo garçom. — Afinal esta é a cidade dele.

— A cidade adotada por ele. E graças a Deus por isso — acrescentou Mel.

Sem perguntar o que ela queria para beber, ele pediu uma garrafa de champanhe. Mas perguntou-lhe qual preferia. Ela escolheu a Perrier Jouet Fleur de Champagne Rosé, porque adorava a cor rosada e o gosto.

— Champanhe é tão... comemorativo, acho que é a palavra certa — disse ela, dando a ele aquele riso de orelha à orelha novamente. — E este é o favorito de Riley.

— Riley tem um champanhe favorito? Aos sete anos de idade?

Ela riu.

— Claro que tem. Sempre deixo ela provar. Assim, creio que a curiosidade não a matará mais tarde, na puberdade, quando surgem as pressões. Mas ela só pode provar, nada mais. Ela também gosta muito de caviar. Beluga por opção, embora Sevruga seja aceitável — Mel riu novamente. — Isso se deve a Ed. Eu nunca poderia comprar caviar. E por falar nisso — acrescentou, lembrando o preço do champanhe —, nós vamos dividir essa conta, Marco Camelia. Você não pode gastar com champanhe o salário da polícia.

— E você não pode gastar com champanhe dirigindo um caminhão de mudanças.

Eles riram juntos, e mais uma vez ela estendeu a mão e tocou na dele.

— Quer saber de uma coisa? Eu realmente gosto de você — disse ela. — Quer dizer, no início o detestei, achava que você pensava que era Al Pacino num filme policial e eu a loura suspeita que na sua opinião tinha cometido o crime.

— Ah, é? — ele riu. — E o que você acha agora?

— Eu acho... — respondeu ela, olhando para ele, observando seu rosto anguloso, o queixo firme, as linhas severas da boca e terminando nos olhos. Olhos castanho-escuros, suaves e profundos que fitavam os seus com uma expressão um tanto desnorteada. — Eu acho que você é meu herói — sussurrou ela. — Você é o homem que vai encontrar quem atirou em Ed. Tenho uma dívida enorme de gratidão para com você, Marco Camelia.

Ele balançou a cabeça.

— Você não tem, ainda não, Zelda-Melba Merrydew. Ainda não o encontrei. Além disso — Camelia encolheu os ombros —, sou apenas um policial fazendo o meu serviço. Não sou herói de ninguém.

— Ah, sim, você é — disse ela, levantando, contornando a mesa e plantando um beijo na boca dele.

O beijo, pensou Camelia, foi mais potente do que a garrafa de champanhe.

— Meu Deus, por que você fez isso? — disse ele, pondo a mão nos lábios, atordoado. — Você está me enlaçando como uma planta trepadeira.

Ela sentou pesadamente na cadeira oposta, rindo.

— Porque, meu querido Marco, eu amo você. Eu amo você por ser um homem honesto, por ser um homem dedicado, por ser um homem de bom coração. E por ser meu amigo.

O garçom serviu o champanhe e Camelia levantou a taça.

— Vou brindar a isso — disse ele, tremendo. Mas não havia como poder lhe dizer o que sentia por ela.

— Amigos! — disse Mel, levantando a taça, tocando na dele, e os dois beberam. Ela suspirou alegremente, segura por saber que Ed, embora ainda em coma, parecia estar agüentando firme. "Nem melhor, nem pior", foi o que o médico lhe dissera.

— E um brinde ao Ed — disse Camelia, e novamente tocaram as taças. — A sua pronta recuperação. E... — acrescentou ele. — Que todos os seus sonhos se realizem.

Os olhos de Mel encheram-se de lágrimas que ela não iria permitir que rolassem.

— Obrigada — disse simplesmente. E depois prosseguiu com o pedido: sopa de caranguejo temperada com xerez, camarões grelhados e canjica com queijo ralado e cebolinha. Ela o persuadiu a pedir as ostras recheadas com caranguejo e a costeleta de cordeiro grelhada à moda da Geórgia servida com uma pêra caramelada.

— Assim posso experimentar a sua comida também — disse ela, faminta. Depois acrescentou, lembrando: — Ah, meu Deus, não posso comer com esse vestido.

— Pensei que ele expandisse — disse ele, olhando suas curvas, duvidoso.

— É, quem sabe — disse ela, fixando o olhar nele novamente. — Quer saber? Mesmo assim vou tentar.

Ele não percebera que ela era uma glutona. Tudo o que a vira comer — e isso relutantemente — fora *bacon* com ovos e pão. Mas quando se tratava de comida de verdade, esta moça era uma devoradora. Ele riu de seu entusiasmo enquanto ela tomava a sopa com huuns e aahs, roubando algumas de suas ostras, só para provar, e revirando os olhos.

— Pensei que você vivesse a base de barras energéticas e Coca-Cola *diet* — disse ele, rindo, mas ela não parecia se importar.

— E eu vivo. Mas não quando outra pessoa faz a comida. E esta, Camelia meu caro, é muito boa — disse ela, olhando para ele. — Então, fale-me mais sobre você.

— Tudo o que posso lhe dizer é que minha história é muito menos romântica que a de Ed.

Ela encolheu os ombros.

— A dele parece uma versão do inferno, para mim.

— Ela foi, mas é o tipo de coisa dos livros de romance. Rapaz pobre que vence na vida contra todas as probabilidades. Nunca pensei que acabasse assim na vida real. Meu avô não teve tanta sorte. Ele veio da Sicília para os Estados Unidos, conseguiu trabalho numa fábrica de chapéus... todo mundo usava chapéu naquela época. Ele dividia um quarto com outro siciliano, poupou o que pôde. Então seu companheiro de quarto disse que tinha uma emergência familiar. Meu avô emprestou a ele tudo o que tinha. Cada centavo. Ele nunca mais viu o companheiro. E nunca mais confiou em outro siciliano. Demorou alguns anos, mas finalmente conseguiu trazer minha avó. Eles viveram num apartamento de um cômodo num prédio de aluguel no Lower East Side. Ela também trabalhava como ajudante numa loja local, limpava a casa dos outros, tomava conta das crianças dos outros... fazia o que ela podia. Até ter o próprio filho. Um menino. Meu pai, Ottavio Camelia. — Ele fez uma pausa quando ela espetou um camarão, oferecendo a ele.

— Tome, experimente — insistiu ela, segurando o garfo com o molho pingando. — Você nunca vai comer um melhor do que este.

Ele pegou o garfo, provou. O cheiro tênue de seu batom cobria o camarão e ele agarrou-se à sua lembrança.

— Mais — insistiu ela. — Fale mais. Sobre o seu pai.

Ele encolheu os ombros.

— Não há muito para dizer. Ele era um garoto estudioso, terminou o colegial, mas como tantos outros, não teve chance de ir para a universidade, tinha de sair para a vida e ganhar dinheiro. Ele teve mais de uma dúzia de empregos durante anos. Depois se tornou um policial. E se casou com uma moça italiana muito bonita, Carmela — disse rindo. — Que depois teve de viver com o desafortunado nome de Carmela Camelia pelo resto de seus dias. Eles tiveram três filhos, eu e duas filhas. Compraram uma casinha no Bronx, conseguiram nos criar, nos colocar na escola, pagar por dois elegantes casamentos italianos. — Ele encolheu os ombros novamente. — E entrei para a polícia.

— Tal pai, tal filho — disse ela, olhos brilhando de interesse.

Ele concordou.

— Depois conheci Claudia...

— Uma beldade porto-riquenha.
Ele assentiu novamente, sorrindo.
— Concordo com essa descrição. E você sabe o resto.
— Não, não sei.
Ele olhou para ela, surpreso.
— Ainda não sei quais são os seus sonhos — acrescentou ela suavemente.
Ele tirou a garrafa do balde de gelo, reabasteceu os copos.
— Não sei bem quais são os meus sonhos. Mas suspeito que, como a maioria das pessoas, em alguma parte do caminho eles ficam enterrados na realidade da vida.
— Como os meus. — Ele olhou interrogativamente para ela. — Eu sempre quis ser bailarina — explicou ela. — Eu era a pequena desajeitada da classe de balé, a fada magricela com *tutu* cor-de-rosa, malha frouxa e uma vara de condão com uma estrela na ponta. Sempre apontando o dedão errado e ultrapassando o tamanho das outras crianças — disse suspirando. — Eu me sentia como o gigante no topo do pé de feijão. E continuei crescendo até não existir um bailarino que pudesse me levantar. — Ela deu a ele aquele sorriso largo e tomou um gole. — Adoro esse champanhe — disse ela, imaginando. — Você não acha que podíamos comprar uma garrafa para Mamzelle Dorothea, como um agrado?
— Não acha que ela o trocaria por Southern Confort?
— Talvez não, mas seria uma forma de agradecimento. Talvez pudéssemos levar para ela algumas tortas e bolos franceses, teremos uma reunião para o chá.
— Sem o chá.
Mel riu.
— É verdade, não dá para ver Mamzelle Dorothea como apreciadora de chá — disse ela, limpando o último pedacinho de pêra

do prato dele e acrescentando com um suspiro de satisfação: — Isso é o céu, ou o quê?

Ele estava prestes a concordar com ela, quando seu celular tocou.

Ela fez uma pequena careta.

— A realidade chama — reclamou ela, olhando apreensiva quando ele respondeu. Ele disse sim e não e encontro você às onze e meia. Depois desligou. Ela olhava com expectativa para ele.

— O xerife. A necropsia é hoje à noite. Ele perguntou se eu queria estar lá.

Ela tomou um grande gole de champanhe, tentando não pensar sobre o conteúdo do contêiner azul tirado do mar.

— Acho que não vou querer sobremesa — disse ela numa voz que de repente ficou pequena.

— Sinto muito. Este não é uma bom assunto para a mesa de jantar. E dificilmente o modo de terminar uma noite perfeita.

— A noite foi perfeita, Marco?

Ela estendeu a mão para ele novamente e desta vez ele a segurou com firmeza.

Será que era o champanhe falando, questionou ele, quando disse:

— Para mim, foi. A noite mais perfeita de que posso me lembrar.

Mel respirou fundo. Ela sabia que estava em terreno perigoso.

— Então a sua memória deve ser extremamente curta, detetive — disse tentando invocar um sorriso. — Talvez você devesse sair mais com Claudia, oferecer-lhe champanhe.

— Talvez — ele concordou. Lamentavelmente, pensou Mel. — Exceto que Claudia prefere um bom vinho tinto a champanhe. Um vigoroso Chianti Riserva de Antinori é o que sempre ofereço a ela nos aniversários.

— Que bom — disse ela, apertando a mão dele e a retirando em seguida. — Eu precisava saber que você gosta dela.

Seus olhares se fixaram.

— Eu gosto. Acredite-me, Melba Merrydew, eu gosto.

Mel ficou feliz por ele não ter escorregado e a chamado de Zelda novamente. Marco Camelia era um homem gentil. Um bom homem. Um homem muito atraente. Mas o coração dele pertencia a outra, assim como o dela devia pertencer.

— Amigos — disse ela de novo enquanto ele fazia sinal para o garçom, pedindo a conta.

— Sempre — disse ele simplesmente.

E de algum modo, ela sabia que ele estava sendo sincero. A lealdade era outra faceta de seu caráter, escondida, junto com a delicadeza, sob a fachada do policial siciliano durão.

40

Uma necropsia não era exatamente o evento que Camelia teria escolhido para participar depois de um memorável jantar com sua mais que memorável companhia, mas ele estava ali para trabalhar.

 Ele a deixou no hotel. Ela deu-lhe um beijo de boa-noite no saguão sob os olhares invejosos dos hóspedes e funcionários masculinos, depois seguiu para o elevador com um pequeno aceno de mão, sorrindo amigavelmente para cada um que passava.

 Olhando para ela, Camelia balançou a cabeça. Ele guardaria a lembrança da imagem dela para sempre.

O Departamento de Patologia era todo de aço e ladrilhos brancos, com o cheiro de formol sobrepondo o odor da deterioração. Uma ala de gavetas de aço refrigeradas continha os restos daqueles que esperavam pela necropsia ou para serem reconhecidos por seus parentes mais próximos. Enquanto esperava, alguém passou por ele empurrando um corpo coberto por um lençol e com uma etiqueta no dedão a caminho de sua humilhação final — ter o seu interior inspecionado para averiguar a causa da morte.

Ele sabia por experiência que os patologistas não eram os artesãos gentis ou artistas que eram os cirurgiões. Ali, os corpos eram abertos de modo grosseiro e por serras, seus órgãos removidos, pesados e jogados em pratos de aço; até o conteúdo do estômago era inspecionado e considerado. Ferimentos eram cutucados e espetados, e quando o trabalho terminava, os corpos eram costurados novamente, com pontos grandes, e não com o cuidado da sala de cirurgia. Inteiro novamente, depois da necropsia, o corpo parecia nada mais que o monstro de Frankenstein, pronto para levantar e fazer fama na tela de cinema.

Exceto que neste caso não havia corpo para abrir e dissecar. Tudo o que tinham era um amontoado de carne podre e nauseante e uma pilha de ossos.

Em algum lugar no meio disso, o patologista encontrou dentes que poderiam ser comparados para identificação. E cabelos para os testes de DNA. E o fato de que este era um macho da espécie humana. Além de cinco balas que pareciam ter saído de uma 40mm semi-automática.

Camelia arrependeu-se das ostras recheadas. Seu estômago revirou, mas ele forçou-se a resistir. Como um membro ianque do DPNY, ele não podia denegrir seu time na frente dos confederados.

— Não sei como consegui — disse ele maravilhado quando o trabalho terminou e os restos nauseantes foram cuidadosamente selados num contêiner de metal.

— Para dizer a verdade, às vezes também não sei — respondeu o médico de cabelos grisalhos. — Anos de experiência, acho. Mas não me importo de admitir que muitas vezes perdi minhas refeições, quando era novato. — Ele riu enquanto tirava as luvas e lavava as mãos. — Venha, vamos tomar um café bem forte e lhe direi o que descobri.

Eram duas e meia da manhã e o café quente fez bem ao estômago gelado de Camelia. O patologista disse que o sujeito era sem dúvida um homem e que já estava morto quando foi posto na caixa. Que os cinco tiros à queima-roupa causaram a morte e, supunha, tinham explodido o topo da cabeça. Provavelmente uma 40mm.

Iguais às balas que atingiram Ed Vincent, notou Camelia.

A partir dos cabelos e da textura da pele, o patologista supunha que o homem era latino. E sabia que fora atingido por trás.

— Como é que sabe tudo isso... — perguntou Camelia, sem poder sequer descrever a massa viscosa e podre no contêiner.

— Este é o meu trabalho — disse o médico, sereno. — E agora tenho outro para atacar antes de poder descansar um pouco. Então, se você me der licença

Ao apertar a mão fria do patologista, Camelia sentiu o cheiro de formol e desinfetante que ainda o envolvia. Ele não se preocupou em terminar o café. Saiu de lá, voltou para o hotel e estava no telefone com o departamento em segundos. Necropsias sempre o perturbavam e sentia-se agradecido apenas por estar vivo.

Ele passou a informação para os colegas, disse-lhes que o corpo no contêiner e como foi parar lá era um duplo mistério; que o resultado do DNA sairia em aproximadamente seis semanas; ouviu os resmungos costumeiros, e acrescentou que achava que podiam supor que era o sujeito de aparência hispânica que Melba Merrydew vira, morto, na casa de praia de Ed Vincent.

Depois escreveu um relatório completo sobre os eventos do dia, exceto a conversa com Mamzelle Dorothea, que, por enquanto, escolhera manter para si. Havia mais para vir desta história e ele não queria divulgar nenhum segredo até saber que rumo ela tomaria.

A cama do hotel era firme, os cobertores quentes, e ele dormiu logo que sua cabeça tocou o travesseiro. O que, já que eram cinco da manhã, não queria dizer muito, porque tinha de estar de pé às sete e meia, pronto para tudo o que o dia seguinte reservava. E para um outro dia na companhia da srta. Melba.

41

Na manhã seguinte eles encontraram Mamzelle Dorothea recostada na grande almofada de leopardo, olhos pálidos avivados pelo interesse, esperando por eles.

Inclinando-se para beijá-la, Mel sentiu o cheiro doce de pó-de-arroz e ficou sensibilizada por ela ter se arrumado para eles, como a beldade sulista que ela devia ter sido outrora. Mas Mamzelle Dorothea esquivou-se do abraço dela.

— Ora, beijar virou lugar-comum ultimamente — disse ela, fazendo sinal para que se afastasse com a mão esquelética cheia de veias azuis. — Virou um gesto sem sentido entre pessoas que quase não se conhecem, sem falar em querer bem.

— Ah, mas eu a quero bem, Mamzelle — disse Mel sem se perturbar. Depois sentou-se no banquinho, sorrindo para ela. Pelo leve rubor que surgiu nas faces de Dorothea, Mel desconfiou que ela ficou comovida com o beijo mas não quis admitir.

— Suponho, já que você se diz apaixonada por Ed, que saiba qual é o estado dele esta manhã.

— É claro que sei. Falo com os médicos várias vezes por dia. E noite — acrescentou ela, lembrando daquelas aflições às três da manhã, sozinha no quarto do hotel, quando teve a nítida sensação de qual algo estava terrivelmente errado e telefonara, suando e meio demente, apavorada com o que poderia ouvir. Ed estava agitado, eles lhe disseram, mas seu estado permanecia o mesmo.

Mel pensou que era como se o corpo dele tivesse entrado numa rotação neutra, um motor em aquecimento. Esperando. Mas o quê?

— Gostaria de poder lhe dar notícias melhores — disse ela calmamente. — Mas Ed ainda está em coma, ainda está no respirador. Há atividade cerebral, porém, e isso torna os médicos esperançosos.

— Ele sempre teve um bom cérebro — concordou Dorothea. — Eu sabia disso mesmo naquela época, quando ele era um garoto, e sem estudo, que havia uma luz nele. Suponho que os psiquiatras diriam que transferi minhas próprias ambições e desejos para ele, mas estariam errados. Fui eu quem se beneficiou com ele. Era prazeroso para mim mostrar a ele outro mundo, ensiná-lo sobre a vida e como viver. — Ela riu, aquele cacarejo de bruxa que fez Mel se sobressaltar. — E aquele garoto absorveu tudo como uma esponja — acrescentou Dorothea, lembrando. — Mas na verdade — prosseguiu — ele não sabia o que fazer da vida. Havia passado aquele verão vivendo com migalhas, passando fome no inverno. Tudo indicava que ele não agüentaria, poderia estar morto na primavera. Naquela noite, ele voltou à estufa. Eu tinha vasculhado nos armários algumas roupas para ele, cobertores quentes para sua cama tosca. Tinha aberto uma lata de carne ensopada que esquentei, junto com arroz e pão.

Os olhos dela tinham uma expressão longínqua e ela sorriu, lembrando da expressão no rosto dele quando provou a comida, como se tivesse morrido e estivesse no céu.

— Durante aqueles dias áridos de inverno, nos conhecemos um pouco melhor. Eu me lembro de ter rido quando ele me perguntou sobre minhas esperanças para o futuro. "Não há futuro para mim, Theo", eu disse a ele. "Apenas o dia de hoje." Ele olhou para mim e soube que eu tinha razão. Eu era o que era. Uma mulher com mais de sessenta anos que gostava muito da garrafa. Um dia perguntei se ele gostaria de conhecer a casa, mas percebi que estava com medo. "Não tem problema", eu disse a ele, "eles me conhecem. Prometo que eles não vão pensar que você vai roubar a prataria da família." Ah, minha casa! — O suspiro de Dorothea foi tão esvoaçante como uma brisa de primavera. — A Casa Jefferson era famosa, sabe, há muitos e muitos anos. É claro que meu pai quis mudar o nome para Casa Duval, mas mamãe disse a ele que os Duval eram apenas *nouveaux-riches*, e é claro que os Jefferson estavam lá desde sempre, então a casa permaneceu como estava. Mas agora ela estava como o jardim: uma ruína. Não sobrou dinheiro, sabe, para manter o lugar, e o pouco que sobrou gastei com bebida. Eu era uma verdadeira rebelde sulista — acrescentou Dorothea, com um sorriso travesso. — Sempre fiz as coisas como quis, mesmo sabendo que não estavam certas. Ora bolas, não havia dinheiro suficiente para recuperar a casa de qualquer modo. Nem o mínimo necessário. E além disso, só sobrara eu para cuidar.

Ela enfiou a mão por trás da almofada, puxou a garrafa de Southern Confort e estendeu o braço para pegar o copo.

— Mamzelle, por favor — Camelia estava de pé. — Permita que eu faça isso.

Ele pegou a garrafa e serviu uma boa dose para ela.

— Um ianque com boas maneiras. Eu não sabia que isso existia — disse ela, lançando-lhe um olhar divertido.

— Um siciliano ianque, senhora — corrigiu Camelia. — E meu avô acreditava no modo antigo de fazer as coisas. Honestidade, cortesia e respeito pelos mais velhos.

— É mesmo — disse ela, pensando sobre o assunto enquanto tomava um bom gole da bebida. — Gostaria que meu pais sulistas tivessem feito o mesmo por mim — acrescentou ela com aquele risinho maroto. — Bom, de qualquer modo, a casa estava como o jardim, e eu também. Uma ruína. Theo e eu andamos juntos por aqueles quartos outrora elegantes, apinhados com aqueles móveis escuros, cheios de carunchos agora, e tapetes orientais puídos e espelhos embaçados, e cortinas tão desgastadas pela idade, que se desfaziam ao toque. Sentamos na biblioteca e ele ficou olhando para todos aqueles livros. Milhares deles, e todos cobertos, como o resto da casa, com uma camada de poeira de algumas décadas. "Todo esse conhecimento", foi o que ele disse com admiração.

Mamzelle suspirou e tomou outro gole de *bourbon*.

— Vi aquela expressão de anseio no rosto dele e soube que ele tinha tanta sede de aprender quanto eu de beber. E ele era um cavalheiro, também. Nunca sequer mencionou as garrafas vazias escondidas em todos os cantos. "Beber", eu disse a ele. "É isso o que as mulheres fazem, quando ficam velhas e sozinhas." Depois, o levei para a cozinha. Posso vê-lo agora, indo em direção ao fogo na grelha como um pombo-correio, levantando as mãos para aquecer, e farejando o café fresco sobre o fogão. Então ele percebeu. "Esta casa é sua, não é?", ele me perguntou. E eu disse a ele que a casa pertencia à família Jefferson há mais de duzentos anos. Não à família Duval. Eles eram apenas crioulos. Novos-ricos da Louisiana, sabe — acrescentou ela, como se isso fizesse uma grande diferença, o que Mel, uma sulista, sabia que fazia para Dorothea.

— Negociar com os franceses tornaram os Duval ricos, mas nunca lhes deu classe — disse ela, torcendo o nariz acintosamente.

— Mesmo assim, mamãe caiu de amores por aquela beleza bronzeada e aquele sotaque afrancesado de Nova Orleans. Ela insistiu em se casar com o monsenhor Paul Duval, apesar de seu pai ser contra e ameaçar tirá-la do testamento. Mas é claro que os Duval tinham mais dinheiro do que os Jefferson naquela época, então a ameaça foi em vão. Ela acabou se casando com ele e eu fui o resultado. Não houve irmãos para evitar que eu fosse mimada ao extremo. Eu era uma princesinha. E meus pais acharam que eu era muito boa para casar. Eles me queriam só para eles, e eu ficava feliz em agradá-los. Até eles morrerem e me deixarem, a solteirona *mademoiselle* Jefferson Duval, sozinha em sua mansão. Com apenas o *bourbon* para aquecer seu coração e sua cama, em vez de um homem.

Camelia prestou atenção quando Mel curvou-se para beijar a mão de Dorothea. Ele notou o brilho de lágrimas em suas faces e percebeu que ela estava sensibilizada com a solidão da velha senhora.

— A senhora deve estar cansada — disse Mel, limpando o rosto com a mão e conseguindo esboçar um sorriso. — Olhe, Mamzelle Dorothea, nós lhe trouxemos algumas tortas e bolos, da padaria francesa na cidade. E uma garrafa de champanhe. Para celebrar nosso encontro.

— Champanhe? — disse ela, parecendo misteriosa.

De súbito apreensiva, Mel pensou que talvez Camelia estivesse com a razão, e ela deveria ter comprado o Southern Confort em vez de champanhe. Mas ela não precisava ter se preocupado. O rosto de Dorothea se iluminou e depois ela riu, o tinido gentil da dama sulista desta vez.

— Champanhe com tortas e bolos franceses. Que maravilha — disse ela, mais uma vez a beldade da Casa Jefferson. — Bem, certamente não podemos tomá-lo em canecas de café, vou pedir copos apropriados. E pratos também.

Ela inspecionou a caixa com tortas e bolos pequeninos como jóias.

— Eu me lembro dessa *pâtisserie*. Minha mãe costumava comprar lá — disse ela, satisfeita.

E Mel sorriu para Camelia, feliz por terem conseguido satisfazer um desejo de Mamzelle.

— Tomamos champanhe na minha festa de debutante — lembrou Dorothea. — Tão delicioso. E me lembro de que o champanhe foi direto para minha cabeça. É claro, eu não tomava bebida alcoólica naquela época — acrescentou ela, empertigada. — Exceto por uma taça de vinho no jantar, meu pai sendo francês e tudo o mais. Meu Deus, como Theo adoraria isso — acrescentou, beliscando uma pequena torta cremosa. — Ele sempre gostou de doce.

Isso era novidade para Mel, mas ela achou que o passar do tempo e da idade havia cuidado desse pequeno vício.

— Dei um quarto para ele na casa, é claro — prosseguiu Mamzelle. — E comecei a me livrar daquele sotaque de homem das montanhas, ensinei-o a falar corretamente. E Theo me ajudava. Ele limpou a casa, jogou fora todas aquelas garrafas, livrou-se da poeira, lavou os pisos, limpou as janelas, lustrou os móveis. Era como se ele fosse meu criado, meu mordomo, só que não havia relação de patrão-empregado entre nós. Ambos éramos excluídos da sociedade, sabe — acrescentou ela com um sorriso melancólico. — Eu cavava minha sepultura com a bebida, sem nada por que viver. E ele estava morrendo de fome, sem ninguém por quem viver. Pode-se dizer que nós salvamos um ao outro. E cuidávamos um do outro. E gostávamos da companhia um do outro. Fazíamos caminhadas até Battery. Eu o levava para comprar comida; até jantávamos, algumas vezes, num café. Eu não me envergonhava de meu pequeno e esfarrapado caipira das montanhas, e ele não se envergonhava de sua mentora excêntrica e alcoólatra. A nossa relação era de iguais, baseada na necessidade mútua, na rejeição e solidão compartilhadas. Então vocês podem ver — acrescentou

Dorothea suavemente — que foi inevitável que passássemos a gostar um do outro. E quando descobri a idade dele, insisti em colocá-lo no colégio. E foi então, meus queridos — acrescentou ela com um suspiro silvado pelo cansaço —, que a vida começou a mudar para Theo Rogan. Não foi fácil para ele, ser motivo de riso na escola. Riam por causa de seu sotaque bem como por minha causa, sua "avó" esquisita. Foi o que ele disse a todos que eu era. Sua avó. O que mais poderia dizer? Que ele era um errante e eu uma alcoólatra que lhe deu abrigo? Ele achava que devia isso a mim para certificar-se de que eu fosse respeitada.

Ela suspirou novamente, lembrando o quanto foi difícil para ele.

— Ele penou naquela escola, mas saiu com o diploma e uma bolsa de estudos para a Universidade Duke. Este foi o primeiro sucesso de sua vida — disse ela, sorrindo. — A primeira vez que teve orgulho de si mesmo. Então eu lhe disse que Theo Rogan não era um nome para um vencedor. Mas o nome de um perdedor, uma parte de seu passado. Chegou a hora de você deixar tudo isso para trás. Então escolhi Edward, porque era um nome sólido e principesco. E Jefferson, é claro. Eu disse a ele que um homem não poderia estar melhor na vida do que com o nome de um grande presidente, e além disso, este era o meu nome e o meu presente para ele. E depois disso precisávamos de um bom sobrenome, um que não tivesse nenhum ranço associado a ele. Um que fosse adequado para um vencedor. "Acho que 'Vincent' é o nome certo", eu disse. Então eu cuidei de tudo legalmente, e Theo Rogan tornou-se Edward Jefferson Vincent. Ed Vincent, um calouro da Universidade Duke.

42

Zelda, Zelda, você me deixou... Sempre imaginei se você iria embora — da mesma forma que veio, quase do nada, deixando-me consternado e para sempre perdido em pensamentos. Por quê? Minha garota dourada, meu pêssego com creme da Georgia, meu bem... onde você está... Meu Deus, como sinto a sua falta... Talvez eu tenha morrido. Deve ser isso... e agora você não pode me alcançar. Mas conheço você, sei o quanto é determinada. Você me encontraria mesmo além-túmulo. Oh, meu Senhor, nunca pensei ouvir-me usando esta frase... especialmente quando o túmulo será meu...

Está escuro aqui, tão escuro o tempo todo. Talvez eu já esteja lá, já enterrado...

Um suor gelado brotou em sua pele e a enfermeira de plantão pegou sua mão, ansiosa, testando seu pulso, o ritmo cardíaco, a pressão sangüínea, a infinidade de piscadas na tela, o influxo e refluxo dos líquidos nos tubos e cateteres cirúrgicos.

— Sem dúvida, há atividade cerebral — disse ela em voz alta.

Então não estou morto, pensou Ed, aliviado. Ainda não. Ainda há tempo. Há tempo ainda para dizer a ela que a amo, que a quero, que não posso viver sem ela. Não posso ficar de joelhos agora, mas por favor case-se comigo, Zelda... preciso tanto ouvir sua voz, minha querida... ouvi-la dizer... Sim...

Um telefone tocou em algum lugar. Ele ouviu o chiado macio da sola de borracha dos sapatos da enfermeira, o farfalhar ríspido de sua saia, o murmúrio de sua voz. Depois ela retornou.

— Acho que não deveria fazer isto — disse ela, parecendo hesitante. — Mas aquela sua jovem é muito persuasiva... ah, e por que não, acho que não vai lhe causar nenhum mal.

Ela estava segurando alguma coisa fria contra seu ouvido... um telefone... e ele ouviu a voz de Zelda.

— Ed, estou aqui em Charleston, meu bem. Eu não deixei você, então não se preocupe. E quer saber de uma coisa, meu bem? Sei tudo sobre você agora, mais do que jamais soube antes, e o meu coração bate por você. Mamzelle Dorothea é maravilhosa. Ela mandou lembranças. Ela nos contou toda a história de como ajudou você. E, Ed... — Sua voz falhou e ela fez uma pausa para se acalmar. — Eu só queria lhe dizer que estou muito orgulhosa de você. E o quanto o amo. Ah, meu bem, você pode me ouvir? De algum modo, acredito que sim. Não posso me permitir pensar que você não esteja aí. Espere por mim, Ed. Voltarei para você... amanhã... e lembre-se de que amo você. Eu sempre amarei você...

A enfermeira tirou o telefone de seu ouvido — sua corda salva-vidas com Zelda — e uma lágrima desceu pelo rosto agora cavernoso de Ed.

— *Oh meu Deus!* — disse a enfermeira, lenta e atordoadamente. — Oh meu Deus. Ele a *ouviu. Ele a reconheceu.*

Ed ouviu o barulho de seus sapatos novamente, só que desta vez ela estava correndo. Ele ouviu a excitação na voz dela quando chamou o médico.

Obrigado, Deus, disse ele para si mesmo, e outra lágrima saiu debaixo de suas pálpebras fechadas. E obrigado a você, Zelda. Ainda estou vivo. E prometo que vou esperar por você, meu bem. Pelo menos até amanhã...

———◆———

Ele estava sonhando que estava de volta em Charleston, mas com Zelda e Mamzelle Dorothea. Só que eram jovens novamente, ou no caso de Mamzelle Dorothea, mais jovem... É claro que Zelda não pertencia àquele cenário no passado, mas ela estava lá agora, passeando pelo seu sonho. Seu anjo da guarda.
Ele viu o irmão novamente.
Ele estava no penúltimo ano da faculdade, com aquela bolsa de estudos tão difícil de ganhar que pagava apenas a taxa escolar. Se ele queria comer e ter um lugar para viver, tinha de trabalhar para isso.
"Nada na vida vem de graça", dissera ele, zonzo pela antecipação quando recebeu a carta de aceitação. Para um menino caipira das montanhas Great Smokies, onde a ambição não passava de possuir o próprio pedaço de terra e cultivar comida suficiente para alimentar a família, ele era um sucesso. Ou, pelo menos, estava no caminho para o sucesso.
Não fora fácil. Mas de algum modo sabia que sua vida não fora feita para estradas planas.

———◆———

Ele trabalhara nos campos durante todo aquele verão, ganhando o suficiente para comprar duas calças *jeans*, algumas camisetas, um suéter, um casaco quente e um par de botas para o inverno de seu primeiro ano na faculdade. Restaram-lhe 25 dólares para sobreviver até que encontrou algum trabalho em Durham, onde, se tudo desse certo, ganharia o bastante para pagar o aluguel e comprar comida. Estava em estado de graça até a hora de dizer adeus.

Mamzelle Dorothea entregou a ele um envelope selado. De repente, ele não queria deixá-la.

— Pegue isto e depois vá, seu garoto tolo — disse ela, dando-lhe um beijo apressado no rosto, algo que nunca fizera. Eles nunca mostraram suas afeições um pelo outro; era quase uma regra não dita. Eram amigos, conspiradores no jogo da vida, vencendo as desigualdades quando podiam. Ambos viviam por um triz. Ele pela circunstância, ela por escolha. Nunca sabendo se acabariam ganhando. Ou perdendo.

No ônibus para Durham, ele abriu o envelope. Lá dentro estavam quatrocentos dólares. Mais dinheiro do que jamais vira em sua vida. Ele sabia que ela devia ter vendido alguma coisa valiosa para dar o dinheiro a ele e, de repente, ficou preocupado com ela. Em como ela viveria, sozinha novamente, sem ele para certificar-se de que ela fosse para a cama quando desmaiava com a bebida. E cuidar para que ela se aquecesse, e comesse alguma coisa de vez em quando. Ele quase parou o ônibus para descer e voltar para casa e para ela. Mas sabia que ela o mandaria de volta.

Ele estava no penúltimo ano quando recebeu a notícia de que Dorothea fora encontrada, inconsciente e sozinha, trancada no velho casarão.

Ela ficara assim por dois dias antes de ser encontrada, e isso só aconteceu porque um trabalhador foi até lá para cortar a eletricidade. Não conseguindo entrar, ele chamou a polícia. Ela estava no hospital sem esperança de sobreviver. Ele devia ir imediatamente, disse-lhe o advogado da família, se quisesse vê-la viva.

Atordoado, Ed atravessou o *campus* até a magnífica Capela Duke. A torre do sino da capela tinha a altura de 21 andares, e suas maravilhosas pedras góticas e vitrais ofereceram uma sensação de paz quando ele se ajoelhou e rezou pela vida de *mademoiselle* Dorothea Jefferson Duval. Excetuando sua mãe, ela era a única mulher que ele amara. Ele não podia imaginar a vida sem ela. O futuro parecia árido.

Estava voltando da capela quando viu o irmão. O choque o pregou no chão por um momento. Mitch estava com um grupo de rapazes, todos de terno e gravata e carregando pastas. Ele parecia próspero, tipo funcionário, metido como sempre foi. Parecia ameaçador também, como sempre foi, embora estivesse sorrindo. Estava batendo nas costas dos outros rapazes, cheio de afeto e companheirismo, e Ed sabia, pelo velho instinto, que ele estava aprontando alguma. Mitch era sempre cordial quando queria alguma coisa. Exceto na noite em que matou sua família.

Subitamente com medo, ele escondeu-se nas sombras ao lado da capela. *Agora é a hora*, dizia uma voz dentro dele. *Você pode segui-lo, matá-lo... vingue seus pais e seus irmãos.*

Mas como poderia? Ele não vira Mitch pôr a tocha no casebre, ele ainda não tinha certeza. *Exceto que, em seu coração, ele sabia.*

Ele não podia matá-lo. A vergonha o invadiu mais uma vez. Ele fugiu, mantendo-se nas sombras para que ninguém visse sua dor.

As magnólias estavam floridas quando voltou a Charleston no dia seguinte. Tudo rosa e branco, como o primeiro buquê de uma menina. E os jardins estavam exuberantes com os lírios, seu cheiro doce misturando-se com o ar salgado do oceano. Ele jamais esqueceria. Ele empurrou as memórias de Mitch para algum canto escuro e profundo da mente e foi ver Mamzelle.

Mamzelle, quando vi você naquela cama estreita e branca do hospital, você parecia tão pequena e frágil, fiquei imaginando como poderia sobreviver. Havia tão pouca carne em seus ossos fininhos, e você estava tão gelada, e sozinha. Friccionei suas mãos, falei com você, disse-lhe o quanto a amava, do mesmo modo que Zelda faz comigo agora. Eu disse, não me deixe, Mamzelle Dorothea. Eu sou egoísta. Preciso de você para gostar de mim. Preciso de você para ter para quem voltar para casa. Preciso de você para ter orgulho de mim, para eu saber que preciso me tornar alguém. Ser um sucesso. Para você. Minha avó.

Ele ficou ao lado dela por um longo tempo. Depois, chamado pelo telefone, ele foi ver o advogado da família, Bernard Hawthorne.

O homem parecia ainda mais velho e mais decrépito que Dorothea. Ele fora o advogado do pai de Mamzelle, mas Ed não ficaria surpreso se soubesse que ele também fora o advogado do avô dela. A velha firma certamente foi. Havia caixas e caixas de arquivos vermelhos empoeirados, marcados *Jefferson*, e *Jefferson/Duval*, e o velho Bernard Hawthorne lhe disse que agora eles trabalhavam por lealdade à família, e não por dinheiro, já que Mamzelle não tinha nenhum.

— Tudo o que ela tem — disse ele a Ed — é aquela velha mansão. E o que quer que tenha sobrado que ela ainda não vendeu. Ah, e há uma propriedade em ruína na praia, subindo um pouco a costa. Mas também não vale nada, foi o que me disseram.

Ele consultou a nota diante dele e Ed reconheceu a letra grande e escarrapachada de Dorothea pelas cartas semanais que ela lhe enviava.

— Além disso, Mamzelle Dorothea já transferiu para você a propriedade na praia — disse ele, olhando para Ed por sobre os aros dos óculos. — É minha obrigação informá-lo de que, como o novo dono, de agora em diante você será responsável por todos os impostos da propriedade, bem como dos custos de manutenção, caso queira mantê-la. Embora, como já disse, eu duvide que ela tenha algum valor no momento, além da terra. E já que fica num lugar remoto, e não é uma área popular para turistas, é improvável que venda.

Ele encolheu os ombros, a voz murcha enfraquecendo à medida que fechava o arquivo.

— Mamzelle também apontou você como executor de seus bens, dando-lhe uma procuração. Agora você está na posição de decidir o que fazer com a Casa Jefferson, bem como de cuidar da velha senhora.

Ed estava em silêncio.

— Sei que é difícil — disse Hawthorne. — Você ainda é um estudante e não tem renda. Sinto muito por isso, sr. Vincent, mas foi o desejo de Mamzelle. Embora eu não tenha dúvida de que ela esperava morrer primeiro para não deixá-lo preso com a preocupação de cuidar dela.

Preso?, pensou Ed. *Preso?* Como, se ele acolhia a oportunidade de cuidar de sua mentora. Mas como?

— Sugiro que coloquemos os conteúdos da casa em leilão e a própria casa à venda, embora não haja muita demanda para esse tipo de imóvel histórico no momento. Teriam que gastar para restaurá-la, e gente jovem não quer preocupação com cupins na madeira e encanamentos enferrujados. Eles querem todas as conveniências modernas — disse Hawthorne, suspirando novamente, com pesar. — Espero que um dia as coisas mudem, mas... — sua voz enfraqueceu de novo e ele recostou-se, parecendo perdido em pensamentos.

Ed agradeceu, disse que ele certamente cuidaria de Mamzelle, e pediu a ele que colocasse a casa e seu conteúdo à venda. Com exceção das coisas favoritas de Mamzelle, das quais sabia que ela não queria se separar.

Ele voltou ao hospital e segurou a mão de Mamzelle durante horas, falando com ela o tempo todo, prometendo a ela uma garrafa de Southern Confort quando acordasse, bem como uma caminhada por Battery à luz do sol, e falando a ela sobre as magnólias e o cheiro dos lírios. Depois, de carona em carona, ele conseguiu chegar a Hazards Point para ver sua propriedade.

A casa vitoriana com cumeeiras era tão velha e caindo aos pedaços como a mansão, embora fosse muito menor. Tudo nela estava desmoronando: as vigas, o terraço, o telhado. Todas as janelas estavam quebradas, e o que fora a entrada de automóvel agora era um amontoado de cascalhos e mato. Mas a vista da ruína era deslumbrante: uma visão sem fim do oceano azul até o horizonte ainda mais azul. Pequenos degraus toscos levavam a um píer de madeira, prestes a desmoronar, com um atracadouro profundo, onde, certa vez, o pai de Mamzelle conservara um belo iate.

Ed deu a volta em sua propriedade sentindo-se como um rei. Graças a sua amiga, ele tinha uma casa. Dorothea não o esquecera e agora ele não a esqueceria. Era a sua vez de cuidar dela.

43

Mamzelle esticou-se para pegar a garrafa, e Camelia apressou-se em fazer as honras. Ele não conseguia entender como uma coisinha tão pequena como Mamzelle conseguia consumir tanta bebida alcoólica e imaginava que agora seu estômago devia ser revestido de zinco.

— Para minha tristeza, eu não morri quando quis — Mamzelle bebericou o *bourbon*, pensativa. — Não era minha intenção ser um fardo para meu amigo. Eu queria que ele herdasse tudo, ou pelo menos o que restara. E ele herdou a mim, em vez de bens.

Ela suspirou, mas um sorriso faiscou naqueles olhos azuis pálidos.

— Por minha causa, e por questões financeiras urgentes, Ed foi obrigado a trancar a matrícula na faculdade. Quando finalmente deixei o hospital, ele havia consertado a velha casa de praia. Ele, pessoalmente, levou todos os meus móveis favoritos para lá — disse ela, alisando a pequena mesa antiga, com os círculos brancos onde seu copo descansara durante anos. — Ele criou uma nova casa para mim. É claro que eu não podia dizer a ele que era uma habitante da cidade, que detestava morar na praia, e que sem as ruas familiares de Charleston, sem meus cantos e recantos secretos, sem meus bares prediletos, sem minha velha casa, eu estava perdida... Pelo amor de Deus, eu disse a mim mesma, segure a sua língua ferina ao menos uma vez, mulher. Ele sacrificou a faculdade por sua causa, trabalhou como louco para você, cuidou de você. E que outro homem em sua vida mesquinha fez isso? Nem mesmo o seu paizinho crioulo, que a amava de paixão. Mas não desse modo. Ah, não, ele nunca amou assim.

Ela estendeu o copo para ser reabastecido e Camelia atendeu.

— Você deve saber — disse ela, com um olhar duro para Mel. — Que quando Ed Vincent entrega o coração, ele entrega por completo. E para sempre.

Mel concordou, inclinando a cabeça. Ela sabia por certo.

Dorothea bebericava o *bourbon*.

— Ed viu o irmão novamente — disse ela. — Por acaso, na universidade, no mesmo dia em que soube que eu estava no hospital à beira da morte. Não sei qual dos eventos o chocou mais. Ele me contou sobre isso depois. Disse que até onde podia ver, Mitch Rogan não mudara em nada, só que agora parecia bem-sucedido. Ele nunca mais mencionou o irmão para mim, depois daquele dia.

Os olhos de Mel encontraram os de Camelia; ambos estavam pensando a mesma coisa. Que Mitch Rogan era o provável assassino de Ed.

— Eles me disseram que a velha Casa Jefferson não tinha valor, embora no fim alguém a tenha comprado... muito barato, mas o que eu podia fazer? Ela ficou exatamente como estava, dilapidada e caindo aos pedaços, durante muitos anos. Eu soube recentemente que foi vendida de novo e restaurada, e que está exatamente como nos velhos tempos, mas não tenho vontade de vê-la. Ela faz parte do passado, e quando Ed me resgatou, assim como eu o havia resgatado, decidi aceitar a filosofia dele. E me tornei uma mulher que vivia o presente. Diferente de mim, o passado estava morto e acabado.

— Mas a senhora *ainda* está conosco — disse Mel impulsivamente, levantando e abraçando Mamzelle, mas ela, impaciente, deu-lhe um pequeno empurrão.

— Minha nossa, não faça esse tipo de coisa. Quase derramei meu drinque. — Mamzelle franziu o cenho para ela durante algum tempo antes de continuar. — Depois de trancar a faculdade, Ed trabalhou onde pôde, às vezes trabalhando em três empregos ao mesmo tempo. Ele era um faz-tudo. Trabalhava na construção, de jardineiro, nos campos. Fazia qualquer coisa que encontrasse. Isso me deixou duplamente triste porque eu sabia que ele voltara à antiga condição. Ele me prometeu que voltaria à faculdade no ano seguinte... e no seguinte... e no outro depois deste... Depois nos disseram que ele perderia o direito sobre a casa de praia por causa dos impostos atrasados. Eu conhecia um antiquário vendedor de livros e enviei Ed para a cidade com o que sobrou dos velhos livros. Conseguimos a quantia suficiente para pagar os impostos e comprar um caminhão velho. Ed dirigia por Charleston, perguntando aos residentes se queriam que ele retirasse seus lixos, oferecendo-lhes um preço barato. Uma barganha. Ele pegava as latas de lixo sozinho e as despejava no caminhão. Depois dirigia até o depósito de lixo e descarregava o lixo fétido com uma pá.

Dorothea olhou para Mel.

— Meu coração estava partido por causa dele — disse ela simplesmente. — Eu pensara em dar a ele uma vida melhor. E agora ele estava reduzido a isto. Mas Ed não tinha falso orgulho. Fazia o que fosse preciso para manter nossa pequena casa. Não era uma vida boa, mas ele era seu próprio dono. No ano seguinte ele conseguiu comprar o segundo caminhão, e contratar um jovem para ajudá-lo. Nos cinco anos seguintes, aqueles caminhões viraram uma frota de cinqüenta e logo o monopólio da coleta de lixo era dele em todos os novos bairros, bem como na velha cidade, e em toda Carolina do Norte. Mas ele era como um segredo mantido a sete chaves. No trabalho, usava o nome Theo Rogan. Eu achava que era porque não queria manchar seu nome novo e grandioso... especialmente a parte Jefferson... com a nódoa de coletor de lixo.

"Eu me preocupava com ele — prosseguiu ela. — Porque só pensava no trabalho. E não via ninguém socialmente, exceto a garota que conheceu num bar ou andando por Battery. Mas as mulheres gostavam dele, você sabe. Sempre gostaram. Ele era um rapaz bonito. E gostava de mulher. Mas nunca trouxe nenhuma delas em casa e nunca se apaixonou. Andava muito ocupado. Quando fez vinte e oito anos, ele recebeu uma oferta pela companhia de lixo, que agora era a maior nos estados do Sul. A oferta era justa, embora não generosa, mas Ed suspeitou que a associação interessada era ligada ao crime organizado, e que, se recusasse, acabariam por tomá-la de qualquer modo. Usando a força, se necessário. Então ele aceitou a oferta. E com seu primeiro montante real no bolso, ele me levou, junto com minhas quinquilharias e móveis favoritos, para o esplendor de Fairlands. Ele fechou a casa de praia, deixando apenas algumas coisas velhas, o quadro com um casebre de madeira, e coisas do tipo. E depois seguiu para o norte. Em busca de sua fortuna. E, minha nossa, como ele foi bem-sucedido — acrescentou ela com um pequeno sorriso. — Ele me disse que assim que viu as torres de Manhattan pairando ao longo da linha do horizonte enquanto atravessava a ponte Tribortough, de algum modo soube que havia chegado em casa. Ali era onde devia ficar.

44

Camelia fechou a conta deles no Omni, em Charleston, e pegaram o vôo do fim da tarde para Nova York, via Atlanta.

Mel recostou-se no assento, parecendo esgotada e sem dizer nada, e depois de lançar um olhar para ela, Camelia manteve o próprio olhar diretamente à frente. Ela estava perdida nos próprios pensamentos, sem dúvida refletindo sobre a vida de seu amado. Será que Ed era um homem diferente daquele que ela pensou conhecer? Talvez, mas Camelia sabia que isso não mudaria o amor dela por ele.

O aeroporto de Atlanta estava superlotado, e o vôo para nova York havia atrasado. Sentaram-se em um bar e pediram duas cervejas.

— É claro que Mitch é o culpado — disse Mel, no momento em que o telefone de Camelia tocou. Ele pediu licença para atender.

Mel ficou olhando o aeroporto. Ela se lembrava de ter vindo aqui quando criança, mas naquela época ele não era um edifício tão grande e imponente. Como todos os outros lugares, o mundo sulista de sua infância se expandira para se transformar num monstro.

Ela suspirou e voltou a prestar atenção em Camelia. Ele terminara a ligação. Um sorriso torto levantava sua boca severa.

— Conseguimos o dossiê sobre Mitch Rogan. Como disse o nosso bom xerife Duxbury, que sujeito ele era! Ele realmente roubou Michael Hains. Foi preso por isso, também, quando finalmente o pegaram. Mas voltou logo à atividade. E com dinheiro no bolso. Depois Hains morreu... numa viagem de férias para as ilhas Caimãs. E em circunstâncias suspeitas. Mas, novamente, nada foi provado. Houve rumores de que Mitch Rogan teve algo a ver com isso, também. Ele teve muitos outros problemas com a lei depois disso: fraude; trapaças imobiliárias; tráfico de droga; suspeita de assassinato. Sua ficha parece um elogio à mente criminosa. De tudo o que possa imaginar, Mitch Rogan é culpado.

— Eu falei para você — disse Mel, lançando um olhar triunfante para ele. — Mitch queria matar Ed porque Ed sabia que ele havia matado sua família.

Camelia olhou com pena para ela.

— Mitch Rogan morreu há dez anos — disse ele. — Num acidente de barco nas Bahamas. Ele estava numa pescaria. Ninguém se preocupou o bastante para trazê-lo de volta. Ele foi enterrado lá.

Para Mel, o vôo de volta para Nova York pareceu interminável, e a distância do JFK para o hospital ainda maior. A depressão a puxava para o fundo do abismo. Ela achara que tinham encontrado o assassino. E agora — nada. A viagem para Hainsville e Charleston não fora produtiva. Estavam de volta à estaca zero.

Não exatamente, porém. Pelo menos agora ela conhecia a história da vida de Ed, e isso era algo que ela guardaria para sempre. *E isso pode ser tudo o que você terá*, disse uma vozinha agourenta dentro dela. Nervosa, ela pediu ao motorista para dirigir mais rápido, rápido...

Sentindo uma urgência terrível, ela saiu do carro quase antes dele parar, subiu apressada os degraus e passou pelas portas automáticas que quase não tiveram tempo de perceber que ela estava lá antes deles abrirem.

Camelia olhou enquanto ela ia. Ela esquecera de que ele existia. Ele suspirou, mas sabia que era assim que as coisas deviam ser. Ele pegou o telefone e ligou para casa.

— Estarei em casa em duas horas, meu bem — disse ele a Claudia e ouviu a risada dela por causa do carinho inesperado.

— Você ficou muito tempo no Sul — disse ela. — Desde quando você me chama de meu bem? Nós sempre nos tratamos de *tesoro*.

— E ainda trato. *Tesoro* — acrescentou ele suavemente.

Mas ele concordou com ela. Ele ficara muito tempo no Sul. Mel Merrydew entranhara em sua pele, até a raiz dos cabelos. Ele lembrou do beijo dela com um riso cansado enquanto seguia para o distrito policial, o lugar que Claudia chamava de a Segunda Casa Permanente do Detetive.

O coração de Mel estava na boca enquanto ela corria pelo interminável corredor lustroso... *Ela nunca devia tê-lo deixado, ela podia chegar tarde demais...*

O policial Brotski andava de um lado para o outro do corredor, cabeça baixa, mãos para trás, exatamente como Camelia. Ouvindo os passos dela, ele ficou alerta instantaneamente.

— Ah, é você — disse ele como cumprimento. — Está de volta.

— Como vai, policial Brotski? — replicou ela, sempre cordial, encaminhando-se para a porta.

— Ei, senhorita, o médico está lá dentro. Você não pode entrar...
Tarde demais. Ela já havia entrado.

Art Jacobs estava de pé ao lado da cama de Ed, com uma expressão triste no rosto enquanto olhava para o velho amigo. Ele levantou os olhos quando Melba irrompeu pela porta. Notou a grenha de cabelos louros, os enormes olhos angustiados, as longas pernas e a saia curta, e a aura especial que era toda dela.

— Como vai, Zelda? — disse ele, estendendo a mão.

Ela agarrou a mão dele como se ele estivesse salvando a própria vida dela e não a de Ed.

— Ele está bem? Oh, por favor, me diga que ele está bem.

— Ele continua na mesma, se é o que quer saber.

Ela sentou-se na ponta da cama, olhando para Ed, ainda inerte, ainda com todos aqueles tubos e o respirador.

— Oh, graças a Deus você não me deixou — murmurou ela.

O monitor apitou quando o ritmo do coração de Ed acelerou um pouco, e o dr. Jacobs olhou para ele, espantado. Não havia dúvida de que sabia que esta mulher estava aqui.

Você voltou... você voltou para mim, querida. Por que foi lá? Por que foi a Hainsville? Tranquei essa parte de minha vida em algum lugar e joguei a chave fora... Ela dói, mesmo agora... E carrego essa culpa permanente no coração que me faz lembrar que ainda quero matar meu irmão. Sei que é errado. Não preciso de minha mãe para dizer que é pecado... mas esse ódio talvez nunca vá embora... Nunca mais vi Mitch, sabe. Nunca, depois daquele dia em Duke... e agradeço a Deus por isso, ou ele estaria morto e com certeza seria eu quem estaria em Rikers...

Mel chegou mais perto dele, sussurrando em seu ouvido. Como um cego, ele a reconheceria em qualquer lugar só pelo cheiro, estava entranhado em seus sentidos para sempre.

— Mamzelle Dorothea mandou dizer que o ama muito, Ed. Ela me contou tudo sobre você, sobre como trabalhou duro. Como ela cuidou de você, depois você cuidou dela. Estou tão orgulhosa de você, meu bem. Tão orgulhosa.

Ele sentiu a umidade das lágrimas dela em seu rosto, e mesmo que fosse capaz, ele não as teria enxugado. Estava feliz por ela estar chorando. Isso significava que ela se preocupava... que ela o amava... *Zelda, Zelda...*

— Vou ter de deixá-lo de novo, Ed — dizia ela, e o pensamento disso o fez tremer por dentro. — É Riley. Preciso vê-la. São oito dias agora, Ed, desde que... — ela não conseguia dizer "atiraram em você", afinal ele podia não se lembrar, e isso poderia assustá-lo...

Riley. Aquela doce menininha, nascida do corpo adorável de Zelda... Eu queria tanto ter outra, um par igualzinho. Meu bebê desta vez, também, embora Riley será sempre minha primeira filha... Ele quase riu de si mesmo nessa hora. Olhe para mim, fazendo planos para ter filhos quando não posso sequer abrir os olhos, quanto mais desempenhar o papel de pai...

— Vou pegar um vôo até lá, só por uma noite, meu bem — dizia ela, apertando mais a mão dele. — Só mais uma noite. Mas Riley precisa ver a mãe dela. Ela precisa ter notícias suas ditas pessoalmente, não apenas por telefone. Quem sabe, até trago ela comigo — acrescentou ela, inspirada.

É claro você precisa ir. Ele ficou cansado de repente, tão desesperadamente cansado... Ele estava perdendo as forças... afundando naquele buraco negro sem ao menos uma faísca de luz no final.

Mel sentiu a mão de Art Jacobs no ombro.

— É melhor deixá-lo descansar agora, Zelda — disse ele, ajudando-a levantar-se.

Ela notou o "Zelda", mas ele era amigo de Ed. Estava tudo bem, sabia disso agora.

— Sinto, mas ouvi sua conversa — disse Art com um sorriso de desculpas. — Não se preocupe, cuidarei dele enquanto você estiver fora.

— Promete que ele ainda estará aqui quando eu voltar? — disse ela com aquela urgência no olhar novamente.

Ele inclinou a cabeça.

— Prometo fazer o melhor que eu puder — disse ele.

E Mel sabia disso, afinal, ele não podia fazer mais do que isso.

45

Riley e Harriet esperavam por Mel no aeroporto, e a alegria ao vê-la se refletia nelas como o sol deste dia em LA.

Riley pulou nos braços de Mel, pendurando-se nos ombros dela como um esquilo, beijando seu pescoço, seu rosto — qualquer parte dela que podia alcançar — com beijos.

Oh, Deus, que sensação boa estar com sua filha, as pernas finas e longas, exatamente como as suas, enganchadas em torno dela. E que *cheiro* bom: de cabelos recém-lavados, de camiseta limpa secada ao sol no quintal e de batata frita do McDonald. E que *gosto* bom.

— Doce como sorvete — assegurou-lhe Mel, retribuindo o beijo molhado com veemência.

— Você está com cheiro de avião e com gosto de café requentado — reclamou Riley com alegria e Mel riu, escorregando-a para o chão. Segurando Riley com uma das mãos, ela passou o braço livre em torno de Harriet, que estava ainda mais crítica, porém feliz em vê-la.

— Você está horrível — disse Harriet com azedume.

— Muito obrigada, amiga — disse Mel, rindo para ela. — Isso não é nada comparado com o modo como me sinto.

— Mamãe, como Ed está? Ele já falou se vinha nos nossos domingos?

— Ed está legal, meu bem. Falei com o médico e ele me prometeu que Ed ficaria bem enquanto eu estivesse aqui com você. Tenho certeza de que Ed entendeu seu recado e, assim que melhorar, ele se tornará uma presença permanente de nossos domingos.

— E eu? — reclamou Harriet, pegando a velha mochila de Mel e rumando para o estacionamento. — O que vou ficar fazendo aos domingos? *Sozinha*?

— Oh, Harr — os grandes olhos castanhos de Riley, tão parecidos com os da mãe, ficaram preocupados de repente. Ela não queria magoar Harriet. — Você pode ir também, se quiser mesmo.

— Tudo bem, menininha. Posso ficar de fora. Depois de cuidar de você durante uma semana, pode estar certa de que ficarei feliz em passar esses domingos. Sozinha — disse ela com um sorriso. — Estou brincando, Riley — acrescentou ela, para não causar mal-entendido.

Harriet dirigiu o velho Volvo e Mel aninhou-se com Riley no banco de trás, abraçadas, beijos sendo dados e recebidos, promessas de tratamentos especiais sendo feitas, inclusive a de um sorvete antes do jantar, se ela quisesse. E ela queria? Riley indicou o caminho a Harriet para a sorveteria mais próxima, que ela sabia de cor. Depois, lambendo seus cones — pistache para Mel, café para Harriet e uma porção generosa de baunilha com chocolate chuviscado para Riley — elas foram para casa.

Mel ficou olhando para sua casa, pequena e maltratada, como se a visse pela primeira vez. Estava exatamente igual. O mesmo piso de madeira riscado, a mesma mistura de móveis, o mesmo piano de cauda com duas teclas de marfim faltando e o mesmo pedal direito preso nas partes mais importantes da música que Riley usava para praticar. O sofá enorme, comprado de segunda mão, mais apropriado para uma mansão do que para um chalé, com o veludo cor de bronze agora coberto por uma manta de *chenille* cor de creme; a cozinha pintada de cores alegres, azul-mediterrâneo e amarelo; as cortinas transparentes esvoaçando com a brisa do mar nas janelas de cima; a varanda com seu amontoado de coisas de criança e a rede cheia de almofadas amassadas.

Lola correu para elas, saltitante nas patas traseiras.

— Exatamente como um cão de circo — disse Riley, orgulhosa, enquanto Lola latia e mordiscava tornozelos, causando injúrias.

Uma garrafa de vinho foi aberta sem demora, comida estava sendo feita, e todas falavam ao mesmo tempo. Mel falava da investigação; Harriet dos negócios da Em Movimento; e Riley interrompia a cada oportunidade possível para contar suas histórias importantes sobre a escola, e especialmente sobre Jason Mason, que ainda estava, disse ela desdenhosa, perseguindo-a ela "como um detetive particular de dois-bits".

Os olhos espantados de Mel encontraram os de Harriet, depois as duas olharam para Riley.

— Onde foi que você aprendeu essa expressão? — demandou Mel.

— Na internet. Você não acreditaria nas coisas que tem lá.

— Aposto que sim — disse Mel, rindo. — Certo, então está na hora de termos supervisão novamente, menininha.

— Não sou menininha, eu sou a mais alta da minha classe.

Mel suspirou com sentimento.

— Sei disso, meu bem. É conhecido como a síndrome de João e o pé de feijão.

Riley gargalhava quando sentou na velha mesa de pinho. Depois Lola pulou em seu colo, e desta vez Mel não disse a ela para descer. Esta noite era especial, e claro que servia para Lola também

A felicidade, pensou Mel, olhando para sua casa e para sua pequena família, situava-se onde o coração estava. Só que um grande pedaço de seu ficara em Manhattan. Naquele hospital. Com Ed.

46

A cem milhas ao sul de LA, Gus Aramanov ainda estava em seu escritório na marina de San Diego.

Ele era um corretor de iates, e sua esposa achava que ele era muito bom no que fazia porque não faltava nada à sua família. Mas Lila, também, não sabia exatamente quanto ele ganhava, porque Gus nunca falava sobre finanças com ela. Apenas dizia para ela comprar o que ela e as crianças precisavam e parar de se preocupar.

Estavam casados há sete anos e eram donos de uma bela casa de quatro quartos, três banheiros e um lavabo numa bonita rua do subúrbio de San Diego, com carpete branco, uma TV de tela grande no gabinete, e com o Lincoln Navigator dela e a Mercedes E350 dele na garagem para três carros perto das bicicletas dos filhos. O closet dela estava repleto com o que havia de melhor na Nordstrom's e na Macy's; havia empregada na casa e as crianças freqüentavam escolas maternais caras. Lila não estava questionando nada.

Gus Aramanov era mais de vinte anos mais velho que sua vaporosa esposa loura. Sempre que estavam sozinhos na cama — quer dizer, sem uma das crianças metida nas cobertas com eles — ele cochichava em seu ouvido que ela era a "bonequinha" dele. E

Lila o chamava de "meu ursão de pelúcia". Gus tinha 66 anos e a compleição robusta de um trabalhador braçal — pescoço grosso, ombros musculosos e braços longos. Tinha cabelos pretos, papada no rosto e habitualmente usava óculos escuros, o que escondia o fato de seus olhos castanhos terem uma expressão gentil. Um "urso de pelúcia" era exatamente o que ele era.

Ainda no escritório, Gus ligou a secretária e voltou a ouvir o único recado. Que era curto e direto. E ele sabia muito bem quem o deixara.

Você falhou duas vezes agora, disse Mario de Soto. *Ou ele estará morto na semana que vem ou você estará.*

Gus sentiu uma pontada repentina no peito. Seus olhos paralisaram. Com dificuldade, ele levantou agarrado às costas da cadeira, socando o peito com o punho. Ele era um homem com uma dor aguda.

Há alguns meses, era tarde da noite quando Gus Aramanov, também conhecido como George Artenski, recebeu o primeiro telefonema sobre o trabalho Ed Vincent. Ele poderia passar sem isso. O fim de semana estava chegando e ele prometera levar as crianças ao Sea World. Mas negócios eram negócios. Ele pediu a Lila que fizesse sua mala, ele partiria de manhã cedo.

"Ah, mas você prometeu", estava na ponta da língua dela, mas ela tapara a boca. Não faria isso.

Na manhã seguinte, bem cedo, ele lhe dera um beijo de despedida, dirigira seu Mercedes até o aeroporto, e pegara o primeiro vôo para Nova York. De lá, usando nome e identidade diferentes, ele pegara um vôo para Charleston. Levava apenas a pequena mala que Lila fizera e uma pasta.

Em Charleston, ele alugou um Ford Taurus e hospedou-se no Marriott, usando o nome de Edgar Forrest e Key Biscayne, na Flórida, como endereço de casa.

— Estou esperando um pacote — disse ele ao balconista da recepção. — Já deve estar aqui agora.

O balconista entregou-lhe o pacote, pelo qual ele assinou, depois subiu para o quarto.

Ligando a TV, ele soube da previsão de tempo local. A chuva que caíra na área o dia todo fora elevada para a categoria de tempestade tropical, com a possibilidade adicional de se transformar no furacão Julio. Ele olhou ansioso para o relógio. Era melhor ir andando.

Abrindo o pacote, desenrolou cuidadosamente a pistola semi-automática Smith & Wesson Sigma 40mm e encaixou o silenciador. Prendeu a tira elástica do cinto abdominal Bianchi Ranger em volta da cintura, depois colocou a pistola no coldre do cinto na posição de saque cruzado frontal, bem ao lado do umbigo. E deu tapinhas na pistola, aprovando, antes de abotoar a camisa sobre ela. Era a sua arma predileta para trabalhos pequenos como este, e a posição do cinto abdominal dava-lhe um saque rápido.

Deixando a TV ligada, ele pendurou o aviso de "Não perturbe" na maçaneta externa.

Com os limpadores do pára-brisa zunindo, ele dirigiu o Taurus com cuidado pela chuva forte. Isso o faria atrasar-se e amaldiçoou a si mesmo por não ter verificado o tempo antes. Eram quase nove e meia quando atravessou a ponte estreita que ligava a língua de terra com o continente.

Por entre o martelar da chuva na capota do carro, ele podia ouvir o rosnado das ondas. E pensou com tristeza nos garotos e na viagem cancelada para Sea World. Ele tirou um poncho preto de plástico da pasta e vestiu, depois calçou um par de luvas pretas de borracha.

Amaldiçoando o aguaceiro, ele saiu do carro e correu desajeitado para a casa. No abrigo da varanda da frente ele avaliou sua posição, imaginando se Ed Vincent já estaria em casa. Ele conhecia o tipo de sistema de segurança da casa. E duvidou que estivesse ligado, embora houvesse um gerador de emergência. Ele era um profissional e demorou menos de um minuto para abrir a fechadura simples.

Lá dentro, a casa estava às escuras. Ele parou por um momento para se orientar. Uma sala grande dava vista para o oceano. Haviam lhe dito que a cozinha ficava à esquerda na parte frontal. Isso significava que a biblioteca situava-se nos fundos à direita.

Calçado com tênis, ele não fez barulho ao atravessar o piso lustroso de madeira. Ele tinha olhos de gato, podia ver no escuro, sentir um objeto na frente dele através de um tipo de radar pessoal. Na porta da biblioteca ele parou para escutar. Um som de cliques fracos vinha de dentro. Ele conhecia esse som: a fechadura de um de cofre.

Sob um leve empurrão a porta abriu sem mais do que um chiado. Um homem estava de pé à frente de um cofre de parede aberto. Gus duvidava que o homem sequer tivesse ouvido os cinco tiros que ele disparou em suas costas; suas pernas simplesmente se preguearam e ele caiu no chão como uma concertina. Como uma marionete com os cordões cortados, pensou Gus, satisfeito.

Gus foi até ele e deu uma boa olhada. O topo da cabeça fora arrancado e pedaços de miolos congelaram em seu rosto. Mesmo assim, Gus pôde ver que seus olhos, bem abertos e vidrados, eram castanhos. O homem era latino, provavelmente cubano.

Grandes gotas de suor brotaram na testa de Gus e desceram lentamente até caírem em seus olhos.

Ele matara o homem errado.

47

Gus pensou em sua falta de sorte por esse sujeito ter escolhido justo esta noite para roubar a casa. Agora ele teria de esperar que Ed Vincent retornasse. Tinha de completar o trabalho que lhe fora designado. Recolhendo os pacotes de notas de cem dólares caídos no tapete, alguns manchados de sangue, ele os enfiou nos bolsos do paletó. Por que desperdiçar a oportunidade de ganhar algum extra — afinal, agora ele teria de fazer um trabalho extra. Não havia como poder voltar para Lila e as crianças amanhã como prometera, pensou ele, decepcionado.

E então a campainha tocou.

Gus escondeu-se no fundo do espaço debaixo da escada, a Sigma engatilhada e pronta. Ele esperava que não fosse o xerife, ou o esquadrão de resgate que tivesse vindo inspecionar a casa.

— *Olá?*

Era uma mulher.

— *Tem alguém em casa?*

Ele podia ouvir os movimentos dela na porta, via o seu contorno, uma silhueta negra contra a noite mais negra ainda. Depois a luz acendeu, cegando-o.

Ele achatou-se contra a parede, prendendo a respiração. A cadela estúpida andava pela casa como se fosse dona do lugar, comendo jujubas, pelo amor de Deus... Logo a seguir, ela estaria na biblioteca. Essa não era uma boa cena. Era melhor sair dali.

A porta da frente bateu atrás dele, pega pelo vento. Ele parou logo a seguir, olhando para o enorme caminhão estacionado do lado de fora. Leu o nome escrito no lado do caminhão. EM MOVIMENTO. Que diabos ela fazia, dirigindo um caminhão de mudanças? Ed estava se mudando? Esta noite?

O vento bateu nele como um campeão do ringue, e ele estava sem fôlego e encharcado quando chegou no Taurus alugado. Caramba, que noite. Que diabos ele estava fazendo aqui, afinal de contas?

Esbravejando, ligou o carro. O carro engasgou, depois nada. Ele tentou novamente. O carro estava afogado. Lá se foi sua fuga rápida. Como diabos ele sairia dali?

O cubano estúpido arruinara sua noite. Tudo deveria ter sido tão fácil. E agora havia a mulher para se preocupar. E que fim levara Ed Vincent, afinal de contas?

Sua mão descansava na Sigma metida no cinto abdominal. Isso estava ficando complicado. Ele achava que teria de matar a mulher também. Mais tarde, poderia jogar os dois corpos no mar. Com aquelas ondas, eles seriam arrastados milhas para dentro do mar, talvez nunca fossem encontrados.

Mas isso significava que teria de esperar a tempestade passar antes de poder fugir. E seu carro não pegava.

De repente, compreendeu que o único veículo que poderia atravessar aquela ponte agora seria o caminhão.

Gus voltou para dentro da casa. Apagou as luzes.

Ele agarrou a mulher no primeiro grito, mas ela lutou com ele. E ela era forte, como um fio elétrico com corrente ativa, pulando para todos os lados. Mesmo grande como era, foi difícil segurá-la. Ela fugiu dele, mas ele foi mais rápido e chegou primeiro no caminhão. E depois a dominou.

Ou pensou que tivesse dominado, até que ela entrou com o caminhão diretamente na árvore.

Gus pensou que o seu próprio fim tinha chegado, mas foi a mulher quem recebeu o impacto. Ela estava caída no banco, sangue jorrando de sua cabeça, imóvel como a morte. E ele era um homem que já vira a morte um número de vezes suficiente para reconhecê-la.

48

De alguma forma, Gus voltou para o hotel. Sua aparência suja e ensopada não chamou atenção; afinal, houve um furacão e ele certamente não se destacava.

Mais tarde, pegou o noticiário, vendo removerem o corpo dela usando serras elétricas.

Ele cravara os olhos, fascinado, na cena que desenrolava na tela da TV do hotel, imaginando como diabos conseguira escapar ileso daquela cabine destroçada, com a árvore ainda em cima dela. *E então eles disseram que ela estava viva.*

Atordoado, ele olhara a ambulância correr com ela para o hospital. Disseram mais tarde, que ela fora tratada de uma fratura no crânio e de uma concussão. Foi sorte, disseram os repórteres. *Foi sorte ela não ter morrido numa batida tão terrível, quando a árvore velha e enorme esmagou a cabine.*

Ah, eles não sabiam quanta sorte. Aquela cadela durona devia ter nove vidas. Nove? Gus esperava que fossem apenas três e que na terceira vez a sorte estaria do lado dele. Suspirou novamente. Neste momento, definitivamente, as chances não estavam do seu lado.

Ele fora esperto o bastante para esperar o fim do furacão no quarto do hotel. Tarde na noite seguinte, quando o furacão finalmente se extinguira, ele alugara um veículo utilitário e voltara à casa de praia.

Seu coração disparara e as mãos suaram quando se aproximou da ponte. O pensamento de atravessá-la de novo não fora bom, mas desta vez pelo menos a ponte quebrada estava acima da água.

A limpeza não fora fácil também. Ele comprara esfregões, escovas, panos, removedor de manchas. Havia muito sangue, mas felizmente o tapete escuro não mostrava muito.

Ele limpara a sujeira, colocara o corpo do cubano na caixa que comprara. Depois pegara o *Europa*, aumentara o peso da caixa com correntes, empurrara a caixa pela borda fora, e jogara a Sigma em seguida. Ele ficara olhando as duas afundarem sob a vaga. Não fora fácil, mas ele estava bem, ele conhecia barcos e o levou de volta em segurança para o píer.

Finalmente, ele engatara o Taurus no utilitário e o rebocara até o aeroporto. Ele não deixara rastros ou pistas. Aquela casa de praia estava tão limpa como um Mercedes recém-detalhado quando a deixou.

Até agora, porém, a mulher não dissera nada aos policiais. Sabia disso pelo noticiário, bem como pelos jornais da Carolina do Sul e do Norte que pedira da banca em San Diego. Ele esperava que a concussão tivesse apagado sua memória. Contudo, este era um risco que ele não queria correr. Aquela mulher podia identificá-lo.

Ele buscara o catálogo nacional de telefone em seu computador e procurara nas listas de Charleston, Raleigh e outras cidades principais das Carolinas o nome que estava no caminhão. EM MOVIMENTO. Fizera o mesmo com os estados vizinhos da Virgínia, Geórgia, Tennessee e Alabama. E nada.

Gus recostou-se na cadeira e tomou um gole da garrafa, quase vazia, de Smirnoff. Passaram-se dez dias desde que finalmente atirara em Ed Vincent quando este saiu do Cessna no La Guardia. Ele disparara quatro balas no bastardo. Qualquer outra pessoa estaria morta e enterrada. Até os médicos diziam não saber como ele estava resistindo.

Se Vincent não morresse logo, ele seria obrigado a ir àquele hospital e apagá-lo. E isso seria arriscado. *Muito arriscado*. Além disso, estava preocupado com a mulher do caminhão, embora, graças a Deus, Mario de Soto não soubesse sobre ela. Ou sobre o cubano morto. E certamente não sabia sobre o dinheiro do cofre. Ele grunhiu, a cabeça entre as mãos. Ele devolveria o dinheiro num segundo, se pudesse se livrar desse problema.

A mulher devia ter morrido no acidente. Ed Vincent devia ter morrido no hangar do La Guardia. Seria perfeito, tudo estaria limpo. Agora ele tinha duas pessoas para matar. Ele estava sob pressão. E preocupado.

Maldição, tinha de encontrá-la.

49

Na outra costa, em Miami, Mario de Soto pressionou o botão "End Call" de seu Nokia. Ele era um homem grande e corpulento, quase quarenta quilos acima do peso, bem barbeado, olhos apertados e cabelos pretos encanecidos. Ele franzia o cenho enquanto olhava pela janela do gabinete de sua mansão, de estuque cor-de-rosa em estilo italiano, que dava vista para o mar.

Estivesse ele interessado, de onde estava, poderia ter visto os espaçosos gramados verdes que rodeavam a casa, e as fileiras altas de palmeiras que delineavam os limites da propriedade, bem como o azul-esverdeado do oceano Atlântico que se estendia até o azul mais profundo do horizonte. Mas Mario não estava olhando. Tinha outras coisas em mente.

Ele fizera um acordo. Uma das condições de sua participação nesse acordo — a eliminação de Ed Vincent — devia estar concluída até certa data. Dera sua palavra. Agora sua promessa fora quebrada e ele estava muito irritado.

Não era tão difícil contratar um matador. O segredo era a qualidade. Gus Aramanov, vulgo George Artenski, era qualidade. O melhor. Só que desta vez havia falhado, e agora o tempo estava se esgotando. Se Ed Vincent não morresse logo, alguma coisa tinha de ser feita sobre isso.

Alberto Ricci acabara de falar com Mario ao telefone, falando manso como sempre fez, dizendo a ele que era melhor cuidar disso logo. Ele não disse "ou então", mas Mario entendeu o sentido. Se ele não cuidasse, não haveria acordo. Essas coisas aconteciam em cadeia: Ricci prometia a seus investidores; ele prometia a Ricci; e o matador prometia a ele. Qualquer coisa poderia dar errado. E deu. Graças ao furacão em primeiro lugar, e em segundo à mão trêmula de Aramanov.

Ele voltou a ligar para o número do trabalho do matador na Costa Oeste, andando de um lado para o outro sobre o mármore fresco, ouvindo o telefone chamar. Não houve resposta. Não houvera resposta durante dois dias agora. Irritado, ele discou o número da casa do homem.

— Residência Aramanov — atendeu Lila em voz alta. Sua empregada estava de folga, mas ela gostava de atender como se fosse ela, só para que as pessoas soubessem que tinha uma.

— Estou procurando Gus — a voz de Mario era impaciente, áspera.

— Tente no escritório, na marina — disse Lila, surpresa. Gus nunca dava o número de casa para pessoas de relacionamentos profissionais.

— Já liguei para lá. Estou tentando encontrá-lo há dois dias agora.

— Ah. Quer deixar algum recado? Pedir que lhe telefone? — disse ela, incerta agora. Havia algo assustador no modo como ele falava. Ele não estava gritando, mas havia algo no tom de sua voz que a amedrontava.

— Diga a ele para ligar para Mario. *Imediatamente*, sra. Aramanov.

Mario desligou o telefone e voltou para a janela. Desta vez ele viu a vista, mas sua percepção era diferente. Ele não viu a buganvília com flores púrpura brilhantes subindo o muro cor-de-rosa; em vez disso, viu a cerca elétrica e os fios que corriam no topo dela. Não viu o sol brilhando como ouro derretido sobre o azul-esverdeado do oceano; em vez disso viu os grandes portões de ferro e a guarita com dois homens, armados com metralhadoras Uzi, de prontidão. Não viu o azul-céu da piscina fresca e o vermelho imaculado da quadra de tênis; viu câmaras de vídeo com infravermelho e detectores de movimentos nos arbustos, e *dobermanns*, treinados para atacar, patrulhando sua propriedade. Mario de Soto viu uma prisão.

Claro, a mansão de Miami era diferente das prisões onde cumprira pena; pelo menos aqui ele tinha seu próprio chefe de cozinha. Mas ultimamente ele perdera o apetite e na maior parte do tempo comia apenas legumes grelhados, com o ocasional pedaço de peixe. E não bebia mais, também, desde o ataque cardíaco que quase pôs fim à vida dele há três anos — exceto leite, sempre acompanhado de um pacote de biscoitos recheados. Não podia resistir a eles, e isso não era uma mania de infância. Ele nunca comera biscoitos recheados então.

Ele tinha motorista e um Mercedes SL900 preto, bem como uma Ferrari vermelha e um Bentley Brooklands azul-escuro. Mas raramente saía para algum lugar.

Tinha uma namorada, loura, atraente, adornada com jóias e perfumes que usava Versace e *lingerie* provocante. Mas ele não conseguia mais ter uma ereção.

Mario perdera o apetite não apenas pela comida mas também pela vida. Até a visita de Alberto Ricci, há algumas semanas.

Alberto estava no ramo imobiliário, através de uma companhia das ilhas Caimãs conhecida como Desenvolvimento

Monstro. Ele estava numa disputa acirrada por um espaço aéreo na Quinta Avenida, e enfrentava uma dura competição. Ed Vincent.

Mario fizera sua primeira fortuna com imóveis. E também cumprira sua primeira pena por defraudar investidores nesses mesmos imóveis, mas mesmo assim acabou se saindo um vencedor depois de apenas dois anos — e com uma conta bancária bem escondida além-mar. Cumprira pena por outras coisas, também, que não valia a pena mencionar. E havia muita gente que gostaria de vê-lo morto.

Mas Alberto Ricci era completamente limpo e queria permanecer assim: sem trapaças; sem operações fraudulentas; sem mortes... ou pelo menos nenhuma que pudesse remontar a ele. Ricci era um cavalheiro da sociedade e sua nova e jovem esposa gostava disso. Ele usava outras pessoas para fazer o trabalho sujo e receber as reprovações por ele. Desta vez não era diferente.

De Soto fizera um acordo com Ricci. Ele seria um sócio com vinte por cento do imóvel na Quinta Avenida a um risco financeiro reduzido. Como recompensa por se livrar da competição.

Foi o pensamento da "competição" que lhe dera maior prazer, porém. Ele quase morrera de tanto rir por causa disso. Sua Nêmesis caíra em suas mãos por puro acaso. Ed Vincent era o único homem deste planeta que tinha o conhecimento para liquidá-lo para sempre — se ao menos o tivesse conhecido. Mas Ed Vincent certamente não conhecia Mario de Soto.

Ele saiu impetuosamente da casa grande e parou por um minuto, mãos para trás, óculos escuros escondendo os olhos apertados, olhando para a propriedade que sua mente criminosa e fértil lhe comprara. Os homens que patrulhavam a área com os *dobermans* na coleira o cumprimentaram, e num instante seu assistente estava a seu lado.

Mario ignorou a todos, descendo os degraus a passos largos e atravessando o gramado para os fundos da casa e o heliporto.

O assistente ficou alarmado. Mario não fora a nenhum lugar em semanas, ele não estava bem. Correu atrás dele.

— Sr. De Soto, aonde o senhor vai?

Ainda o ignorando, Mario subiu no helicóptero, travou o cinto de segurança e colocou os fones de ouvido. O assistente afastou-se rapidamente quando as hélices começaram a girar. Então Mario levantou vôo, rumando para as Bahamas.

Quando olhou de cima para a sua vasta propriedade, ele pensou no prazer insignificante que ela lhe dava. E no tamanho do prazer que o acordo com a Monstro lhe daria. Isto é, quando concluísse sua parte do acordo.

50

Lila Aramanov não conseguia entender por que seu marido estava tão obcecado pelo noticiário ultimamente. Ele até comia na frente da televisão, sozinho na sala de estar, afastando as crianças com expressões severas como: *saiam daqui, ou brinquem, por que não fazem isso, será que não comprei bastantes brinquedos, pelo amor de Deus.*

Lila rondava perto da porta, vendo-o trocar de canal, sobressaltado como um gato no Dia das Bruxas. Ela podia jurar que ele vira todos os noticiários. Suspirando, ela decidiu que este era o momento de interceptá-lo sobre o assunto e descobrir o que estava errado, fazê-lo dividir com ela seus sentimentos.

Gus estava sentado em sua cadeira habitual na frente da TV de 60 polegadas. Um sanduíche de presunto e queijo, recheado de tomate e cebola — a despeito dos comentários refinados de Lila sobre o que a cebola fazia com seu hálito — estava descartado num prato no chão. Ela notou que ele dera apenas duas mordidas. E perto do prato estava uma fileira de latas vazias de cerveja, que ele substituíra agora por vodca, a qual bebia direto da garrafa. As coisas não estavam nada boas.

Ela chegou por trás dele, passou os braços em torno dele e roçou o nariz em seu pescoço grande.

— O que está acontecendo com o meu ursão de pelúcia? — reclamou ela. — Ele se afastou de sua bonequinha, deixou ela sozinha e solitária.

Gus mudou do canal NBC para o *Headline News*.

— Ah, pelo amor de deus, não enche, está bem? — foi a sua resposta mal-humorada.

Lila afastou-se dele como se tivesse sido ferroada.

— Que diabos está acontecendo com você? — disse ela, passando os dedos, com as unhas manicuradas, distraidamente pelos cabelos louríssimos e duros de laquê, ao menos uma vez sem se preocupar que ficassem grotescamente espetados em vez de cuidadosamente no lugar como de costume. — Vou dizer uma coisa, Gus Aramanov. Você não é mais a mesma pessoa de antes.

Gus sequer virou o rosto da TV para olhar para ela.

— Obrigado por me dizer isso. *Queridinha* — acrescentou ele maliciosamente.

— Então por que o nervosismo? A depressão? O mau humor? Você até descontou nas crianças — disse ela com os olhos cheios de lágrimas, lembrando de como as coisas eram antes. — Pobrezinhos — soluçou ela.

— Lila, pare com isso, vai... — disse ele, inclinando à frente, de repente atento quando o repórter mencionou Ed Vincent.

— *O sr. Vincent ainda está em coma. Já se passou mais de uma semana agora e os médicos não apontam nenhuma melhora no estado dele. Enquanto isso o culpado...*

— Você nem me escuta mais! — gritou Lila, frenética.

— Cale a boca, Lila!

Ele aumentou o volume.

— ... ou culpados, ainda estão em liberdade. A polícia diz que a investigação prossegue normalmente.

— Idiota! — esbravejou Lila, saindo da sala e subindo as escadas acarpetadas de branco. No quarto cor-de-rosa do casal, ela pegou as roupas de dormir, agarrou seu travesseiro predileto e foi para o quarto de hóspedes. O miserável idiota podia dormir sozinho esta noite. Para sempre, no que dependesse dela.

A porta do quarto de hóspedes bateu com força, sacudindo as janelas, mas Gus nem notou. Ele estava exasperado. De Soto não era um homem de brincadeiras. E sua mensagem fora curta e grossa.

51

Harriet Simons acabara de deixar Mel no aeroporto, em rota mais uma vez para Nova York e Ed. Agora ela estava no 405 rumando para o norte.

Não era fácil, pensou ela, desempenhar três trabalhos ao mesmo tempo, mas estava agüentando. Em primeiro lugar vinha Riley, embora às vezes Harriet achasse que aquela menininha esperta era quem estava tomando conta de Harriet e não o contrário. Isso era um prazer, não um trabalho, mas também consumia tempo. Quem sabia como é que as mães venciam os dias, maravilhava-se ela enquanto manobrava o enorme caminhão pelo tráfego matinal.

Harriet estava a caminho de seu segundo trabalho, empacotando um apartamento na Marina del Rey antes de levar a mudança no dia seguinte para Santa Monica. Um trabalho fácil, no tocante a trabalho, e desde que seus ajudantes chegassem na hora. O que nunca se sabia ultimamente, porque, como diria a mãe de Melba, "A ajuda não é a mesma que costumava ser nos velhos tempos".

Ela riu, pensando na mãe de Melba, e no fato de que Mel não reconhecia que ela era exatamente como a mãe. Estouvada, porém sólida como uma rocha em suas crenças e em suas amizades. Inteligente. Dedicada. E sulista.

A terceira tarefa do dia de Harriet era um teste ao meio-dia em West Hollywood, que ficava a uma boa distância da Marina e podia custar-lhe muito tempo de trabalho. Ela não sabia por que insistia. Não conseguira trabalhar como atriz em dois anos, nem mesmo num comercial. Nem mesmo numa atuação onde a cobrissem com a roupa de um palhaço para que ninguém soubesse de quem se tratava e disfarçassem sua voz a tal ponto que ninguém soubesse que podia representar. Talvez estivesse na hora dela realmente se colocar EM MOVIMENTO; reconhecer que mudanças era o que ela fazia, e esquecer que já foi um dia uma aspirante a atriz. Pensou que quem quer que tenha inventado a palavra *aspirante* era um gênio — "aspirante" cobria quase que toda a população de Hollywood. E ela apostaria nisso.

Harriet suspirou ao contemplar seu futuro. Nenhum homem no horizonte, ou pelo menos nenhum de quem ela gostasse o bastante para colocar na categoria de "permanente". De qualquer modo, pensando bem, ela até que gostava de sua vida. Ela e Mel tinham um bom trabalho, agora, é claro que se Mel se casasse com Ed, ela se tornaria esposa de um homem rico e provavelmente moraria em Nova York, deixando os negócios da Em Movimento com ela. Bolas. Ela não sabia se poderia conduzir a coisa sozinha.

Mas é claro que você pode, sua idiota, disse ela a si mesma, jogando os cabelos ruivos para trás, impaciente. Que diabos você está fazendo agora, se não for conduzir sozinha o negócio? Além disso, e se Ed morrer?

Seu coração se partiu com o pensamento. Mel ficaria desolada. Arrasada. Destruída. E Riley também, que pensava em Ed como parte da família. Claro que Riley não sabia nada sobre a fortuna de Ed e seu trabalho, só que era uma pessoa legal que a fazia rir e que, até ela notara, amava sua mãe.

Harriet resmungou quando o trânsito na auto-estrada começou a parar. Isso acontecia todos os dias na 405. Bolas, agora ela seria a atrasada. Harriet afundou no assento com um suspiro, dedos tamborilando impacientes no volante. Tudo estava parado e o idiota atrás dela buzinava como se ela pudesse simplesmente chegar para o lado e deixá-lo passar. A fúria do volante, pensou ela com raiva. O bastardo. A pista da esquerda se moveu alguns milímetros e depois começou a andar. Ela resmungou; só podia ser com ela, estava na pista errada novamente.

Gus Aramanov enfiou o Mercedes branco na pista da esquerda, ignorando as buzinas e as freadas bruscas atrás dele. Franzia o cenho enquanto seguia lentamente. Ele levaria uma infinidade para chegar à Marina del Rey. Mas pelo menos essa pista estava andando. Acelerou para passar o caminhão prateado à direita, olhou de relance para ele — e viu EM MOVIMENTO escrito na lateral com tinta vermelha.

Gus quase bateu no carro da frente. Pisou no freio, ignorando as buzinas, diminuindo a velocidade até ficar lado a lado com o caminhão novamente. E olhou para a cabine para ver se ela estava dirigindo, mas foi uma mulher magra e de cabelos ruivos quem lançou-lhe um olhar de seca-pimenteira quando viu os olhos dele. Ele ficou para trás, deixando-a passar à frente dele, ao perceber que o número do telefone estava na traseira do caminhão. Memorizou o número. O código de área era 310. *A mulher estava bem aqui em LA. Ela estava aqui o tempo todo.*

Gus estava sorrindo quando seguiu o caminhão na saída para a Marina. De repente, ele era um homem com um peso a menos nos ombros.

Gus ficou olhando enquanto caminhão EM MOVIMENTO estacionava bem na frente de um prédio de apartamentos. A ruiva desceu, abriu a traseira do caminhão, depois entrou apressada no prédio.

Gus estacionou do lado oposto, depois pegou o telefone e discou o número da EM MOVIMENTO. Uma voz computadorizada informou que não havia ninguém disponível e sugeriu que deixasse uma mensagem: aperte 1 para Mel Merrydew e 2 para Harriet Simons, disse a voz. Elas certamente entrariam em contato com ele e lhe desejaram um ótimo dia.

Encantador, pensou ele, desligando. Mel Merrydew e Harriet Simons. Ele ficou imaginando qual delas era a sua presa.

O catálogo de endereços deu a ele o telefone e o endereço de Mel Merrydew. Ele voltou para a auto-estrada, saiu em Santa Monica e achou a Ascot Street. Novamente, ele estacionou no lado oposto da rua, fitando o número 139, observando o chalé mal conservado com sua ampla varanda e abas de telhado projetadas. Havia uma rede com uma pilha de brinquedos macios dentro dela, ursinhos e que tais, iguais aos que pertenciam aos seus filhos.

Guardou essa informação para referência futura, depois voltou para a Marina del Rey. Resolveu os negócios necessários, depois seguiu para o sul de San Diego, e para casa. Primeiro ele cuidaria da mulher. Depois veria como cuidar de Ed Vincent. Mais uma vez.

Lila ficou feliz ao vê-lo chegar em casa com pequenos presentes para as crianças. Ele a presenteou com um buquê de rosas e uma desculpa rápida.

— Problemas de trabalho — explicou ele.

De volta ao quarto cor-de-rosa, Lila ficou surpresa com o quanto ele estava amoroso naquela noite. Era como nos velhos tempos. Seu urso de pelúcia voltara novamente.

52

Quando o avião de Mel estava pousando no aeroproto JFK, o de Marco Camelia estava em rota para Londres.

Ele estava recostado no assento vermelho, tomando um sorvete com casquinha de chocolate e vendo um filme antigo com Sharon Stone em sua telinha particular. Novamente a atriz o lembrou incrivelmente de Mel. Ele suspirou profundamente ao comer o último pedaço do sorvete, pensando que as duas mulheres eram igualmente remotas.

A realidade era que eles finalmente conseguiram localizar os donos do imóvel na Quinta Avenida, um consórcio de investidores árabes que não diziam nada, exceto, através de um porta-voz que estava fora do país e era difícil de encontrar, mas esta manhã, a Scotland Yard informara que um dos sócios do grupo tinha uma casa em Londres, e que estava nela no momento. E Camelia pegara o primeiro vôo para Heathrow.

Londres de manhã cedo era cinza, com um tipo de névoa úmida que os ingleses chamavam de "chuvisco", mas que para Camelia era mais uma chuva gelada. Ele tremia, esperando um táxi; o frio entranhou até os ossos e ele ficou imaginando como é que os britânicos agüentavam isso, dia após dia, ano após ano. Será que tinham primavera, verão, um belo dia ensolarado? Ele achava que talvez só nos filmes. Definitivamente ele não estava em conexão com a vida real hoje.

Camelia hospedou-se num hotel grande, impessoal. Jogou a mala sobre a cama, ligou para seu colega, inspetor Macpherson da Scotland Yard, e combinou estar lá, "digamos, agora".

O trânsito estava uma confusão e ele demorou dez minutos a mais do que havia antecipado, e estava zangado consigo mesmo por deixar Macpherson esperando.

Quando entrou finalmente nos portais de tijolos aparentes da bendita instituição britânica conhecida como Scotland Yard, não pôde deixar de pensar em Sherlock Holmes, mas a realidade era moderna e arrojada como o avião em que viajara. E o inspetor Macpherson era um homem altivo de rosto corado, barba, e uma voz que viajou pelo corredor quando fez suas saudações.

Diferente do DPNY, não havia pilhas de arquivos velhos caindo, nem copos manchados de café ou rosquinhas mofadas. Camelia sentou-se e lhe ofereceram café quente, na caneca apropriada, com biscoitos direto do estoque pessoal de Macpherson.

— Eu sou escocês — disse Macpherson com uma risada alta. — Não consigo passar o dia sem um bom biscoito. Não é tão bom como o que minha mãe costumava fazer, admito, mas é bom o bastante. Além disso — acrescentou ele —, sou viciado em açúcar.

Camelia aceitou o biscoito e ouviu enquanto Macpherson explicava qual era a transação. Um dos principais no consórcio árabe, Khalid al Sharif, chegara em Londres há dois dias. A casa dele era guardada, mas Macpherson obtivera um mandado e o homem teria de responder perguntas relacionadas com seus negócios imobiliários.

Ele era saudita, o filho mais velho, rico com dinheiro de petróleo e um tanto misterioso. Diferente de seus contemporâneos bilionários, Khalid não freqüentava casas de jogos ou clubes noturnos, e quaisquer que fossem suas preferências e prazeres, ele os mantinha em segredo.

— Dizem que ele é obcecado pelos negócios — disse Macpherson a Camelia. — Para ele o verdadeiro jogo é sair vitorioso em um grande negócio. Como este. Daí a possível tramóia, jogando um comprador em potencial contra o outro.

— Já vi esse filme — disse Camelia, lembrando que fora sobrepujado na compra de sua casa em Queens por um sujeito que fazia lanços de mil dólares e depois mais mil, até que finalmente Camelia desistiu. Era a mesma coisa com Khalid al Sharif, só que as apostas eram bem mais altas. Negócios eram negócios, pensou ele.

Um colega dirigiu o Vauxhall preto sem logotipo pelo labirinto que era o trânsito do centro de Londres. Aturdido, Camelia fechou os olhos, pensando que nunca se acostumaria com a direção do lado esquerdo. Além disso, a noite maldormida e fadiga do vôo embotaram seu raciocínio. Nunca em sua carreira se sentira tão sem condições para fazer um interrogatório. Especialmente um interrogatório com um suspeito muito rico, temperamental e difícil.

A casa, na vistosa Bishops Avenue, no elegante subúrbio de Hampstead, era grandiosa. Levou dez minutos de conversa com os dois seguranças, completos com pastores-alemães rosnando, com os guardas no interfone em comunicação com a casa e Camelia soltando baforadas de fumaça e Macpherson, com a serenidade britânica, ficando cada vez mais inflexível, antes de serem finalmente admitidos.

O vestíbulo de mármore tinha uns doze metros, sustentado a intervalos por colunas caneladas de ônix, que subiam até um domo azul entremeado de estrelas cintilantes.

Um criado de túnica branca e faixa azul ornada com borlas na cintura levou-os até o salão principal.

Khalid al Sharif estava sentado perto da janela, sozinho sobre a bancada de seda dourada que pegava todo o comprimento e largura do salão, repleta de almofadas na tonalidade de jóias. Pequenas mesas de cristal, colocadas aqui e ali na frente da bancada, portavam pratos dourados e prateados contendo tâmaras frescas, castanhas variadas e amêndoas acuçaradas. O teto abobadado também era pintado de azul, com uma janela pequenina no vértice, ricos tapetes persas cobriam o chão de mármore, e um vaso de lírios marroquinos perfeitos sobre uma imensa mesa redonda intoxicava o ambiente com seu cheiro doce.

Era um cenário de filme, pensou Camelia, atordoado. O palácio do sultão por Cleópatra. Ele nunca soube que pessoas viviam assim, mesmo as pessoas ricas. Mas isso era muita riqueza. Isso era uma riqueza assombrosa.

— Espantoso — sussurrou Macpherson enquanto esperavam Sharif cumprimentá-los.

Sharif não levantou-se. Nem lhes ofereceu algo para beber.

— Eu não convidei os senhores aqui — disse ele, pegando um cacho de tâmaras frescas do prato prateado a sua frente. — E não posso imaginar sobre o que os senhores precisam me questionar. Mas estejam certos de que meu embaixador fará uma séria reclamação ao primeiro-ministro.

Sharif arrancou uma tâmara do cacho e a mordeu, olhando ameaçadoramente para eles com grandes olhos castanhos.

Ele era um homem bonito, pensou Camelia. Próximo dos cinqüenta anos, rosto fino e bronzeado, bigode, e cabelos pretos parcialmente escondidos sob um pano vermelho e branco. Podia-se notar que estava em boa forma física, também, sob aquela túnica branca que usava. Seus pés estavam descalços e Camelia notou que as unhas estavam pintadas com esmalte transparente.

Sharif cuspiu o caroço de tâmara na mão e o depositou numa tigela. Ele arrancou outra tâmara do cacho sem dizer uma palavra.

Camelia olhou para Macpherson, que inclinou a cabeça, dando a ele a liderança.

— Sr. Sharif, não há necessidade de alarme e peço desculpas se o senhor pensou assim — disse Camelia, suando com o esforço da diplomacia. Ele estava mais acostumado em recolher corpos das ruas depois de um tiroteio; não tinha conhecimento dessa tolice de sofisticação de homem-do-mundo. — Só queremos a resposta para uma pergunta.

As sobrancelhas de Sharif se levantaram e ele cuspiu outro caroço.

— A pergunta é — disse Camelia, preenchendo o longo silêncio. — Quem mais está na guerra da licitação para o espaço aéreo na Quinta Avenida, além de Ed Vincent?

Sharif não olhou para ele, quando finalmente falou:

— Eu fiquei, é claro, triste ao saber do desafortunado... incidente com o sr. Vincent. Porém, acho difícil acreditar que isso tenha algo a ver com a venda de meu imóvel.

Ele tinha um sotaque britânico impecável, aristocrata até mais não poder. Educado em Harrow, Macpherson dissera a Camelia mais cedo, na pequena biografia que lhe dera.

— Senhor — Macpherson assumiu. — Sinto, mas devo lhe pedir que responda à pergunta do detetive Camelia.

Sharif atirou-lhe uma olhadela.

— E se eu não responder?

— Então terei de levá-lo para um interrogatório — respondeu Macpherson, mostrando o mandado. — Senhor — acrescentou ele, cuidadosamente cortês. — E, claro, estou ciente da inconveniência que lhe causaria.

Sharif jogou outra tâmara na boca. Mastigou pensativo, depois cuspiu o caroço.

— Havia vários compradores em potencial — disse ele, aparentemente reconhecendo que as chances estavam contra ele e rejeitando o jogo. — Um desses homens fez uma oferta que inicialmente não era aceitável. Ed Vincent fez uma oferta maior. Sua oferta foi aceita, embora apenas provisoriamente, na dependência do contrato e dos detalhes apropriados que estavam sendo negociados por meus advogados. Então, o primeiro comprador veio com uma oferta maior, na dependência, como antes, do anonimato.

Camelia colocara as mãos para trás, abaixara a cabeça em sua postura habitual antes de começar a andar de um lado para o outro. Andar para ele era um escape que lhe permitia pensar, dar à sua mente espaço para respirar. Ele perguntou:

— E o senhor aceitou a oferta anônima?

— Eu estava esperando a oferta retaliatória do sr. Vincent, embora ele tivesse jurado que não faria uma. Ele disse isso porque havíamos apertado as mãos sobre o negócio, ele tinha um trato.

Camelia perdera toda a paciência agora; ele queria dizer a ele para parar de embromar e lhes dizer a verdade.

— Então quem era o outro comprador, sr. Sharif? — perguntou ele e havia alguma coisa em sua voz, um tom inalterado de ameaça, que fez Sharif olhar apreensivo para ele.

— Seu nome é Alberto Ricci — disse ele relutante, sabendo que agora não tinha escolha.

— Ahhh... *Ricci* — Camelia ficou surpreso.

— Muito obrigado, senhor, pela sua cooperação — disse Macpherson.

E então eles saíram de lá, apressados e agradecidos ao descerem os degraus, mantendo os olhos nos pastores alemães enquanto entravam no carro e saíam da frondosa Bishops Avenue.

Camelia secou a testa com seu lenço branco.

— Prefiro fazer um tratamento de canal do que lidar com sujeitos assim. Definitivamente, essa não é a minha praia.

— Você conhece Ricci?

— Só pela reputação. Ele é um filantropo tanto quanto Ed Vincent, conhecido como um sujeito decente com seu dinheiro e estilo de vida. E, até onde sei, ele está limpo.

— Então você não acha que ele é o seu assassino?

Camelia balançou a cabeça.

— Minha intuição me diz que este caso é muito mais complicado do que apenas isso.

Ele despediu-se de Macpherson, relatou o acontecido por telefone, e, muito hipnotizado para dormir, pegou um táxi para o Soho. Comeu uma pizza decente num lugar chamado Pizza Express na Wardour Street, depois entrou no Ronnie Scotts's e ouviu uma hora ou mais de *jazz*, tomando uísque e fumando até sua cabeça ficar tão confusa que não conseguia mais ouvir a música. Então chamou um táxi, pegou a mala ainda fechada, pagou a conta do hotel, e foi para Heathrow. Ele bebeu talvez uns dez cafés e estava no primeiro vôo para Nova York. E dormiu como um bebê a viagem toda.

53

Ed a ouviu chegar, ele conhecia o som especial de seus saltos no chão duro de vinil, o movimento da saia contra suas pernas... O cheiro dela estava em suas narinas novamente, em sua cabeça, em seu coração... Ou o que sobrara dele agora. Ele sentia como se o seu coração estivesse descendo um abismo, cada batida mais fraca que a anterior, cada respiração mais difícil que a última. Seria tão mais fácil desistir dessa luta, soltar-se e deslizar sem esforço para o esquecimento... para uma terra-do-nunca onde não havia mais pontadas de dor; sonhos perturbadores que eram semi-reais; onde não haveria vida. Nem Zelda.

Era improvável, a vida sem ela... insuportável, não poder abraçá-la novamente... Inimaginável, não mais ouvi-la chamá-lo de meu bem mais uma vez...

— Meu bem — disse ela, e a sua voz suave era como um carinho. — Estou aqui com você, e desta vez não vou embora. Você me tem para sempre, Ed Vincent, queira ou não.

Ah, eu quero, eu quero mesmo... Ele teria sorrido se pudesse, mas tudo o que podia conseguir era a próxima respiração que a máquina lhe dava.

— Riley mandou dizer que ama você e que espera ansiosa pelos nossos domingos juntos novamente. Não sei se é por sua causa ou pelo beluga, mas essa garota está doidinha para jantar com você. Você pode ter despertado algo maior do que imaginou.

Não vejo a hora. Não vejo a hora de ouvir o riso de Riley novamente, o riso escancarado daquela garotinha, que parece vir das entranhas... Ela pode comer meio quilo de beluga se quiser, embora ache que poderá lhe fazer mal... Eu simplesmente adoro aquela garota.

— E Harriet mandou lembranças, também — disse Mel. — Ela está cuidando da Em Movimento, na minha ausência.

Ele ouviu o riso na voz dela e teve vontade de rir também.

— Embora é claro que ela tenha de admitir que não é a mesma coisa sem mim...

Sem dúvida!

— E eu adoro Harriet, também — acrescentou Mel, agradecida. — Ela é minha melhor amiga, está cuidando de Riley e de Lola... que, eu sei, teria lhe mandado uma grande mordida no tornozelo se ela ao menos pudesse vê-lo...

Ah, aquela pestinha... Acho que vou ter de aturá-la. Lola faz parte da vida de Riley... isto é, se ao menos eu puder juntar os meus pedaços e viver...

— Vou ficar quietinha agora — disse Mel suavemente. — Vou deixá-lo descansar para recuperar as forças. Apenas saiba que amo você, Ed Vincent, só isso.

Ela o beijava, ah, tão suavemente, nos lábios. Ou em qualquer parte de sua boca que pudesse tocar, com todos os tubos, o respirador e tudo o mais... Era um pensamento feliz se deixar levar pelo esquecimento, para um lugar pacífico, no meio da escuridão...

Mais uma vez, Camelia estava esperando para entrevistar um homem. Desta vez era Alberto Ricci, e a locação era um sobrado suntuoso em Manhattan, na rua 64 Leste, com Bonnards e Picassos nas paredes revestidas de seda e cortinas de brocados nas janelas altas. Andando impacientemente de um lado para o outro, Camelia examinou os objetos antigos de preço inestimável e pensou que o lugar devia custar mais do que ele jamais ganharia durante toda a vida. Contudo, quando Ricci veio sorrindo em sua direção, com a mão estendida, ele não invejou nem um pouco este homem.

As perguntas não revelaram nada. Ricci era completamente limpo. Sem antecedentes, sem manchas negras contra ele. Contudo, havia algo em seus olhos, um vazio que desmentia o calor de seu sorriso e a firmeza de seu aperto de mão, seu tapinha amigável nas costas e suas palavras apologéticas.

— Claro que conheço Ed — admitiu Ricci agora. — Embora não intimamente. Nós sempre nos encontramos nos mesmos lugares. Você sabe que colaborador generoso Vincent era. *É* — corrigiu-se ele, rapidamente. — Como eu, ele acredita em ajudar os outros.

Sem dúvida, pensou Camelia, olhando para o ambiente a sua volta.

— Só não percebi que meus negócios imobiliários tivessem algo a ver com o infortúnio de Ed. Mesmo agora não posso acreditar que o negócio tenha algo a ver com isso. Cristo, detetive, você acha, por um instante, que eu teria feito uma oferta pelo imóvel, se soubesse que havia algum problema?

Não, pensou Camelia enquanto andava lentamente pela rua 64 Leste, mãos enfiadas nos bolsos do terno escuro. Acho que não, Sr. Ricci. Acho que o senhor sabe de alguma coisa que não sei.

Mel levantou os olhos para Camelia quando ele entrou no quarto do hospital. Ele estava do modo como Mel se sentia. Esgotado.

Ela levantou para abraçá-lo, depois o segurou pelos ombros, inspecionando-o.

— Você está horrível — disse ela.

Ele riu.

— Somos dois. Que tal um café?

Ela olhou para Ed. As linhas verdes no monitor apitavam calmamente, incessantemente. *Indefinidamente*, rezou ela.

Não era Brotski quem estava montando guarda na porta, mas um novo guarda, uma réplica do rapaz magrinho com uma roupa de policial muito grande para ele, e um distintivo brilhando de novo. Ele se levantou agilmente quando Camelia saiu do quarto e Mel pensou com ternura que o pobre rapaz parecia entediado. Ela achou que ele esperara mais excitação do trabalho policial do que ficar longas horas na porta de um quarto de hospital.

Ela enganchou o braço no dele enquanto seguiam para a *delicatessen* habitual.

— Por onde você andou? — perguntou ela, sentando do lado oposto a ele na pequena mesa de plástico. — Senti sua falta.

— Ah sim, como de um sarampo, você sentiu falta de mim.

— É verdade — disse ela, tomando um gole de café e sorrindo para ele. — De qualquer modo, até que gostei de ter sarampo. Isso significava que não tinha de ir para a escola.

— Escola? Isso quer dizer que você teve sarampo muito tarde. Meus filhos tiveram sarampo no jardim da infância.

— Sempre fui um pouco retardada, eu acho — ela riu e pegou a mão dele. — Mas é verdade, Camelia, senti a sua falta. Parece que passaram anos desde Charleston e Mamzelle Dorothea.

— Parece mesmo. E já que perguntou, estive em Londres — disse ele, pedindo duas torradas com queijo fundido.

— Isso explica.

— Explica o quê?

— A sua palidez doentia. Todo aquele tempo chuvoso e cinzento. E esse leve sotaque britânico que estou ouvindo.

— Bobagem — disse ele com um sorriso.

Ela era astuta, tinha de admitir. Notara absolutamente tudo, até que estivera acordado por mais de 28 horas agora. — Eu estava no rastro de nosso atirador.

Os olhos dela se arregalaram, mas ela não disse nada, esperando. Ele contou-lhe sobre a Scotland Yard e Khalid al Sharif, e sobre Alberto Ricci, enquanto comiam as torradas. Elas não estavam bem tostadas para o gosto dele, mas estava muito cansado para discutir com o garçom.

— Ricci — disse ela, pensativa. — Já ouvi falar dele. Muito rico, sempre em eventos de caridade com uma mulher glamourosa com roupas de grife. O típico homem de sociedade.

— É, mas a questão é, como chegou lá? Seus negócios parecem honestos, mas não parecem justificar seu estilo de vida. Quer dizer, um Picasso tem seu preço, bem como um Bonnard.

Mel ergueu as sobrancelhas, interessada.

— Você reconhece um Bonnard?

Ele viu que ela ficou impressionada, e sorriu.

— Você quer dizer que qualquer idiota pode reconhecer um quadro de Picasso, mas não de um Bonnard, hem?

Mel corou e ele gostou da visão.

— Desculpe. Não foi bem isso o que eu quis dizer.

— Claro que foi. Mas não faz mal — disse ele, encolhendo os ombros. — Sou apenas um policial siciliano, o que sei eu? Só que adoro arte. Levo meus filhos ao Metropolitan e MOMA sempre que posso. O que não acontece com a freqüência que eu gostaria.

— Vi minha filha ontem — disse ela com melancolia. — Meu Deus, como sinto falta dela.

— É engraçado, não é, como essas coisinhas barulhentas viram crianças, e depois gente de verdade. E como tomam conta de nosso coração.

— Como uma planta trepadeira — concordou ela, lembrando. Era tão bom vê-lo, estar com ele, que o estresse simplesmente saiu de seus ombros. Como o resultado de uma boa massagem, Camelia simplesmente a fazia se sentir bem. Talvez bem demais, pensou ela com sentimento de culpa.

Ah, Deus, Camelia estava pensando, enquanto a levava de volta para o hospital. Estou feliz por estar aqui. Com ela. É como voltar para casa.

54

Gus Aramanov descia lentamente a Ascot Street num Camaro prateado, novamente alugado e usando uma carteira de motorista falsa. Havia luz vindo das janelas do andar de baixo do número 139 e ele olhou para o relógio do painel. Quase oito horas. Certamente a criança já estaria na cama. Seus filhos certamente estariam, Lila fazia questão disso, e os meninos eram bons garotos. Como qualquer pai, ele tinha orgulho deles.

Era lamentável que a criança estivesse em casa quando ele desse cabo da mãe. A idéia o perturbava; ele gostava de criança. Mas não tinha escolha, ele não podia atirar nela no trabalho, muita gente por perto. Então tinha de ser na casa.

Ele parou o carro alugado num estacionamento comercial a duas quadras, depois voltou andando para o número 139. Esta era uma rua residencial e não havia ninguém por perto. Raramente havia em LA, e além disso, ele já checara isso e conhecia os movimentos dos vizinhos; sabia qual era a hora calma, com todos na frente da TV ou fora para algum compromisso. Às oito era a melhor hora. Só o pensamento da garota o importunava, e ele desejou novamente que ela já estivesse dormindo.

O único poste de luz ficava bem no final, e árvores frondosas lançavam uma sombra extra acolhedora enquanto ele caminhava, sem pressa, caso alguém estivesse olhando, para o número 139. Parou na varanda para colocar a máscara de esqui preta, depois testou a porta. Estava destrancada. É claro, pensou ele. Ela era exatamente o tipo de mulher que deixaria as portas abertas.

Entrou direto na sala de estar, que estava vazia e iluminada por dois abajures com franjas. Do andar de cima vinha o som de uma TV, e do cômodo à esquerda um cheiro familiar de comida chinesa. A cozinha, pensou ele.

Gus espalmou a Sigma 40mm, provida de silenciador; isso seria fácil, acabaria em segundos...

Ficou atento aos sons de vida. Nada. Exceto... espere, o que foi isso? Ele apurou os ouvidos, ouviu um som fraco de alguma coisa arranhando. Depois uma visão profundamente sentida.

Riley estava sentada à mesa da cozinha, fazendo seu dever escolar que esta noite consistia em escrever uma redação sobre os méritos dos cachorros *versus* gatos. Era um trabalho difícil; gostava tanto de cachorros por causa de Lola, que era, claro, uma perfeição, e assim sendo ela estava penando para ser totalmente justa com os gatos, dos quais ela gostava muito, mas que do seu ponto de vista não podiam competir com os cachorros. Ela enfiou as mãos em seus cachos bronzeados, olhando com desespero para o único parágrafo que escrevera.

Cachorros são melhores porque gatos não saem para andar com você, e eles não brincam de pega-pega na praia, e não gostam de frango chow mein, e Lola gosta dos três. E eu gosto de Lola porque ela é minha, embora ela morda. Só mordidinhas, porém, e sei que ela não faz por mal, é só o jeito dela dizer olá. Mamãe diz que ela devia aprender boas maneiras, mas seja como for, ela nunca aprende.

Ela não sabia se tinha escrito "*chow mein*" certo, quando ouviu os passos. Levantou os olhos, esperando ver Harriet, que estava no quarto de trás vendo TV, com Lola dormindo na cama perto dela. Harriet dissera que estava morta de cansada esta noite, depois de um dia longo fazendo mudanças, e Riley estava atrasada com o dever de casa por causa de um programa de TV que Harriet lhe permitira assistir, além da comida chinesa que foram pegar.

Quando ela viu Gus, seus olhos esbugalharam e o queixo caiu. Gus ficou olhando para ela, chocado. Então ela reagiu.

— Harriet! — gritou ela. — Harriet, tem um homem aqui...

Gus ouviu os pés de Harriet golpeando os degraus e o latido de um cachorro. Ele correu rápido para trás da porta da cozinha, a Sigma engatilhada. Detestava fazer isso na frente da criança, mas não tinha escolha.

Harriet irrompeu na cozinha, precedida por Lola, e Riley ficou olhando para ela, paralisada pelo choque. Mas Lola não. A cachorra farejou Gus, deu um salto, e mordeu sua coxa.

Gus repeliu a cachorra e recuou. A pistola quase caiu de sua mão e, instintivamente, Harriet agarrou Riley. Ela colocou Riley atrás de si, esgueirando-se para a porta. Seu coração estava na boca e os olhos arregalados de terror. Tudo o que ela sabia era que tinha de sair dali, correr até o vizinho, ligar para 911.

Os dentes da cachorra ainda estavam cravados na perna de Gus. Ele bateu com a pistola na cabeça dela e ficou olhando quando ela caiu com um gemido.

Riley saiu correndo de trás de Harriet e se atirou no chão ao lado da cachorra inerte.

— Você matou ela — gritou Riley para Gus. — Ela é minha cachorra, moço, e Deus com certeza vai punir você por isso.

O suor escorria pelo pescoço de Gus. Estava desnorteado. Este não era o modo como planejara as coisas. Mas, também, ele nunca tivera de lidar com uma criança e um cachorro antes. Ou pelo menos não com este cachorro. Ataque de *dobermanns* ele podia dominar.

Ele apontou a arma para Harriet. Os olhos aterrorizados de Riley seguiram a arma.

— *Ohh, nããão!* — gritou ela. E depois o atacou como um zagueiro do Green Bay Packers, pegando-o de surpresa e o jogando no chão.

Gus afastou-a com os pés. Ele estava pingando de suor. Aquilo estava virando uma farsa. Ele nem sequer vira a mulher que devia matar.

Harriet pulou em cima dele, lutando para pegar a pistola. Gus aplicou um golpe em seu pescoço e ela caiu no chão.

— Oh, não, *oh, não!* — a menina estava gritando. — Nããão, Harriet...

Gus levantou-se e foi andando de costas para a porta, a arma apontada para a menina.

— Um movimento, menina, e as duas estão mortas — disse ele. Seu sotaque estava mais forte do que o normal porque ele estava descontrolado. Estava tudo errado. Ele era um matador profissional, um dos melhores nessa atividade. Ou pelo menos tinha sido, até esse desastre: Ed Vincent. Que diabos ele estava fazendo, apontando uma arma para uma criança? — Fique exatamente onde está — ele advertiu Riley. — Vou ficar na sala ao lado. Se você se mover, mato vocês duas, entendeu?

Riley estava com a boca tremendo, mas concordou. Ela ficou olhando para ele, olhos arregalados, enquanto ele saía de costas pela porta.

Logo a seguir, estava correndo pela rua, entrando no carro e acelerando. E ele se foi, fazendo o contorno na auto-estrada para Santa Monica, rumando para o número 405 na Marina del Rey, rezando para que a menina fizesse o que ele mandara até que tivesse tempo de fugir.

Por um minuto, Riley ficou paralisada no lugar. Evitava até de respirar mais alto com medo dele ouvir. Ficou olhando ansiosa para a inconsciente Harriet e para Lola estatelada perto dela, com a cabeça sangrando. Ela não pôde agüentar mais. Ele podia atirar nela, mas precisava pedir ajuda.

Com passos indecisos, ela chegou ao telefone e discou 911.

55

Camelia estava em seu "escritório", quer dizer, no pequeno espaço destinado a ele no distrito policial, cadeira giratória reclinada, pés em cima da mesa, mangas da camisa branca, levemente engomada, arregaçadas, um cigarro pendurado nos lábios.

Ele estava tentando parar, Deus sabia que não era bom para ele, mas, de vez em quando, quando as coisas não estavam boas para ele, como agora, sucumbia. Ele achou que era tão viciado como qualquer um, e deu uma última tragada antes de apagá-lo no cinzeiro velho de metal que devia estar por ali há uns trinta anos. Agora provavelmente já se qualificava como uma antiguidade genuína, pensou ele.

Afastou para um lado a caixa transbordando de papel e começou a olhar os relatórios do caso Ed Vincent mais uma vez. Já estavam há mais de duas semanas na investigação, e afora o fato de Ricci estar ligado ao negócio imobiliário, eles não estavam chegando a lugar algum.

O passado de Ed não oferecera nada, exceto uma pista para o próprio homem. Para sua força de caráter, e talvez para as razões pelas quais ele era tão caridoso e tomava para si a responsabilidade de ajudar jovens necessitados.

Sem perceber, Camelia pegou outro cigarro e o colocou na boca, depois lembrou e jogou o cigarro fora, com nojo de si mesmo. Ele tinha a força de vontade de uma pulga. Não conseguia curar nem o vício do cigarro, então como poderia esperar curar seu vício por Melba Merrydew?

O telefone tocou, e ele atendeu.

— Como vai você? — disse ele ao detetive do DPLA, imaginando o que estava acontecendo. Camelia levantou da cadeira meio corpo, porém, quando ouviu o que acontecera.

Deu uma olhada para o computador.

— A informação está chegando agora — respondeu ele, sucinto. — Ligo para você em cinco minutos.

Ele olhou atento para o relatório na máquina, detalhando o ataque contra a filha de Mel e sua amiga e sócia. Harriet Simons estava no Centro Médico da USC, sofrendo de uma concussão. Riley Merrydew estava sob proteção. E a cachorra, Lola, estava no veterinário.

O coração dele estava destroçado. *O matador estava atrás de Mel.*

A menina dera a descrição que pôde: um homem grande, muito grande, usando uma máscara de lã preta. E tinha um sotaque esquisito.

O DPLA achava que podia ser George Artenski e Camelia não tinha dúvida de que estavam certos. Seu coração voltou a doer quando pensou de que maneira contaria a Mel.

Ajustou as mangas da camisa e vestiu o paletó. Isso não era uma coisa que se podia dizer a uma mulher pelo telefone. Precisava voltar ao hospital e encará-la.

Primeiro, porém, voltou ao telefone e disse ao detetive que

acreditava que George Artenski era o perpetrador, e que estavam enviando uma fotografia do suspeito, para ser mostrada imediatamente em rede nacional de TV.

A caçada começara.

Rick Estevez estava dividindo a vigília com Mel esta manhã. Ele trouxera um exemplar do *Wall Street Journal* e estava lendo as últimas notícias sobre o mercado de ações em voz alta, esperando estimular a mente silenciosa de Ed.

Mel acariciava o braço de Ed. Seus olhos não se desviaram do rosto dele, mas ela os levantou quando Camelia entrou.

Ela lhe deu aquele sorriso de orelha a orelha e o coração dele pareceu perder mais um pedaço.

— Preciso falar com você — disse ele, fazendo sinal para que ela fosse até o corredor.

Mel saiu apressada atrás dele.

— Alguma coisa está errada — disse ela, procurando a resposta no rosto dele. — O que é? O que está acontecendo?

— Houve um incidente.

Ela ficou olhando para ele, sem entender.

— O que isso quer dizer?

— Harriet foi atacada na casa. Achamos que foi o matador.

Ela levou a mão à boca, olhando para ele, horrorizada.

— Ela está bem, e Riley está bem. Harriet sofreu uma concussão, e com exceção de machucados, Riley não foi ferida.

Mel parecia prestes a desmaiar e Camelia pôs o braço em torno dela, abaixando-a até a cadeira ao lado da porta, onde o fardado normalmente sentava. Camelia percebeu que o policial de plantão não estava lá, e olhou impacientemente de um lado para o outro do corredor. Ele achou que o policial fora ao banheiro, mas ele não devia ter saído sem chamar o substituto que ficava no andar de baixo. Ele não esqueceria de chamar sua atenção sobre isso.

Estevez saiu do quarto de Ed. E ficou olhando, surpreso, para eles: ele podia ver que algo estava errado.

— Onde ela está? — Mel apertou a mão de Camelia. — *Onde está Riley?*

— Não se preocupe, ela está segura. Ela está sob proteção policial.

— Você quer dizer que ela está na delegacia? — disse Mel com a voz esganiçada pelo pânico. — Harriet está no hospital e minha filha está na cadeia. Oh, meu Deus... minha pobre filhinha...

Estevez olhou para Camelia.

— O que aconteceu?

Camelia contou a ele, enquanto Mel ficou sentada, olhando para o nada. Ela colocara sua filha em perigo. E a amiga. Ela quase as perdera. O que estava fazendo neste pesadelo? Que coisa terrível Ed fizera, para que alguém quisesse tanto matá-lo que estavam dispostos a matar crianças? Mel sentiu sua fé começando a vacilar. Nada era mais importante do que Riley. A criança nascida dela, seu sangue. Riley era sua *vida*. Ela estava quase em estado catatônico com o choque e Camelia a ponto de chamar o médico quando Estevez inclinou-se sobre ela.

— Melba, você precisa estar com sua filha e sua amiga. Você precisa ir agora, imediatamente. Vou deixar o jato da companhia pronto e a sua espera no aeroporto. A limusine levará você até lá. Está pronta para ir agora?

Os olhos perplexos de Mel encontraram os dele. Ela voltou à vida.

— Sim — murmurou.

— Ótimo. Vou resolver isso imediatamente.

Quando Estevez desceu o corredor com passadas largas, Mel levantou os olhos para Camelia:

— Venha comigo — disse ela.

56

O vôo para a Califórnia no Gulfstream IV passou como um pesadelo. Mel poderia estar no pior cargueiro por toda a atenção que deu ao ambiente luxuoso. Com o cinto de segurança apertado no assento de couro cinza, ela quase não notou a passagem do tempo, exceto para reclamar da demora. *Ela devia estar lá agora. Há cinco minutos. Ela nunca devia ter partido.*

A culpa escondia-se atrás de seus olhos, embaçando sua visão. Era ela que o matador queria. Se estivesse lá, ele a teria matado e deixado os outros em paz. Tudo isso era de alguma forma culpa dela. Como pôde expor Riley a tamanho perigo?

Camelia sabia o que ela estava pensando, mas não disse nada. O que poderia fazer? Dizer a uma mãe que estava errada, que independente de qualquer coisa, o matador teria vindo atrás dela? E que talvez ainda viesse?

Não havia dúvida, porém, de que George Artenski estava perdendo sua habilidade. Ele acabara se tornando o matador mais inapto do mundo. Camelia ainda especulava o por que, quando o telefone tocou e obteve a resposta.

George Artenski fora identificado também como Gus Aramanov. Vivia com a esposa, Lila, em San Diego. E era o pai de duas crianças pequenas.

Então foi a criança que deteve a mão de Aramanov, pensou Camelia. Gus quebrara a regra inquebrantável pela qual homens como ele manejam sua profissão. Ele permitiu que a emoção interferisse no trabalho. Camelia agradeceu a Deus pelo pouco de piedade que restara na alma negra de Aramanov.

Camelia olhou para Mel. Seus olhos estavam fechados e ela parecia estar dormindo, mas ele sabia que não estava. Sua mente, como a dele, estava agitada, passando e repassando o mesmo cenário, procurando respostas. Ou saídas.

Ele sorriu, lembrando da história sobre W.C. Fields, o famoso ator cômico e conhecido ateu. Disseram a Fields que ele estava morrendo e um amigo foi visitá-lo. O amigo o encontrou lendo a Bíblia. Mas o que você está fazendo?, perguntou o amigo, admirado. "Procurando saídas", respondeu Fields.

Camelia sempre pensou na história como engraçada e ficou imaginando se era isso o que Artenski/Aramanov estava fazendo agora. Procurando saídas, um modo de escapar da confusão que criara. Ele não lhe desejava sorte.

Uma limusine os esperava quando pousaram no minúsculo aeroporto de Santa Monica e seguiram imediatamente para a casa de custódia onde Riley estava sendo cuidada por assistentes sociais.

Ela se atirou nos braços da mãe, mas desta vez não houve sorrisos.

— Oh, mamãe — disse ela, com a respiração entrecortada. — Ele foi tão mau. Ele bateu em Harriet e quase matou Lola, e me deu um chute...

— Eu sei, eu sei, meu bem — disse Mel, afastando os cachos da filha do rosto em lágrimas. — Está tudo bem agora. Estou aqui...

O poder do amor de uma mãe, pensou Camelia, lembrando

de Claudia e de seus próprios filhos. De como ela cuidara deles, os protegera, naqueles longos dias e noites em que ele trabalhara 24 horas direto, deixando toda a responsabilidade para ela. O que seria do mundo sem o amor de mãe?, questionava ele. E achava que sem esse amor o mundo produziria homens como Gus Aramanov.

Riley foi com eles na limusine para o Centro Médico da USC. Harriet estava sentada na cama, parecendo alerta, embora estivesse com uma bandagem na cabeça.

— Glamouroso, hem? — disse ela como saudação. — Sempre posso conseguir um trabalho como figurante em *Plantão Médico*. Aquela que eles empurram na maca quase morrendo. Pelo menos estou com a aparência certa.

— Ora, pare com isso, Harr — disse Mel, sorrindo entre lágrimas. — Isso não foi piada. Você correu um sério perigo. E tudo por minha causa.

— Verdade — concordou Harriet, com serenidade. — Provavelmente vou ter de chamar Johnnie Cochran para processar você.

Elas se abraçaram e Riley subiu na cama, ficando perto dela.

— Você salvou nossas vidas, mocinha — disse Harriet orgulhosa. — Atacou aquele monte de banha como um zagueiro profissional. Eu mesma não poderia ter feito melhor — disse ela, vendo Camelia do lado de fora da porta, cabeça baixa, mãos para trás, andando de um lado para o outro, imaculado de cinza-grafite da cabeça aos pés. Suas sobrancelhas estavam franzidas, o cabelo preto alisado para trás, e ele parecia um tanto familiar.

— Você trouxe a máfia com você — disse ela em voz alta. — Ou então ele faz parte do elenco principal.

A gargalhada de Mel ecoou e Camelia ergueu os olhos. Graças a Deus, havia risos novamente.

Mel fez sinal para que ele entrasse no quarto.

— Detetive Marco Camelia, esta é minha amiga Harriet.

Enquanto apertava a mão de Harriet, ele pensou, surpreso, como ela era pequena. De algum modo, por ela estar no ramo de mudanças, ele esperara uma mulher grande, capaz de levantar e carregar pesos. Ela não parecia poder levantar sequer uma caneca de café. Mas soube que estava errado, porém, quando sentiu o aperto de mão dela, e pensou que era uma questão de mente sobre matéria.

— Você me parece bem, considerando — disse ele, sorrindo.

— E você também, considerando que teve de aturar Mel por estas últimas semanas.

Mel gostou que estivessem rindo um para o outro; podia ver que estavam na mesma sintonia. Ela gostava que seus amigos gostassem um do outro. Enquanto isso, ela não ia deixar Harriet ou Riley longe dela.

— Quando é que vão deixar você sair daqui? — demandou ela. — Tenho um jato particular esperando no aeroporto de Santa Monica para nos levar para Nova York.

Riley arregalou os olhos.

— Uau, um jato particular! — exclamou ela, que raramente viajara de avião, e só na classe econômica. — E *Nova York*!

Ela nunca estivera lá. De repente, o mundo parecia um lugar muito bom novamente.

— Um jato particular? — repetiu Harriet.

Mel confirmou.

— Um Gulfstream IV.

— Estou fora daqui — disse Harriet, com um enorme sorriso.

No caminho para o aeroporto, eles pararam para pegar Lola no veterinário. Como Harriet, a cabeça de Lola estava com atadura, e ela usava um desses colares grandes de plástico que a fazia parecer um bobo da corte de um quadro elisabetano. Elas nem se preocuparam em voltar à casa. Em vez disso, Mel prometeu a ambas uma ida à Bloomingdale's para comprar roupas novas. Elas simplesmente entraram no Gulfstream e partiram.

Seguras novamente, pensou Mel. Por enquanto.

57

Estevez os aguardava no aeroporto em Nova York.

— Já que Ed não pode fazer, preciso assumir a responsabilidade — disse ele a Camelia. — Arranjei para que elas ficassem na cobertura de Ed. Há dois seguranças armados, dia e noite. Eles irão com elas sempre que saírem.

Mas quando chegaram na Torre Vincent Quinta, Estevez recusou-se a entrar. Ed nunca o convidara para lá e ele achou que seria uma intrusão em sua privacidade entrar agora. Despediu-se e prometeu telefonar mais tarde para ver se estavam bem e se precisavam de alguma coisa.

— Todas as despesas serão pagas pela Imobiliária Vincent — disse ele a Mel. — Por favor, cuide de tudo o que elas precisarem e proporcione uma boa estada para a pequena. Ela merece.

Os seguranças estavam esperando, dois jovens altos, de terno e gravata, na cor azul conservadora, com ombros largos e olhos alertas. Riley ficou muito impressionada.

— Espere até eu contar para a turma da escola — disse, maravilhada. E depois ela quase deu piruetas quando viu a cobertura.

Vendo-a correr de quarto para quarto, de janela para janela, Mel agradeceu a Deus por sua filha ainda estar com ela. Depois encomendou pizza, ajeitou Harriet confortavelmente no velho sofá, um tanto encaroçado; plantou Riley na frente da TV e saiu apressada para ver Ed.

Ida e volta de LA em um dia, admirava-se ela. Ah, o poder do dinheiro. E não está servindo para você em nada, Ed, pensou ela, com aquela dor familiar no coração.

Ela segurou a mão de Camelia para se confortar no caminho para o hospital.

58

Mario de Soto estava de pé na frente das várias telas de TV em sua sala de mídia. Cada tela estava sintonizada num canal diferente e o rosto de Aramanov aparecia em cada uma delas. Mario estava com os punhos fechados, as costas rígidas de ódio.

O matador fracassara. A polícia identificara Aramanov; sua fotografia estava em todos os jornais, em todas as emissoras de TV. Ele sabia que era só uma questão de tempo até ele ser encontrado e que Gus apelaria pela pena mínima, admitindo a culpa. Aramanov contaria tudo, em troca de sua vida.

Ele saiu da sala e andou pelo saguão de mármore até a porta da frente. Encostou seu peso contra as colunas do pórtico, olhando em volta para sua linda e detestada prisão. Sua visão de um bravo mundo novo para si mesmo estava desabando.

Quando Mario comprara sua casa nova e grande em Miami, ele a enchera com o que havia de melhor que o caro decorador pudesse comprar: móveis, objetos de arte, prataria, livros. Ele era um ávido leitor e gostava de gabar-se de ter lido todos os livros em sua biblioteca, o que, é claro, ele não tinha. Mas, também, sempre fora um mentiroso.

Mario de Soto não era seu nome de batismo. Ou mesmo o único nome que usara. Existiram muitos outros antes dele apoderar-se fortuitamente do nome de Mario de Soto, quando o verdadeiro Mario — a quem convidara para uma viagem de pescaria nas Bahamas — afogara-se "acidentalmente".

Fora fácil trocar as identidades. Ninguém lá conhecia qualquer um dos dois, e ele escolhera cuidadosamente o homem para esse propósito, sabendo que era um solitário. Um cubano mais ou menos de sua idade, compleição e aparência, cuja família ainda estava em Havana sem chance de sair de lá.

Ele matara Mario de Soto, assumira sua identidade, enterrara "Mitch Rogan" nas Bahamas e velejara para Miami, um novo homem.

Ninguém, nem mesmo a polícia, prestara muita atenção quando ele foi morar numa das áreas mais exclusivas de Miami. Ele era apenas mais um cubano de passado suspeito, muito provavelmente um traficante de drogas que ficara rico e deixara o negócio.

Então ele foi visto esbanjando dinheiro com carros suntuosos e mulheres dispendiosas, e a polícia começou a se interessar. Ninguém sabia exatamente de onde vinha o seu dinheiro; ninguém sabia a procedência dele ou de suas companhias e negócios. Histórias começaram a circular, sobre manobras financeiras dando errado; um negócio imobiliário onde os sócios de Mario desapareceram de repente. Ele era esperto, porém, e nunca houve nada que a lei pudesse lhe atribuir. Mas seus inimigos podiam. Havia aqueles que queriam Mario morto; homens que queriam vingança, homens que queriam seu dinheiro de volta.

Eram esses homens que Mario temia. E transformara sua casa em uma fortaleza, nunca saía dela sem uma dupla de seguranças armados. Até agora, ele quase nunca saía de casa.

Foi então que a vida perdera o sabor, e quando Alberto Ricci apareceu com a oferta. O negócio seria a última chance de Mario legalizar-se. Ele o colocaria de volta no mundo real como um magnata do ramo imobiliário. Ele viu a si mesmo se tornando um colunável, como Ricci, talvez até com uma esposa loura e de classe. Além disso, o negócio lhe dava a oportunidade de se livrar de Ed Vincent. Este era o maior prêmio de todos os tempos, e que o fez rir até doer.

Mas é claro que Ricci não colocou sua oferta no papel. Tudo fora feito com um aperto de mão, e com a condição de que Mario cuidasse de sua parte do negócio primeiro. Então agora Ricci estava livre e limpo, e era Mario quem estava em apuros.

Mario olhou para os guardas, que fingiam não observá-lo ali parado em seu pórtico palacial. Ele queria matar Ricci. Mas queria Ed morto ainda mais. Só que agora ele mesmo via-se obrigado a cuidar do irmão caçula.

Lila Aramanov estava sentada na cadeira favorita de Gus em frente da TV de 60 polegadas, olhando para a cara de seu marido estampada no noticiário das onze horas. Seus cabelos louros puxados desajeitadamente para trás expunham o rosto sem pintura e as lágrimas que desciam lentamente pelas suas faces. Lila estava arrasada. Seu mundo estava desabando.

A imprensa estava acampada à sua porta. Havia equipes de filmagens com enormes caminhões e mulheres repórteres com *tailleur* vermelho e cabelos curtos e louros, com o inseparável microfone pronto para ser enfiado embaixo do nariz dela caso ela colocasse a cabeça para fora da porta. O que ela só fez quando o entregador de pizza chegou. O colegial que fizera a entrega adorara cada minuto de sua "fama". Ele posara para as câmeras, dizendo a eles exatamente o que ela pedira, rindo como um ator de novela.

Gus simplesmente desaparecera; sem sequer lhe dizer alguma coisa, apenas não voltou para casa. Ele deixara para ela descobrir no noticiário da TV que era casada com um matador, o suspeito na tentativa de assassinato de Ed Vincent, e o agressor de uma mulher e criança em Santa Monica.

A princípio ela não podia acreditar que estavam falando de *seu* Gus. *Seu urso de pelúcia. Um homem que amava os filhos.* Mas era verdade, e a vida boa que tivera não existia mais. A casa, os carros elegantes — tudo teria de ser entregue.

Ela foi até a janela e afastou a pesada cortina de seda um centímetro. Dava para ver um policial fardado em seu jardim, e sabia que havia outro na porta da frente, e um outro nos fundos. Eles estavam vigiando sua casa, esperando que Gus retornasse. Mas Lila sabia que ele nunca voltaria. Ele a deixara para enfrentar tudo sozinha.

Ela própria mataria Gus se pudesse ao menos pôr as mãos no patife, mentiroso e mau.

59

O aeroporto de Santa Monica era um lugarzinho bem movimentado, acomodando tudo, de monomotores, como o Cessna de Ed, a jatos Gulfstream transportando estrelas do *rock* e executivos famosos. Além das centenas de pequenos aviões particulares cujos donos faziam curtas viagens pelo estado, e das companhias de fretes com suas próprias frotas de aeronaves.

Talvez fosse o fato de ficar tão perto do oceano, mas ele tinha uma atmosfera de férias, com pessoas bebendo martínis no terraço do restaurante, olhando os belos aviõezinhos pousarem, luzes vermelhas e verdes piscando ao anoitecer, em meio ao rugido dos motores poderosos.

Ainda havia algo de glamouroso sobre os vôos a jato, pensou Mario de Soto, quando seu piloto pousou o Lear fretado e taxiou para pará-lo. Os degraus se desdobraram, a aeromoça abriu a porta, e o piloto saiu da cabina para despedir-se de seu único passageiro.

— Boa sorte no golfe, sr. Farrar — disse ele a Mario de Soto, que escolhera o nome de seu pai como codinome.

Sua mala Vuitton e o saco de golfe estavam prontos a sua espera e ele mesmo os puxou sobre as rodinhas até o carro alugado, um Lincon Town Car prateado. Nada podia disfarçar seu corpanzil, mas ele usava uma peruca grisalha, óculos de aros prateados, e um bigode. Com camisa de golfe e calça cáqui, ele era um golfista de gestos calmos, que estava envelhecendo, puxando seus tacos de golfe, a caminho de uma ou duas rodadas com seus amigos.

Ele entrou no Town Car alugado e seguiu para San Diego. Claro, o último lugar onde Gus estaria seria em casa. E com a metade do mundo procurando por ele, dificilmente estaria em seu escritório também. Mas a marina de San Diego era um lugar inicial em sua busca. Ele hospedou-se no Marriot, comeu peixe grelhado no pequeno restaurante, depois foi para a cama. Amanhã seria outro dia. E esperava que fosse o último de Gus Aramanov.

Havia um policial em guarda do lado de fora do escritório de corretagem de iates na manhã seguinte, além de alguns caçadores de notícias esperando por um furo. E mais policiais perambulavam pelo dique onde o luzidio *Hatteras* de Gus estava atracado.

Mario sabia que não seria fácil.

Ele avistou um Starbuck's, foi até lá, pediu um café árabe com leite gelado e o tomou de canudinho, pensando. Sua mente criminosa funcionava do mesmo modo que a de Gus e ele se colocou no lugar dele, ponderando seu próximo movimento.

Ele terminou o café com leite, voltou ao Lincoln, e rumou para o norte na 405, de volta para LA. Já estava no fim da tarde quando hospedou-se no Ritz Carlton na Marina del Rey.

60

Mel estava com Camelia na *delicatessen* perto do hospital. Já eram fregueses agora, e os garçons os conheciam. Sempre sentavam à mesma mesa, a que ficava perto da janela com vista para o tráfego e, se tivessem sorte, com um raio de sol que fazia muita falta a Mel nas longas vigílias no obscurecido quarto de hospital.

— Nossa mesa — disse ela, sorrindo para Camelia.

— Gostaria que fosse em algum lugar melhor — disse ele, lastimando.

— Como no restaurante em Charleston — lembrou ela.

Ele sorriu quando seus olhos se encontraram.

— Você e eu estamos começando a ter uma história em comum.

— As pessoas vão falar.

Ele riu.

— Sobre o quê? Que eu lhe compro um café? Uma torrada com queijo fundido e uma porção extra de geléia se você tiver sorte?

— Não esqueça dos ovos com *bacon* — lembrou-lhe ela e depois estavam os dois rindo.

Ela estava tão acostumada com ele agora, disse Mel a si mesma, olhando Camelia encher a caneca de açúcar. Ele se tornara parte dela. De algum modo, agora, era difícil imaginar que ele não estivesse sempre presente. Eram amigos, uma parelha, unidos no esforço de ajudar Ed. Mas isso era tudo o que havia? Mel olhou intensamente para o café, imaginando.

— Meu palpite é que não vai demorar muito agora — disse Camelia, mexendo o café. — Quando um sujeito está quente como Aramanov, não há lugar para esconder — disse, lembrando do assassinato de Versace em Miami. — Mesmo Cunanan finalmente soube que só havia uma saída. E a pegou. Atirou em si mesmo naquela casa de barcos.

Mel encolheu os ombros.

— E nós estamos esperando que Aramanov faça o mesmo?

— Esperando não, mas não sei se ele verá outro caminho.

As torradas chegaram e ele passou uma fina camada de queijo fundido nas dela, exatamente como ele sabia que ela gostava, e depois lhe entregou. Este era um gesto de intimidade.

— Claro que há *uma* saída — acrescentou ele. — Ele sempre pode reconhecer a culpa e apelar pela pena mínima. Ele nos diz quem foi o homem que o contratou, em troca de sua vida.

— Uma vida passada na prisão — disse Mel, encolhendo os ombros novamente, com o pensamento.

— Não poderia acontecer com um sujeito mais amável — disse Camelia, mordendo o pão. — Ele é um assassino pago. Este não foi o primeiro homem que ele matou — disse ele, e levantou a mão ao ver sua expressão de alarme. — Desculpe. Que ele *tentou* matar.

Seus celulares tocaram ao mesmo tempo e olharam com reprovação um para o outro, depois para os outros fregueses, mas o lugar estava tão barulhento, que ninguém notou o irritante chamado dos telefones.

— Oi, Riley — disse Mel em voz baixa, os lábios perto do telefone. — Eu estou bem, meu bem. Você está indo aonde? Ah, Radio City, os Rockettes... com Hamish?

Hamish se tornara o guarda-costas pessoal de Riley, e depois de alguns dias juntos eles se tornaram ótimos amigos. Hamish dedicara-se a entretê-la, mas seu trabalho sempre vinha em primeiro lugar, e isso significava a segurança de Riley. Mel estava confortável com a situação, e despediu-se de Riley com um "divirta-se" e "vejo você mais tarde".

Mesmo com o barulho dos fregueses, dos pratos e pedidos, do vapor e da grelha, era impossível para Mel não ouvir a conversa de Camelia.

Ele estava falando com Claudia.

— Esqueci? — disse ele. — Como posso? Sim, *tesoro*, muitos anos juntos. Mas você pode cortar pela metade se lembrar de todas as semanas que passei trabalhando e nunca estava por perto... Certo, então, está bem. Sim. Jantar sexta à noite. No Nino's. E quando foi que eu não lhe comprei um presente em nosso aniversário?

Ele estava sorrindo quando desligou o telefone.

— E quantos anos são? — perguntou Mel.

— Vinte e seis. Não. Minto, vinte e sete na sexta.

Ela inclinou a cabeça, imaginando como seria viver com o homem que se amava por tanto tempo.

— Conte-me como foi seu casamento — disse ela.

— Casamento é coisa de mulher. Você sabe, madrinhas e damas de honra e Claudia que estava... linda.

De repente, ele lembrou com clareza de como ela estava, os cabelos negros presos para cima numa grinalda de flores, e o longo véu que a escondia parcialmente dele quando ficaram frente a frente no altar e fizeram seus votos.

— A festa foi boa — disse ele, mudando de tópico. — Nossos tios vieram da Itália e da Sicília. Eles chegaram em grandes ônibus parecendo uma família italiana do cinema. Roberto Benigni devia ter filmado. O vinho circulava e as mulheres fizeram bolinhos italianos e as crianças brincavam e corriam no meio das pessoas. Tia Sophia escorregou na pista de dança e caiu com as pernas para cima, mostrando mais do que devia, e todos riram. — Ele sorriu para ela. — Nós nos divertimos muito. Família, você sabe.

Mel riu, mas ela não sabia. Nunca tivera uma família assim. Tivera esperança de criar uma para si, ser o membro fundador, por assim dizer. Mas agora não sabia se isso ia acontecer.

Ela franziu as sobrancelhas ao pensar em Ed. Ele não estava melhorando. Ainda era alimentado por um tubo e perdera tanto peso que ela quase não reconhecia o homem grande e robusto por quem se apaixonara. Esta manhã a mão dele ficara totalmente imóvel entre as dela. Não houve movimento, tremor ou resposta, apenas o barulho interminável dos monitores e máquinas que o sustentavam, enquanto sua vida tiquetaqueava lentamente.

Ela empurrou a cadeira de repente.

— Preciso voltar.

Camelia levantou os olhos para ela, surpreso. Ela estava com aquela expressão urgente de "se eu não estiver lá ele pode morrer", que agora ele já conhecia bem.

Mel pagou a conta desta vez, de acordo com as regras não discutidas por eles de que se revezariam, e Camelia acompanhou-a até o hospital e despediu-se na porta. Ele precisava voltar, ver o que estava acontecendo, se alguma coisa, no caso Aramanov.

Brotski estava de serviço novamente. Mel balançou a cabeça, incrédula enquanto andava em sua direção, no longo corredor.

— Eles nem ao menos permitem que você leia um livro? — perguntou ela.

— Estou em guarda, senhora. Preciso estar alerta o tempo todo.

— Você é um bom policial, Brotski — disse ela, e viu a cor brotar em seu rosto claro, de bebê.

— Obrigado, senhora — respondeu ele com um sorriso de satisfação.

Mel tomou seu lugar habitual ao lado de Ed. Levantou a mão dele até os lábios, esperou por uma resposta, uma subcorrente que lhe dizia que ele estava lá. Nada. Ela o perdera para a escuridão. Contudo os monitores continuavam piscando, dizendo a ela que ele ainda estava tecnicamente na terra dos vivos.

Ah, Ed, pensou ela, quando é que esse pesadelo vai acabar? *Como* é que ele vai acabar?

61

A Marina del Rey era uma bacia para iates com milhares de barcos. Mario nunca fora um bom marinheiro, embora tenha feito sua parte como pescador esportivo e pudesse manejar um barco quando precisasse. Como fizera com o homem de quem roubara a identidade depois de atirá-lo para fora do barco.

Havia barcos nos diques e iates enormes, que cruzavam os mares, em atracadouros profundos com registros panamenhos e das Bahamas; barcos velhos e barcos novos; veleiros, barcos a motor e barcos de pesca. Tudo o que se desejar, pode ser encontrado na Marina del Rey. Mario supunha que os californianos fossem como os da Flórida: eles viviam perto do oceano, logo sentiam que precisavam de um barco.

Ele perambulou pelos diques, contemplando a riqueza parada sobre a água escura sem fazer nada, e pensou na infreqüência do uso de cada um desses barcos. Mentalmente, ele contabilizou o custo de cada excursão e chegou a uma soma bastante grande. Estimou que uma mulher bonita sairia mais barato do que um barco: jantares, vestidos, algumas jóias. Uma mulher era um investimento melhor, além de algum retorno esperado pelo seu dinheiro. Para ele, um homem estaria melhor se alugasse um barco quando precisasse. Ter um era um desperdício.

Ele entrou no escritório de um corretor de iates, onde mostrou interesse por um barco a motor, e descobriu que muita gente morava nos próprios barcos. Mario pensou que um homem poderia facilmente se esconder num deles. Mas até um matador precisava comer. E, conhecendo Gus, ele também precisava beber.

Mario dirigiu pelas imediações em busca do supermercado mais próximo. Dentro de uma distância que dava para ir a pé havia um minissupermercado, um 7-Eleven, e perto dele, um bar indefinível com grades de ferro nas janelas. Havia outros lugares por perto, maiores, mais claros, mais abertos. Ele sabia que Gus evitaria estes.

Mario não era um homem paciente, mas estacionou o carro naquele pequeno comércio e acomodou-se para esperar. Ele estava nisso pela caça a longa distância.

Estava escuro quando Gus saiu da marina e atravessou a rua indo ao bar para comprar vodca. Ele não tinha apetite, mas precisava de bebida para entorpecer sua mente confusa. Lá comprou quatro garrafas de Smirnoff e meia dúzia de barras de chocolate e saiu. Do lado de fora do 7-Eleven ele hesitou, mas entrou e escolheu uns dois *tacos* de galinha, esperou inquieto na fila para pagar, depois saiu apressado.

Era irônico, pensou Mario, que o disfarce de Aramanov fosse tão parecido com o seu: o bigode, os óculos, só que, em vez da peruca grisalha, Gus raspara a cabeça e estava completamente careca. De algum modo, isso só serviu para enfatizar sua aparência de *pit-bull*.

O Town Car saiu do estacionamento, o motor em marcha lenta, apenas mantendo Gus à vista, mas guardando uma certa distância para que ele não notasse. Mario tinha muita experiência nesse jogo; era um perito. Na marina, estacionou e seguiu Aramanov a pé.

Gus entrou no dique e subiu num velho Bayliner de 28 pés, manchado de ferrugem e precisando urgentemente de pintura. O barco pertencia a um homem que não mais existia, tendo sido cuidadosamente eliminado por Gus devido ao fato de dever dinheiro a pessoas erradas. Gus ficou com o barco, usando-o como um tipo de *garçonnière* quando estava em LA a negócios. Havia muitos apartamentos de solteiro na marina e um cenário de boemia. Não era difícil arranjar uma mulher, especialmente quando se tinha um Mercedes e um barco, e à noite, na luz obtusa, o velho Bayliner não parecia estar tão mal como estava.

Ele desceu tropeçando os poucos degraus até a cabina, sentou pesadamente no banco de lona azul, todo manchado, e colocou as garrafas de vodca sobre a mesa à sua frente, abrindo uma e tomando um longo gole.

A vodca não o fez sentir-se melhor, apenas diminuiu um pouco seus pensamentos. Ele estava ferrado e sabia disso. Ele saíra fora do roteiro e só havia uma chance. E mesmo isso era arriscado, e significava uma vida na prisão. Não era uma escolha feliz.

Ele rasgou o papel de uma barra de chocolate e a devorou com duas mordidas, engolindo-as com vodca. E ficou imaginando o que Lila estava fazendo, mas não conseguia sequer pensar nos filhos. Eles não eram mais seus. Ele perdera o direito sobre eles, e sabia disso. Ele não se sentiria tão mal sobre isso, porém, se tivesse saído dessa com uma mala de dinheiro e um novo passaporte, além de uma passagem só de ida para a Europa, ou América do Sul. Mas era muito tarde para isso.

Ele estava sentado lá, contemplando seus erros, quando ouviu um barulho. Gus levantou a cabeça, farejando o ar como o cachorro que tanto parecia, testando o vento pela presença de um estranho. O vento subiu e ele sentiu um movimento debaixo do barco. Lá estava o barulho novamente. Deve ser o cordame batendo contra os mastros.

Ele estava pensando que se pelo menos tivesse de matar um homem para herdar seu barco, este barco devia ter sido um cruzador de mares que pudesse tirá-lo dali em rota para Fiji antes das notícias se espalharem, quando ouviu o barulho novamente. Seus olhos giraram e ele viu pés descendo os quatro degraus. Não houve tempo para enfiar a mão no cinto abdominal. Mario de Soto já estava apontando uma Kahr K9 para ele.

Eles se entreolharam por um momento, certificando-se que conheciam um ao outro.

Depois:

— Tome outro gole, Gus, por que não faz isso? — disse Mario de Soto.

Gus apenas continuou olhando fixamente para ele. Pois sabia que este era o fim e que estava impotente para fazer qualquer coisa sobre isso. Ele pensou na quantidade de homens que enfrentara, exatamente deste modo, só que então ele era a pessoa na posição de poder. Agora ele sabia o que era olhar para o cano de uma arma, no fim do mundo.

A Kahr seguiu os movimentos de Gus quando ele pegou a garrafa de vodca, tomou outro gole longo. E ofereceu a Mario.

— Quer um pouco? É o que há de melhor.

Mario balançou a cabeça.

— Sou um homem abstêmio, por convicção.

Gus assentiu. E tomou outro gole.

— Pode ao menos morrer feliz — disse Mario com um sorriso apertado.

Gus sentiu o peso da garrafa pela metade em sua mão. Só havia uma chance... uma última chance.

Mario percebeu a intenção. Quando a garrafa cruzou o ar, ele saiu rapidamente da frente, ou tão rapidamente como um homem de seu tamanho poderia sair. A vodca espirrou em suas calças e seus olhos apertados transformaram-se em duas fendas furiosas.

— Sempre achei que os matadores eram estúpidos — disse Mario. — Por que outra razão eles arriscariam a vida fazendo o trabalho sujo dos outros? Certamente o ganho não é suficiente para compensar o risco.

Gus sentiu o volume confortável da Sigma no cinto abdominal debaixo da camisa. Era uma camisa havaiana, comprada durante as férias despreocupadas em alguma ilha com Lila, e era usada para fora da calça, logo dava a ele rápido acesso. Mario era o estúpido, deleitando-se em falar com ele, fazendo-o contorcer-se antes de matá-lo. Isso estava dando a ele tempo para pensar, para recompor-se. Ele ainda poderia ganhar.

Mario tinha o próprio plano, porém.

— Levanta! — disse, indicando onde Gus deveria ficar. — Mãos na cabeça — comandou ele.

Gus obedeceu. Uma cadeira barata de metal estava entre eles. Eles tinham a mesma altura, e ele estava em melhor forma que Mario. Com um movimento brusco, ele atirou a cadeira em Mario e tentou pegar a Sigma.

Mas Mario foi mais rápido. Ele pressionou a Kahr contra a cabeça de Gus, forçando-o ao chão. Ele o tinha onde queria agora.

Gus estava no chão, olhando para ele. Mario não perdeu mais tempo. Ele desceu a arma com força e a cabeça de Gus caiu para trás.

Mario ajoelhou-se ao lado do matador inconsciente. Ele detestava sujar as calças naquele barco imundo, mas não tinha outra opção. Mario já colocara as luvas de borracha, e agora tirou a Sigma do cinto e a colocou na mão do homem desacordado. Elevou a mão de Gus até a têmpora e pressionou o dedo de Gus no gatilho.

A bala deixou um buraco na cabeça de Gus e pólvora nas mãos. Desta vez eram os olhos vidrados de Gus que olhavam para o nada, e os miolos de Gus que enxovalhavam o chão.

Mario esperou um momento, prestando atenção. Claro que a Sigma estava equipada com um silenciador, só houve um mero estalo, um som muito abafado para propagar-se, mesmo através da água. Do lado de fora, o vento batia o cordame contra os mastros novamente, balançando o barco lentamente.

Mario levantou-se e subiu os degraus, voltando-se para dar uma última olhada no homem que arruinara sua vida. Depois saiu.

A chuva estava começando, aquela estranha chuva de LA que aparecia de repente e desabava com tanta intensidade que se pensava em buscar a Arca de Noé. Mario lembrou que estava em Hollywood: era possível que pudesse encontrar Noé, ou algum outro louco, pronto para salvá-lo do fim do mundo. Mas não Gus Aramanov. Ele era passado.

Não havia ninguém para ver Mario se esgueirando pelas sombras e pela chuva. Ninguém para perceber, na chuva torrencial, quando ele correu para o estacionamento e dirigiu de volta para o hotel.

Pouco tempo depois, ele estava embaixo de uma ducha quente, lavando a sujeira encardida do barco de Gus Aramanov. Ele ficou no banho um longo tempo, depois saiu, enrolou uma toalha no corpo, e pediu o serviço de quarto.

— Um vodca-martíni, sem gelo — disse ele. — E torne-o

absoluto. É, com uma azeitona. Ah, por que não, faça um duplo. E uma porção de frango frito para acompanhar. É, com batata frita.

Mario estava rindo quando bateu o telefone. Ele não se sentia tão bem assim há anos.

Um já tinha ido, faltava o outro.

62

Eram oito e meia da noite de sexta-feira. Camelia estava no seu jantar de aniversário de casamento com Claudia no Nino's.

 Ele comprara flores para ela, rosas cor-de-rosa, sem espinho, com bordas escarlates; pedira o Antinori Chianti Riserva e tinha um presente para ela, um colar com um coração de diamante. Ele estava com a caixa no bolso pronto para surpreendê-la mais tarde, pois sabia que ela pensava que tudo o que ele lhe comprara foram as flores. A noite estava indo bem.

Mel passara um longo dia no hospital, ao lado da cama de Ed. Agora precisava passar algum tempo com Riley. Ela o beijou ternamente, disse-lhe que voltava em duas horas.

 — Espere por mim, meu bem. Não saia daí, certo? — disse Mel. Ela o beijou novamente, apertou sua mão, alisou seus cabelos.

Ed a ouviu sair, embora de algum modo, agora, o som parecesse mais distante. Não importa o quanto lutasse, o chamado da escuridão era cada vez mais freqüente... Uma escuridão sem fim onde não havia sonhos para sustentá-lo... amor para sentir... palavras para confortar... Ele estava só num oceano de noites intermináveis...

Volte, meu amor, ele queria gritar para ela. Eu sei que Riley precisa de você, e que estou sendo egoísta... mas preciso de você, Mel... quero você. Meu corpo quer você, minha mente quer você, meu coração quer você... Como é o nome daquela velha canção, "Todo o meu ser"? Isso é o que existe entre nós, meu amor... Só que agora eu estou muito cansado... está ficando cada vez mais difícil lutar contra isso... Estou perdendo esta batalha, e não quero deixar você... Só você me mantém aqui, Mel... meu bem...

Mario estava tomando cuidado para encobrir seus rastros, e o jato que fretou de LA era de uma companhia diferente. Ele pousou no La Guardia, mesmo lugar onde Aramanov fracassara com Ed.

Desta vez Mario estava viajando sob o nome de Michael Miller. Miller era o nome de família de sua mãe — Ellin Miller Rogan. E ele usara o nome de seu pai, Farrar, na viagem para LA. Ele não sabia por que estava sendo atraído para usar o nome deles nesta altura dos acontecimentos, exceto que, com Ed finalmente prestes a se unir ao resto da família assassinada, isto parecia apropriado.

Mario tinha seu álibi seguro preparado. De LA, ele ligara para o médico, reclamando de problemas cardíacos. E já arranjara para dar entrada no hospital de Manhattan tarde naquela noite, pronto para um exame de saúde completo na manhã seguinte, com uma angiografia preliminar para checar as obstruções arteriais, e a possibilidade de uma angioplastia para destruir qualquer coágulo que pudessem encontrar.

Mario conhecia bem o assunto. Ele passara por ambos os procedimentos recentemente e sabia o que dizer ao cardiologista para obter atenção imediata.

Ele foi para um quarto privativo e lhe pediram que tirasse as roupas e vestisse uma camisola do hospital. Ele fez o que lhe pediram, subiu na cama estreita do hospital, sujeitou-se a que lhe tirassem a temperatura, bem como amostras de sangue. Depois ele disse à enfermeira que iria dormir e lhe pediu que não o perturbassem.

— Claro — concordou ela. — O senhor precisa acordar cedo amanhã, sr. Miller. É melhor dormir enquanto pode.

Ele a viu sair do quarto, esperou dez minutos, depois levantou-se e vestiu suas roupas: camisa preta, calça preta de moletom e uma jaqueta leve, comprada em LA. Mario amarrou o tênis, ajeitou a roupa, penteou o cabelo. Ele abriu a pequena mala que carregava. Continha apenas um jaleco branco, cuidadosamente dobrado, um jogo de caneta esferográfica e uma prancheta com apontamentos que pareciam oficiais.

Escondendo esses itens sob a jaqueta, ele abriu a porta e espiou para fora. No hospital, as coisas se acalmaram dentro da rotina da noite e o corredor estava na penumbra. No final do corredor ele pôde ver o clarão da sala de enfermagem e ouvir o murmúrio de vozes.

O letreiro da saída de emergência jogava uma luz verde sobre a porta e o vão da escada do lado contrário à sala de enfermagem no corredor. Esgueirando-se pela parede, ele seguiu apressado em direção à saída.

A porta de incêndio era pesada e ele cuidou para não deixá-la tinir ao se fechar atrás dele. Ele a encostou devagarinho no lugar, depois tomou ciência das imediações.

Ele estava num vão de escada de concreto iluminado por luzes fortes. Um número pintado de vermelho indicava que ele estava no quarto andar. Ele sabia que a UTI ficava no décimo andar.

Ele vestiu o jaleco de médico e prendeu as canetas no bolso. Isso o fazia parecer mais profissional, como fazia a prancheta com o maço de "apontamentos".

Seus tênis chiavam nas faixas de metal nas bordas dos degraus, e o vão da escada tinha um cheiro forte de desinfetante. Ele fez uma careta, detestava esse cheiro. E tinha um longo caminho até o décimo andar. Mario estava ofegante e os músculos de suas coxas queimando quando empurrou a porta do décimo andar, apenas um clique.

Ele notou que a disposição era a mesma do andar inferior, com a sala de enfermagem no meio. E não havia policial em guarda. Ele achou que a essa altura talvez eles tivessem desistido de Ed. Mario sorriu. Finalmente, ele estava no lugar certo, e na hora certa.

Ele puxou a Kahr K9 do coldre no tornozelo. Ele adorava aquela pequena arma, ela cabia em sua mão como se fosse feita sob medida, e por causa da forma delgada ela era fácil de esconder. Uma Parabellum de oito tiros de 9mm, que usava munição +P+ e tinha um coice fraco. Ela lembrava Mario de sua primeira arma, um velho Browning, com o qual matara o primeiro homem, um competidor comercial. As coisas não mudaram muito.

Suando muito, ele entrou no corredor longo, lustroso e antisséptico.

63

Camelia estava no meio do prato principal, ossobuco, um dos favoritos, quando o bipe tocou. Cabeças viraram; houve olhares de reprovação e ele tossiu para disfarçar o constrangimento. Ele deixara o celular no carro de propósito para que não fossem perturbados, mas o bipe era seu cordão umbilical com o departamento. E não conseguia viver sem ele.

Ele pediu desculpas à esposa, levantou-se e foi até o vestíbulo para atender. Ele foi discreto e evasivo nas respostas, e quando terminou, voltou para a mesa e sentou-se novamente. Claudia sabia o que estava por vir: essa era a história de sua vida.

Camelia disse a ela que havia uma descoberta no caso Vincent. Ele precisava voltar, as coisas estavam acontecendo com rapidez. Ela entendeu, mas ficou magoada.

— Prometo que comemoraremos tudo outra vez — disse Camelia enquanto pagava a conta. — Semana que vem, *tesoro*.

Ele acabara de colocar Claudia no táxi e vê-lo se afastar, quando percebeu que ela havia esquecido as rosas.

Camelia ligou para Mel no hospital. Ela não estava lá, então ele ligou para ela na cobertura.

— O que houve, algo errado? — perguntou ela, com aquela sensação repentina de que ele era a voz do além, vinda para comunicar algo terrível.

— Nada está errado. Você pode me encontrar na *delicatessen* dentro de uns quinze minutos?

Ela sequer hesitou.

— Estarei lá — disse ela.

Eles pediram café e uma torta de queijo. Mel estava olhando para ele, olhos grandes, esperando que ele lhe dissesse o que estava acontecendo de tão urgente. Ela usava calça *jeans*, tênis e um moletom branco e largo que dizia LAKERS nele, e seu cabelo curto estava embutido num boné.

Ela era, pensou Camelia, um raio de sol californiano na noite escura de Manhattan.

— Desculpe tê-la tirado de casa tão de repente — disse ele, dando uma mordida na torta, que estava mole, obviamente feita pela manhã, e a devolveu ao prato, enojado. Ele não estava com fome mesmo, apenas estressado.

Mel ignorou o café.

— Então, o que está acontecendo? — perguntou ela.

— Pegamos nosso matador.

Ela levantou a cabeça, seus olhares se fixaram. Ela disse:

— *Oh, meu Deus. Eu não acredito.*

— Você pode acreditar. O DPLA o encontrou, na marina, em seu barco. Morto.

Ela prendeu a respiração.

— Morto?

— Um único tiro na têmpora. Está parecendo suicídio, mas eles não estão certos. Estão investigando.

Foi a primeira vez que ele a viu sem palavras.

— A ironia final, hum? — disse ele. — O matador estoura os próprios miolos.

Ela encolheu os ombros e cobriu os olhos com as mãos. Ele achou que ela estava chorando e esperou, desajeitado, sem saber o que dizer.

Mel deu um longo e trêmulo suspiro.

— Tudo bem. Estou bem agora. Foi só um choque, sabe. O alívio de saber que está tudo acabado. Finalmente.

Ele detestava ser aquele a desiludi-la, mas precisava dizer a verdade.

— Não está tudo acabado, Mel. Nós temos o matador. Mas ainda não temos o sujeito que o contratou — disse ele, pondo os cotovelos sobre a pequena mesa. — Ele é o nosso verdadeiro assassino.

Seus olhos cor de uísque ampliaram enquanto olhavam para os seus. Ele viu as pupilas expandirem e soube que a chocara. O rosto dela estava tão perto que ele poderia tê-la beijado.

— *Ah, Marco* — disse ela com voz trêmula. — Ed ainda está em perigo. Eu preciso ir até ele.

E já estava de pé, pegando a bolsa que estava pendurada no espaldar da cadeira, derramando seu conteúdo.

Ele achou que esta era uma ocorrência freqüente e que ele não era o primeiro homem a ficar de joelhos para ajudá-la a recolher seus pertences: os óculos escuros, o bloco de espiral, as canetas, batons, chaves, velhos recibos de compras, contas não pagas, alguns brindes de lojas que pertenciam a Riley, moedas, uma carteira antiga, uma pequena moldura de couro com o retrato de Ed.

Ela segurou no braço dele enquanto andavam de volta para o hospital.

— É melhor eu voltar ao distrito — disse Camelia quando subiram os degraus para o saguão. — Você ficará bem agora? Sozinha?

Ela inclinou a cabeça, confirmando, mas ele podia ver em seu rosto que ela estava nervosa. Era como se, com a morte do matador, ela agora pensasse que Ed podia estar morto também.

Ele ficou olhando ela caminhar até a fila de elevadores, depois parou na escada, contemplando a noite. Fresca, enevoada, intempestiva. Ele apalpou os bolsos em busca de cigarro e seus dedos tocaram a pequena caixa de veludo. Ele resmungou. O presente de aniversário de casamento de Claudia. Será que ela o perdoaria? Ele achava que sim. Ela não perdoava sempre?

Não que isso fosse uma desculpa, disse ele a si mesmo, acendendo o cigarro proibido. Ele deu uma olhada para a porta de vidro, viu Mel ainda esperando pelo elevador. A cabeça dela estava baixa, e ela estava com os olhos fixos no chão — perdida, sabia ele, em seu próprio mundo triste.

Ela levantou a cabeça quando o elevador chegou, depois entrou dentro dele. Havia algo nela esta noite que o deixava inquieto. Uma tristeza enorme. Ele nunca a vira deste modo; ela estava sempre tão alegre, tão positiva sobre tudo, mas esta noite, mesmo com a morte de Gus Aramanov, ela parecia destruída.

Ele ficou imaginando se estava certo por tê-la lembrado que o verdadeiro assassino ainda não estava morto.

Camelia ficou andando de um lado para o outro nos degraus da escada, soltando baforadas. Alguma coisa naquele panorama o preocupava.

64

Ed ouviu a porta fechar. Ele esperava que fosse Zelda, sentia tanto a sua falta. Ele ficou atento aos passos familiares dela, mas só houve silêncio. Depois ouviu o chiado de sapatos com solas de borracha. Um homem, pensou ele. Provavelmente um médico. Ed podia ouvi-lo respirar agora. Ofegante, como se tivesse corrido... Ele queria dizer, Olá, quem está aí? Mas não podia...

Ele estava tão perto. Ed podia sentir o cheiro dele... um cheiro de sândalo almiscarado. Mas havia algo mais, algo intrigante. Um odor estranho. O cheiro do perigo. A reação arquétipa de lutar-ou-fugir injetou adrenalina em suas veias, fazendo os picos de seu coração saltarem no monitor. Deus do céu, eles iam pegá-lo afinal... Ed sentiu um impulso final de energia... Vital — *como não sentira em semanas.*

Seus olhos abriram. E ele estava olhando para seu irmão...

Mitch não falou. Ele não sorriu. Ele simplesmente olhou fixamente para Ed. Depois arrancou o respirador da garganta de Ed e os tubos e cateteres.

Ele estava sorrindo enquanto fazia isso, mas agora o monitor estava maluco, alarmes tocavam. Precisava sair dali.

Mel não sabia por que estava tão nervosa. Depois do que Camelia acabara de lhe dizer, ela devia estar se sentindo mais segura. Mas alguém por aí ainda queria Ed morto. O instinto lhe disse que ela ficara fora muito tempo. Ela atravessou aquele corredor lustroso como uma bala.

Parou, intrigada. Não havia nenhum guarda na porta de Ed. Ela ainda estava imaginando onde Brotski estava quando abriu a porta.

A primeira coisa que ela notou foi o silêncio. Não havia zumbido de máquinas. *As máquinas que mantinham Ed vivo.* Ela viu o médico estranho e os tubos e os cateteres derramando seus líquidos vitais sobre os lençóis brancos. E o monitor, com uma linha verde ameaçadoramente reta.

— *Oh, meu Deus, não, nããão!* — gritou ela.

O médico virou bruscamente. Olhou para ela.

Ela viu a arma na mão dele e sentiu o coração tremer. Um estremecimento gigante a percorreu. *Ed estava morto. Este homem o matara.* Enfurecida, ela lançou-se sobre ele. Com todo o seu metro e oitenta.

Mitch não esperava isso. Ele caiu de joelhos, levantou cambaleando e rumou para a porta.

Os olhos de Ed estavam completamente abertos. Mel levantou desajeitada, curvou-se sobre ele, tentando desesperadamente inserir o respirador na incisão feita em sua traquéia.

— Ed, oh, Ed, meu bem, agüente firme — soluçava ela. — Tudo vai ficar bem, eu prometo...

Os olhos dele faiscaram além dela, por sobre seus ombros. Ela percebeu o aviso neles e virou bruscamente. O assassino estava de volta.

Instintivamente, Mel lançou-se sobre Ed para protegê-lo. E sentiu o calor perfurante quando as balas a penetraram.

Voltando de sua pausa para o café, Brotski viu o homem sair correndo do quarto de Ed. E saiu em disparada atrás dele, excitado como um cavalo de batalha na cena de combate. Isso é que era o trabalho de polícia. O sujeito era pesado, ele não podia correr muito bem, e Brotski sacara a própria arma agora.

— Pare! — gritou ele. — Pare ou eu atiro!

Foi um erro dar a um assassino como Mitch Rogan — ou Mario de Soto — um aviso justo. Ele virou-se e atirou. Na fração de segundo que Brotski levou para saber que fora atingido e cair inconsciente, Mario desaparecera.

Simultaneamente, Camelia saiu do elevador, viu Brotski e correu para ele, desviando da enfermeira aos gritos. Pela porta aberta do quarto de Ed ele viu Mel caída no chão. Agora outras pessoas, médicos, enfermeiras, chegavam correndo. Ele foi tirado do caminho quando os médicos colocaram Mel, sangrando muito, na maca. Ele ajoelhou ao lado de Brotski, que parecia estar morto. Camelia sentiu o peso da responsabilidade sobre seus ombros. Pobre garoto, pobre idiota.

Ele olhou por um segundo enquanto os dois eram levados às pressas para o elevador em rota para a sala de operações. E aquela parte dele que pertencia a Mel foi com ela.

65

Puro terror foi o que fez Mario de Soto descer tropeçando aquelas escadas de concreto mais rápido do que jamais se movera antes. Ele parou para respirar no quarto andar. Sua intenção era retornar ao quarto, voltar para a cama, dizer ao médico de manhã que mudara de idéia, que não queria fazer os exames, e partir. Ninguém suspeitaria dele. Seria apenas mais um paciente difícil, um entre centenas naquele hospital. Mas ele sabia que não havia chance de usar esse álibi agora.

Mario continuou descendo para o terceiro andar; depois o segundo; o primeiro. E saiu no estacionamento do subsolo onde esgueirou-se entre as filas de carros rumo à saída. Ele guardou a arma no coldre de tornozelo e ajeitou a roupa. Ainda respirava com dificuldade quando saiu para a rua, abaixando-se nas sombras quando ouviu o grito das sirenes de polícia. Ele pôde ver as luzes azuis piscando, viu policiais correndo para o hospital, armas em punho.

O ódio queimava nele, volátil como combustível de jato. Ele estava explodindo de raiva de Gus por reduzi-lo a isso — um matador barato, caçado nas ruas de Manhattan — e de ódio por

Alberto Ricci, que lhe oferecera a terra prometida, e que agora diria jamais tê-lo conhecido. Ricci sempre saía vencedor. Mas não desta vez.

Ele saiu das sombras e fez sinal para um táxi que passava.

— Rua 64 Leste — disse ele.

Camelia já descia correndo a escada de emergência, a única rota de fuga do assassino. No estacionamento, ele viu o jaleco descartado, ouviu as sirenes quando a ajuda chegou. Agachou-se, arma em punho, examinando o estacionamento obscuro.

Ele nunca sentira isso antes sobre um caso. A necessidade de matar esse homem o devorava. Se Mel estivesse morta, ele não sabia como conseguiria agüentar. Camelia tinha a morte no próprio coração quando convocou mais policiais para o estacionamento.

66

Julianna Ricci estava dando um jantar. Esta era uma ocasião importante para ela, porque queria desesperadamente tornar-se co-presidente do maior evento beneficente do ano, em prol das crianças socialmente discriminadas. Um evento que a colocaria no topo ao lado das maiores *socialites* de Manhattan.

Julianna era alta, loura e muito elegante, num longo de chiffon de seda de alta costura. E para completar ela usava o último presente que recebera de Alberto: um colar de esmeraldas e diamantes com brincos combinando.

Ela acabara de ter a casa redecorada pelo decorador da moda, e a casa parecia um sonho, com enormes arranjos de flores onde quer que houvesse espaço para eles. Sua mesa estava posta com o que havia de mais fino em Cristofle, Baccarat e Bernadaud; um mordomo e um criado os serviam, e o chefe cozinhara para a realeza.

Havia vinte pessoas à mesa comprida, com Alberto aparentando elegância e distinção na cabeceira, e Julianna na outra extremidade. Estavam comendo a sobremesa — com morangos silvestres vindos do sul da França sobre um suflê de morango *eau-de-vie*, servido com taças do levemente rosado champanhe Roederer (o preferido, ela sabia, de sua convidada mais importante) — quando o mordomo aproximou-se e cochichou algo discretamente no ouvido de seu marido.

Mario estava esperando no *hall* de Alberto Ricci, observando o ambiente elegante. Ele pensara que sua mansão em Miami fosse o máximo em luxuosidade e classe, mas isto é que era luxo. As obras de arte nestas paredes pareciam peças de museu, e a mobília tinha a pátina requintada das antigüidades de especial valor. Até o tapete era magnífico, doze metros de comprimento e de seda opaca que devia ter vindo do Império Otomano. Mario sentiu náuseas. Ele pensara que tinha tudo. Agora sabia que não tinha nada.

Ele olhou para seu rosto, por entre o maciço buquê de flores sobre o console dourado, no espelho veneziano e quase não reconheceu a si mesmo. Será que este homem encolhido e de rosto pálido era realmente Mitch Rogan?

Ele virou-se quando Ricci entrou irritado no *hall*.

Ricci dispensou o mordomo com um gesto de sua mão manicurada.

— O que está fazendo aqui? — disse ele, sibilante. — Eu lhe disse para nunca me contatar, nunca vir à minha casa.

Ele já segurava Mario pelo braço, puxando-o para a porta da frente.

— Vá embora e não volte, seu bastardo estúpido.

Mario virou-se para olhar para ele. E espremeu a pequena Kahr contra a barriga de Ricci. Ele estava sorrindo quando puxou o gatilho.

67

Eles não encontraram ninguém no estacionamento: o suspeito fugira, e uma patrulha estava atrás dele. Camelia estava do lado de fora da sala de operações quando o seu telefone tocou. Houve um tiroteio na casa de Alberto Ricci.

Camelia sempre soube, no íntimo, que Ricci estava na base do negócio imobiliário. Não importa quem ele tenha usado como matador, Ricci era o verdadeiro assassino.

Sirenes gritando, ele estava no sobrado da rua 64 Leste em minutos.

Mitch Rogan, também conhecido como Mario de Soto, escarrapachou o corpo de Ricci, onde ficou jorrando sangue, no inestimável tapete otomano. Sua arma estava apontada para Julianna Ricci, parada na escadaria por onde tentara fugir, gritando até não mais poder.

— Você vai perder a cabeça num minuto se não calar a boca — disse ele secamente. Ela apertou os lábios com força, mas ele ainda podia ouvir sua lamúria. Luzes vindas do imenso lustre de cristal faiscavam nos diamantes e esmeraldas em seu pescoço e refletiam nos olhos invejosos dele.

Ele fora um tolo, um grande e estúpido tolo. Eram homens como Ricci, este homem *morto*, que ganhavam todos os grandes prêmios. Enquanto homens como ele lutavam pelas migalhas, pensando que eram importantes. Sua vida toda fora uma grande farsa.

Ele ouviu as sirenes da polícia e os gritos dos convidados aterrorizados, ainda agrupados na sala de jantar. Ele quase riu. Certamente eles não esperavam isso quando colocaram suas roupas de grife e jóias caras para o jantar dos Ricci.

A porta abriu bruscamente. A maldita mulher estava gritando novamente. Ele virou-se para olhar... os viu chegando. Ele sabia que era o fim.

Mario enfiou a Kahr na boca e puxou o gatilho.

68

Camelia estava olhando o legista fazer seu trabalho, enquanto os policiais atendiam Julianna e os convidados na elegante sala de estar. O som de seus soluços histéricos transformou-se num zumbido de fundo quando ele olhou para os dois corpos no chão.

Ambos foram homens nocivos. Homens gananciosos que não deixariam que nada os detivesse na corrida por mais. Mais dinheiro; mais posses; mais poder. Agora eles estavam impotentes. E mais do que provável enfrentando seu criador, que, ele esperava sinceramente, os mandaria direto para o inferno.

Havia muita atividade à sua volta: dactiloscopista, peritos, fotógrafos da polícia, detetives, patrulheiros. Ricci certamente nunca esperara ver isso em sua bela casa.

Camelia pensou na esposa de Ricci. Até onde Julianna sabia das atividades do marido? Logo eles descobririam, estava certo disso. E lá se foi o futuro de Julianna no circuito das instituições de caridade. Ela provavelmente trocaria o verde-claro da alta costura e as esmeraldas e diamantes pelo traje laranja da prisão e uma etiqueta de identificação.

Ele deu mais uma olhada para os corpos, depois acendeu um cigarro. Aos diabos com as regras contra o fumo, pensou ele exausto. Muita coisa acontecera esta noite.

Passaram-se muitas horas. A penumbra silenciosa do quarto de recuperação estava abrandando. Eles retiraram as balas do braço e da perna do lado esquerdo de Mel e ela ainda estava naquele estado de sedação pós-operatório. Uma grande letargia a consumia e ela imaginava com lentidão se era assim que Ed se sentia, vagando pacificamente em algum lugar no limbo. *Ed!* Ela sentou-se reta na cama. *Ela precisava sair dali...*

Ela estava na porta, cambaleante, camisola do hospital tremulando, quando Camelia aproximou-se e a segurou. Ele sentiu as batidas do coração dela, e a sua maciez.

— Onde você pensa que vai, meu bem? — disse ele com uma entonação na voz.

Ela riu então.

— Eu lhe disse que essa coisa de meu bem era contagiosa — disse ela, escorregando de volta para o esquecimento, por entre seus braços para o chão.

Camelia a pegou nos braços e a levou de volta para a cama, chamando as enfermeiras. Ele esperou enquanto elas cuidavam dela, resmungando que ela era louca por ter saído da cama, e que nem sabiam como ela fizera isso, se deixara a sala de operações há meia hora.

Camelia ficou ao lado da cama, olhando seu rosto pálido, adormecido. Ele se culpava pelo que acontecera. Devia ter se dedicado mais, ter exigido mais dos jovens policiais quando falharam. Só precisou de um escorregão, um minúsculo erro, e tudo estava terminado.

Brotski ainda estava na sala de operações. Ele levara um tiro no peito. Sua carreira como membro do DPNY poderia ter acabado quase antes de ter começado.

Camelia sempre voltava às suas raízes católicas em momentos como este. Ele estava rezando por Brotski. E por si mesmo. O provável pecador.

69

Passaram-se horas até que Mel estivesse propriamente acordada. Ela agarrou a mão de Camelia, estremecendo quando a dor a atingiu.

— Diga-me o que aconteceu.

— Não faça movimentos bruscos — disse ele, o mais calmo possível, com o coração como o de um puro-sangue no posto de chegada. — Você acabou de retirar balas do braço e da coxa. Acho que você já se agitou muito, Mitch não conseguiu pegar você. Ou Ed. De qualquer modo, você tem muita sorte de estar viva

A pergunta que ela não conseguia fazer estava em seus olhos.

— E Ed também — disse ele.

Ela relaxou, aliviada.

— Ah, muito obrigada, Deus — murmurou ela. — Obrigada, muito obrigada. — Ela voltou a sentar na cama de repente. — De que modo... ele está vivo?

— Ele vai ficar tão bom como o velho Ed — Camelia sorriu. — Eu ia dizer *novo em folha*, mas achei que você iria preferi-lo do jeito que ele era antes.

Ela deu-lhe aquele sorriso de orelha a orelha.

— Quando posso vê-lo?
Ele encolheu os ombros.
—É melhor perguntar ao médico. E talvez você queira dar uma olhada em Brotski enquanto estiver fazendo a ronda.
— Brotski?
É claro, ela não sabia. Ele contou-lhe sobre Brotski, que ele estava bem e, como ela, não sofreria dano permanente.
— Não é tão bom atirador assim, nosso Mitch — disse Mel com um sorriso aliviado.
— Bom o bastante para matar Alberto Ricci. E depois a si mesmo.
Os olhos dela ficaram arregalados de espanto quando ele lhe contou o que acontecera.
— Então não precisa se preocupar mais — disse ele finalmente. — Você e Ed estão livres.
Para Mel, era como se uma enorme nuvem se tivesse dissipado. A preocupação; o estresse; o temor pela vida de Ed, de Riley, e daqueles a quem amava. Ela segurou a mão de Camelia e a apertou.
— O que eu teria feito sem você?
Camelia encolheu os ombros desconfortavelmente.
— Algum outro membro do DPNY teria lhe ajudado, senhora. Nós estamos aqui para servir.
— Ah, claro. O dever acima de tudo — disse ela, apertando a mão dele novamente. — Riley pediu para lhe agradecer. Ela vai lhe escrever uma carta.
— Vou mandar emoldurá-la. Não recebemos muitas cartas de agradecimento.
Um médico apareceu no vão da porta.
— Estamos parecendo bem — disse ele para Mel. — Estão solicitando sua presença no andar de cima no quarto do sr. Vincent. Está disposta a atender?

Mel arremessou os lençóis para o lado, colocou as pernas para fora da cama, fazendo careta de dor e riso ao mesmo tempo.

— Disposta? Mal posso esperar — disse ela enquanto eles a colocavam na cadeira de rodas e a cobriam com um cobertor.

Camelia ficou olhando eles saírem.

— Ah, a propósito — chamou ele. Mel virou a cabeça. — Diga a Ed que em breve haverá no mercado alguns bons Bonnards para serem leiloados.

A risada dela flutuou de volta para ele.

70

Ed estava recostado numa pequena montanha de travesseiros. Não havia mais tubos, respirador, cateteres. Apenas o onipresente monitor, marcando as batidas de seu coração, constantes e uniformes.

Era irônico, pensou ele, que, ao tentar matá-lo, Mitch conseguira trazê-lo de volta à vida. Seu irmão quase se qualificava como Dr. Frankenstein, só que agora era Mitch quem estava morto. Ele suspirou. Fora uma longa e árdua espera. Ele não estava certo de poder sequer lembrar daqueles sonhos intermináveis e obscuros. Mas eles não importavam mais. Zelda estava com ele.

A enfermeira empurrou sua cadeira até o lado da cama dele e, por um longo momento eles ficaram se olhando.

Ela estava pálida sob aquela tez de pêssego dourada, olhos grandes emocionados, incapaz de falar. Ele balançou a cabeça, maravilhado com ela. Ela fizera seu coração disparar, afastara as teias de aranha das semanas passadas. E ela era surpreendentemente bela, de um modo estranhamente inocente porém um tanto *sexy*. Ele sorriu ao estender a mão para ela.

Mel estava perdida no olhar atento dele. Estava tão agradecida a ele apenas por ter vivido que poderia chorar. Em vez disso, ela beijou sua mão.

Leve como um fio de seda, pensou ele, lembrando das noites de amor que passaram juntos.

— Você não está mal para alguém que quase não resistiu — disse ela, trêmula.

— Resisti porque precisava voltar para você — disse ele, apertando a mão dela e ela retribuiu com aquele sorriso familiar.

— Bajulador.

— Sem dúvida — disse ele. — Prepare-se para ouvir esse tipo de coisa pelo resto de sua vida.

— Eu estava aqui, Ed — disse ela, imaginando se ele lembrava de alguma coisa, ou se tudo se perdera na escuridão do coma.

— Eu sei. E lhe agradeço.

— Não há de que — disse ela, de súbito tímida, ainda sem saber o que dizer para essa pessoa rediviva, e no entanto ela abrira seu coração para ele quando estava inconsciente. — Acho que vou ter de conhecer você de novo.

Ele riu.

— Pense no quanto isso vai ser divertido.

Seus olhos se encontraram novamente. Depois Mel ergueu-se da cadeira e sentou na beira da cama. Ela ergueu a perna machucada primeiro, e o resto dela acompanhou. Ela rolou até ficar junto dele.

O braço dele estava em torno dela, suas bocas unidas. Eles ficaram colados, sem nunca quererem se separar.

Quando finalmente pararam para respirar, ela riu.

— O que as enfermeiras vão dizer quando me encontrarem aqui? — perguntou ela com aquele risinho contagiante.

Ele olhou para ela e sorriu.

— Francamente, minha querida — disse ele em sua melhor voz empolada. — Eu não ligo a mínima.

71

— A verdade prevalecerá — disse o detetive Camelia para eles, bem mais tarde.

— Com certeza — replicou Mel, agradecida.

— Minha mãe sempre disse que Mitch fora trocado ao nascer. Ela sabia que ele não prestava — disse Ed. Sua voz ainda era apenas um sussurro áspero.

— E ela estava certa — disse Camelia, olhando para o homem na cama de hospital. Ele perdera muito peso, mas estava com boa aparência. E pelo menos ele fazia parte dos que estavam vivos. Graças a esta corajosa flor de pêssego da Geórgia.

Ele olhou para Mel, que estava olhando para Ed. Ela nunca tirava os olhos dele, como se não pudesse acreditar que ele estivesse sentado, segurando sua mão e falando com ela. E Ed estava olhando para ela como se ninguém mais existisse. Eles estavam em algum lugar mágico, um mundo que só os amantes conhecem.

Camelia suspirou. Tudo estava no lugar em que devia estar. Quanto a ele, ele levaria consigo a paixão por Melba Eloise Merrydew até o túmulo. Ninguém jamais saberia quão perto ele chegara de dizer a ela que a amava. Especialmente Claudia. Ele não poderia esperar nunca que ela entendesse que o que sentiu por Mel foi uma coisa única na vida. Uma emoção insuperável que o pegara de surpresa — e tomara conta dele.

Isso não afetava seu amor por Claudia. Ele morreria por ela, assim como Mel morreria por Ed. Ele iria para casa, a tomaria nos braços enquanto ela dormisse, e ela teria o cheiro doce de Arpège, como sempre teve. Ele era um homem de sorte.

Camelia fez o sinal-da-cruz rapidamente. *Desta vez*, graças a Deus, ele era.

Ele inclinou-se e deu um beijo rápido no rosto macio de Mel. Seu cheiro era bom. Não era Arpège, mas era bom.

Mel pôs-se de pé em toda a sua altura. Ela olhou nos olhos dele e ele viu que ela sabia. Ela passou os braços em torno dele, apertando-o contra o peito. Lágrimas desceram em suas faces.

Camelia estava vermelho de constrangimento, seu rosto pressionado contra os seios dela. Onde, pensando bem, era exatamente onde ele queria ser pressionado.

Mel o acompanhou até o corredor para se despedir.

— Para onde você vai agora? — perguntou ela, ainda segurando a mão dele.

— Para casa, eu acho.

Ela o olhou de lado.

— Para Claudia — disse ela. — Sua única e exclusiva.

— Minha única e exclusiva — concordou ele.

Ela abaixou a cabeça.

— Obrigada, Marco.

— Obrigada por quê?

— Por me amar — disse ela simplesmente.

Ele respirou fundo. Seu coração estava batendo como o de um adolescente. Ele alisou os cabelos para trás, num gesto que a fez sorrir.

— Ah, não é nada — disse ele.

— Ah, é sim.

Ele acenou com a mão, afastou-se dela, descendo o corredor longo e lustroso do hospital.

— Ei! — gritou ela. — Camelia virou-se para olhar para ela uma última vez. — Alguém já lhe disse que você é a cara do Al Pacino?

Ele estava rindo quando saiu.

A porta do elevador se fechou atrás dele. Ele fizera seu trabalho.

Estava acabado. Por uma fração de segundo, Camelia imaginou o que poderia ter acontecido se Ed Vincent tivesse morrido. Ele balançou a cabeça. Nada. Isso é o que teria acontecido.

Quanto mais velho, mais bobo, Camelia lembrou a si mesmo com um suspiro. Mel teria voltado para a Califórnia, para sua filha, para seus amigos e seu trabalho. Finalmente ela encontraria outra pessoa, embora ele soubesse pelo que ela lhe disse que nunca seria a mesma coisa que fora com Ed. E ele teria voltado para Claudia e seus filhos, assim como estava fazendo agora. Ele encolheu os ombros. Ninguém sabia. Ninguém se machucara. Exceto ele mesmo. E talvez até pudesse aprender algo com isso.

Lembrando da história de Mel sobre Ed e as rosas, no caminho para casa naquela noite ele parou na floricultura e comprou cinco dúzias de rosas vermelhas. Elas tinham o aroma doce de Arpège, e ele sabia que Claudia as adoraria. E ele a adorava, também.

Camelia pensou que, talvez, dentro do coração de cada homem houvesse espaço para mais de uma mulher.

72

A chama ardia em seus olhos. O resto do mundo estava trancado do lado de fora.

Ed queria dizer a ela tudo que andara pensando. Tudo o que acontecera em sua vida. Mas então percebeu que não precisava. Zelda o conhecia. Sabia quem ele era realmente. O que ele era.

E ela o amava. Isso era o bastante.

— Case-se comigo, Zelda — disse ele.

Ela afastou as lágrimas. Com voz trêmula ela disse:

— Está bem, seu grande tolo. Desde que você prometa não ficar levando tiros por aí. Eu acho que não suportaria.

— Nem eu.

Ele estava sorrindo quando os lábios dela cobriram os seus.

Ele vencera a batalha. A vida é maravilhosa!

Este livro foi composto na tipologia Minion em corpo 11/15 e impresso em papel Offset 75g/m² no Sistema Cameron da Divisão Gráfica da Distribuidora Record.